Silent Banshee

Der letzte Schrei der Todesfee

Linnea Bennett

Impressum

Deutsche Erstausgabe Ebook Mai 2024

Copyright © Stefanie Schmatzer
Lektorat: Yvonne Rose
Covergestaltung: © Kristina Licht – Coverdesign
Bildmaterial: 123rf.com

Auflage 1 / 2025

Impressum:
Stefanie Schmatzer
Teesdorferstraße 4
2602 Blumau-Neurißhof

© 2025 Linnea Bennett
Verlag: BoD · Books on Demand GmbH,
In de Tarpen 42, 22848 Norderstedt, bod@bod.de
Druck: Libri Plureos GmbH, Friedensallee 273,
22763 Hamburg
ISBN: 978-3-7693-1099-3

Liebe, *Leidenschaft*, Angst, *Wut* und Trauer.
Alles lag so nahe beieinander. Genauso wie
das *Ende*. Doch wenn ich starb, dann mit
ihm.

Weitere Bücher, die von der Autorin erschienen sind:

Ruf der Magie
Band 1: Dämonenblut
Band 2: Dämonenfeuer
Prequel: Seelensammler

Eternal Season
Band 1: wenn der Frühling erwacht
Band 2: 2025

Der Fluch der Eris
Meeresrufen
Himmelsflüstern
Weltenwispern

Einzelbände:
Bloody Witchcraft – Der Fluch der Bluthexe

Leise klackerten meine Schritte in jenem dunklen Flur, der nur von hellen Fackeln an den Seitenwänden erleuchtet wurde. Instinktiv zog ich meinen Umhang, den ich stets während dieser Zeit trug, enger um meinen Körper und konzentrierte mich auf meinen Weg. Die Schatten an den Wänden tanzten unruhig umher, doch ich schenkte ihnen keine Beachtung. Mein Ziel war ein anderes.

Diese dunklen Gänge waren mein Zuhause und ich kannte jeden noch so kleinen Winkel genauestens.

Klack.

Klack.

Klack.

Ich war die Einzige, die hier ein Geräusch verursachte, und so ging ich weiter, bog bei einer Gabelung rechts ab und konnte am Ende des Flures bereits ein helles Licht erkennen.

Meine Miene wurde ernster, als ich dem Licht immer näher und näher kam. Schlussendlich betrat ich den hellen Marmorsaal, in welchem ich die Seelen stets in Empfang nahm. Eine alte Frau starrte mir entgegen, während der Mann neben ihr, Ciaran, bereits ungeduldig von einem Bein auf das andere trat.

»Du hast dir heute lange Zeit gelassen«, begrüßte er mich, doch ich verzog darüber nur das Gesicht.

»Manche Leute haben viel zu tun«, entgegnete ich barsch und nickte auf die alte Dame, die mich ungeniert musterte. Seine Augen folgten meinem Blick.

»Mariah Holland. Sie ist bereit, in den Himmel gebracht zu werden.« Ich deutete ein leichtes Nicken an und wandte mich an die Frau.

»Dann folge mir, Mariah.«

Nun schien Leben in die Seele vor mir zu kommen, die einen Schritt nach vorne machte. Verstorbene Seelen blieben stets in jener Erscheinung, in der sie ihren Tod gefunden hatten, und so konnte ich sehen, dass diese Frau ein langes Leben vor sich gehabt hatte. Das war schön und ich freute mich über jeden, der er ein erfülltes Leben hatte.

Doch mit der Zeit hatte ich auch gelernt, diese Schicksale nicht mehr an mich heranzulassen, die mich belasten könnten. Wie die von Kindern, egal welcher Altersgruppe.

»Ich komme in den Himmel? Muss über mich gerichtet werden?«, fragte die alte Frau mich mit zittriger Stimme, als sie neben mich trat. Wie von selbst legte ich eine Hand auf ihre Schulter und nickte ihr sanft zu.

»Das wird es noch. Ich bringe dich auf die andere Seite, Mariah. Du musst dich nicht fürchten.« Mariah schenkte mir ein warmes Lächeln und selbst wenn sie vorher Angst verspürt hatte, so war davon nichts mehr in ihren Augen zu sehen. Sie nahmen einen zufriedenen Ausdruck an, als sie mir zunickte. Hoffnung trat in ihren Blick und ich wartete, während Ciaran neben mir erneut ungeduldig schnaubte. Als ob er Besseres zu tun hätte.

Idiot.

»Dann sehe ich meinen Mann wieder. Edgar. Ich vermisse ihn so sehr.«

»Er wird gewiss auf dich warten.« Mit einer leichten Handbewegung deutete ich Ciaran, dass ich die Situation unter Kontrolle hatte. Ein erneutes Schnauben folgte und ich war froh, dass die Seele der Frau ihm zumindest soviel Anstand entlockte, sich eine seiner Bemerkungen zu verkneifen. Stattdessen nickte er mir zu und löste sich in der nächsten Sekunde in Luft auf.

Seine Arbeit war eine andere, denn während er die Seelen der Menschen in ihrer Welt aufspürte und zu uns brachte, war ich dafür zuständig, dass sie weitergingen und in jenen Bereich der Anderswelt gelangten, in den sie gehörten. Mariah setzte sich neben mir in Bewegung und ließ sich von mir langsam zurück in den dunklen Flur führen. Doch ich nahm nicht denselben Weg, der mich hierher geführt hatte – sie war keine Buddhistin, sie wollte nicht ins Nirwana geführt werden. Sie wollte in den Himmel.

Ein anderer Flur, eine andere Etage. Ein anderes Leben, das sie nach ihrem Tod erwartete. Instinktiv wusste ich, wohin sie gehörte. Denn ich war eine Seelenrichterin und das hier war meine Aufgabe.

Kapitel 1

»Amaya?«

Layanas Stimme riss mich aus meinen Gedanken. Mit einem Ruck drehte ich mich zur Seite und sah in die eisblauen Augen meiner jüngeren Schwester, die mich mit einem breiten Grinsen anblickte. Die hellblonden Ponyfransen fielen ihr ins Gesicht, wobei sie diese mit einem Pusten zurück nach hinten schickte.

»Was ist denn?«, fragte ich nach und strich mir mit einer Bewegung durch mein ebenfalls helles Haar. Layana neigte ihren Kopf und verschränkte die Arme vor ihrer vollen Brust.

»Ich habe dich schon zweimal angesprochen. Hörst du mir gar nicht zu?« Unschuldig blickte ich im Raum umher und richtete meinen Blick anschließend wieder auf meine jüngere Schwester. Doch obwohl sie einige hundert Jahre jünger war als ich, sahen wir doch gleich alt aus. Schon praktisch, dass man als Todesfee nicht alterte. Auch wenn wir schon mehrere hundert oder gar tausend Jahre auf dem Rücken hatten, so wurden wir äußerlich nicht älter und sahen stets so aus wie Menschen, wenn sie das zwanzigste Lebensjahr erreichten.

Ich legte mein Buch zur Seite und lehnte mich näher zu Layana, die sich nun mir gegenüber setzte und einen lauten Seufzer zum besten gab.

»Entschuldige. Ich habe gelesen.«

»Das tust du immer!« Ein Vorwurf lag in ihrer Stimme und sie verzog ihre dunklen, vollen Lippen zu einem Schmollmund. Anklagend blickte sie auf das Buch, das ich eben zur Seite gelegt hatte. Shakespeare. Ich liebte diese Geschichten, doch diese Leidenschaft teilte meine jüngere Schwester nicht mit mir. Im Gegenteil.

»Sieh dir doch den Film dazu an. Ist viel spannender. Da tut sich mehr.« Mit einem Kopfschütteln revidierte ich ihren Einwand.

»Ich stelle mir Dinge lieber vor.«

»Wie langweilig!«

Nun rollte ich mit den Augen und hob eine Augenbraue als Zeichen, dass sie endlich beginnen sollte, zu erklären, weshalb sie mich überhaupt gestört hatte.

»Heute Abend ist das Seelenfest«, begann sie, doch ich hob sofort den rechten Zeigefinger.

»Nein.«

»Aber du hast mich noch gar nicht ausreden lassen!«, beschwerte sich Layana und gab erneut ihren perfektionierten Schmollmund zum Besten. Bei unseren Eltern zog diese Masche immer, doch ich war immun. Meistens zumindest.

»Du weißt, ich mache mir nichts aus diesen Festen!«

Layana stieß einen Seufzer aus, der Herzen brechen konnte. Doch ich blieb standhaft. Noch.

»Sag mir, wann ich das letzte Mal auf einem Fest gewesen bin«, forderte ich meine jüngere Schwester auf, die kurz überlegte und anschließend mit den Schultern zuckte.

»Ich kann mich nicht mehr erinnern, dass du mich überhaupt schon mal begleitet hast! Hast du eigentlich sowas wie Spaß?« So schlimm wie sie es darstellte, war es auch wieder nicht. Ich presste die Lippen fest aufeinander und verschränkte die Arme vor meiner Brust.

»Das ist auch übertrieben. Aber es ist lange her und das hat einen Grund. Ich fühle mich dort nicht wohl. Wieso möchtest du überhaupt, dass ich dich begleite? Du kannst auch allein hingehen. Und nur zu deiner Information: Ich weiß sehr wohl, wie man Spaß haben kann«, warf ich ein,

»Bücher lesen zählt nicht. Das weißt du doch.« Ich warf ihr einen langen Blick zu, doch Layana zuckte mit den Schultern und schwieg. Sie gab mir keine weitere Antwort, was mir sofort verdächtig vorkam. Wenn meine Schwester etwas verschwieg, dann war ihr die Antwort unangenehm. Und was für sie unangenehm war, war für mich interessant.

»Wenn du mir keinen Grund nennen kannst, dann bleibe ich hier. Und du kannst allein gehen«, sagte ich stur. Layanas hübsches Gesicht verzog sich zu einer Grimasse und sie schüttelte den Kopf.

»Amaya... bitte!«, begann meine Schwester zu betteln, doch ich blieb standhaft.

»Sag mir zuerst, wieso.«

Layanas Schultern sackten hinab und ihr Lächeln erstarb auf ihrem Gesicht.

»Mutter und Vater haben es verboten.«

Dieser kurze Satz brachte mich zum Lachen. Layana war mehrere tausend Jahre alt. Sie war alt genug, um zu wissen, was sie tat. Und unsere Eltern konnten ihr nichts mehr verbieten. Genauso wenig, wie sie über mein Leben bestimmen konnten.

»Mutter und Vater. Hast du vergessen, wie alt du bist?« Doch während ich mich über sie lustig machte, blieb Layana ernst.

»Sie haben mich mit Malio erwischt. Seitdem hängen sie mir im Nacken. Oder Rian tut es.«

Nun verging mir das Lachen und ich lehnte mich nach vorne, wobei ich den Kerzenständer, der neben ihr stand, ein wenig zur Seite schob. In der Anderswelt funktionierte alles mit Magie. So auch das Licht und das Feuer der Kerzen. Oder die Fernseher. Hier gab es alles, ziemlich verwirrend eigentlich. Meine Stirn legte sich in Falten und die Leichtigkeit war wie von selbst verflogen.

»Was meinst du damit? Du hast dich erwischen lassen? Layana, was hast du getan?«

Malio war ein Seelenseher. Er sah voraus, wann welcher Mensch woran starb und koordinierte zusammen mit den anderen Sehern die Seelenbringer. Ich wusste, dass er schon lange in meine Schwester verliebt war und irgendwann hatte sie seinem Werben nachgegeben.

Was verboten war, denn eine Todesfee durfte nicht einfach so mit jeder Todesfee zusammen sein. Band man sich an eine Seele, die nicht für einen bestimmt war, brachte man Wesen hervor, die nichts mit uns zu tun hatten. Ein Korrigan. Und sie waren gefährlich. Denn eigentlich waren wir unsterblich und getötet werden konnten wir auch nur von diesen Wesen, die aus einer solchen Verbindung entsprangen. Korrigans waren ebenfalls unsterblich und konnten von uns nicht getötet werden. Wenn sie von etwas

11

getötet werden konnten, dann wussten wir nicht wovon. Und das Risiko, ein solches Wesen in unserer Mitte zu beherbergen oder gar wandeln zu lassen, war zu groß. Deshalb waren alle neu geschlossenen Beziehungen verboten. Es gab schon zu viele dieser Wesen auf dieser Welt, die uns schaden wollten. Da mussten wir nicht noch mehr hervorbringen. Und Verhütung? Das war dem Rat zu gefährlich, denn wir kannten zwar die Verhütungsmittel der Menschen, doch ob sie bei uns funktionierten? Wir hatten es nicht getestet und auch mittels Magie war es zu gefährlich, da jeder geborene Korrigan eine potentielle Gefahr darstellte. Alt, wie der Rat eben war, hatte er somit solche Aktivitäten gänzlich verboten.

Cathal, einer der ersten Todesfeen, hatte die einzigartige Gabe, zu sehen, welche Todesfeen zusammengehörten. Er konnte offenbaren, welche Verbindungen sicher waren und diese knüpfen. Doch vor vielen hundert Jahren verschwand er und niemand hatte ihn mehr gesehen. Er konnte auch nie gefunden werden.

Seitdem war es uns verboten, Beziehungen einzugehen und Kinder zu bekommen. Es war die Aufgabe der Eltern, ihre ungebundenen Kinder im Zaun zu halten. So wie es unsere Eltern gerade bei Layana versuchten.

Dass Layana und Malio einander liebten, das wusste ich, denn meine Schwester erzählte mir stets alles. Doch dass unsere Eltern von dieser Verbindung erfahren hatten, das hatte ich nicht gewusst. Layanas trauriger Blick riss mich aus meinen Gedanken.

»Beantworte meine Frage!«, forderte ich meine Schwester auf, die mit gesenkten Schultern vor mir saß.

»Ja. Sie haben Malio und mich im grauen Garten erwischt, als wir uns geküsst hatten.« Der graue Garten war jener Ort, an welchen alle möglichen Pflanzen wuchsen, die auch in der Menschenwelt vorkamen. Ein schöner Platz, doch er war Layana zum Verhängnis geworden.

Ich stieß einen Seufzer aus und massierte mir die Schläfe.

»Das ist nicht gut. Layana, was hast du dir dabei gedacht?«, fragte ich meine Schwester, die auf den braunen Tisch vor uns starrte. Erst jetzt bemerkte ich, dass eine Träne über ihre Wange rollte.

»Nichts habe ich mir dabei gedacht. Sie sind nie dort, nie! Und ausgerechnet dann, als ich mich mit Malio dort treffe, suchen sie nach Eisenkraut. Das machen sie doch sonst nie!« Verzweiflung klang in ihrer Stimme mit. Ich seufzte leise, stand auf und ging um den großen Tisch herum. Der alte Holzboden knarrte unter meinen Füßen. Dann legte ich meine Arme um ihre Schultern. Es dauerte nur einen kurzen Moment, ehe aus der einzelnen Träne ein regelrechter Fluss wurde. Schluchzend warf sich Layana in meine Arme und ließ sich von mir trösten.

»Seitdem lassen sie mich nicht mehr allein. Oder sie schicken Rian. Du weißt, ich mag ihn nicht!« Rian war unser Cousin und ein recht seltsamer Zeitgenosse. Selbst für mich und ich war für viele schon eigenartig.

»Und deshalb möchtest du, dass ich dich begleite?«

Layana nickte.

»Ja, wenn ich Mutter und Vater sage, dass du mich begleitest, dann lassen sie mich allein dorthin gehen. Oder wenn sie Rian mitschicken ... dann könntest du ihn ablenken? Dass ich mit Malio sprechen kann?«

Hoffnung schwang in Layanas Stimme mit und so sehr ich auch ihre Bitte ablehnen wollte, so wusste ich, dass ich das nicht konnte. Layana war nicht nur meine Schwester, sie war auch meine beste Freundin. Und wenn es ihr schlecht ging und ich ihr helfen konnte, dann tat ich es auch.

»Na gut. Sag Mutter und Vater, dass ich dich begleiten werde. Aber eines sage ich dir gleich: Wenn Rian wirklich dort ist und mir zu sehr auf den Keks geht, dann gehe ich wieder!«

Layana fiel mir um den Hals und drückte mich.

»Du bist die Beste! Das wirst du nicht bereuen, du wirst sehen!«

Doch so sicher war ich mir da nicht.

***

Und ich sollte recht behalten. Nur wenige Stunden nach diesem Gespräch und einem Videotelefonat mit unseren Eltern später, fand ich mich in unserem Festsaal wieder. Der Dresscode war wie jedes Jahr blau, silber und schwarz und so trug ich wie Layana auch ein langes silbernes Kleid, in dem ich mich unwohler gar nicht fühlen konnte.

Layana stand neben mir und umklammerte ihr Glas fest mit ihrer Hand. Ich konnte ihr ansehen, dass sie sich nervös umsah und den Grund kannte ich gut – sie suchte nach Malio.

»Er ist bestimmt hier. Außer seine Eltern haben es ihm ebenso verboten wie unsere dir.«

Layana schüttelte den Kopf.

»Malio hat keine Eltern mehr. Sie haben sich in den ewigen Schlaf begeben.« Todesfeen waren unsterblich, doch wir konnten den ewigen Schlaf wählen und uns so zur Ruhe betten. Doch der Name war irreführend, denn wenn wir uns für diesen Schlaf entschieden, dann wachten wir nie mehr auf. Zumindest war das bisher noch nicht vorgekommen.

»Das tut mir leid für ihn.«

»Muss es nicht. Er kommt zurecht und er hat mich.« Ich warf Layana einen strengen Blick zu. »Eigentlich hat er dich nicht. Du weißt, dass das verboten ist.«

Layana machte erneut einen Schmollmund.

»Du sagtest, dass dir das egal ist. Solange wir keine Kinder bekommen. Und das tun wir nicht. Wir schlafen nicht miteinander.«

Ich nickte, auch wenn sie mir gerade zu viele ungewollte Informationen preisgegeben hatte.

»Ja, das habe ich gesagt. Und ich hoffe, dass ich mich nicht irre. Ich möchte nicht, dass sie mit dir dasselbe tun, wie sie es vor zweihundert Jahren mit Aine getan haben.« Ein Schauer jagte mir über den Rücken, als ich daran zurückdachte. Aine war schwanger geworden, doch von wem hatte sie nie offenbart. Der Rat hatte Aine in das Archiv verbannt, unser Kerkersystem. Was aus dem Kind wurde, das wusste niemand genau. Man erzählte sich zwei Versionen, was aus Aine geworden war. Eine handelte davon, dass sie das Kind mit einem Trank verloren hatte, und die Zweite besagte, dass Aine gezwungen wurde, in den ewigen Schlaf zu gehen.

Ich wusste zwar nicht, welche Geschichte stimmte, oder ob überhaupt eine davon der Wahrheit entsprach, doch ich wollte dieses Schicksal nicht für meine Schwester. Auf keinen Fall.

»Glaub mir, darauf könnte ich auch verzichten. So dumm bin ich nicht.«

Ich seufzte und versuchte, das Thema zu wechseln.

»Wollen wir uns etwas zu essen holen?«, fragte ich Layana, die noch immer im Saal umherschaute.

»Eigentlich habe ich keinen Hunger.« Hatte ich auch nicht, doch ich wollte den Abend nicht nur damit verbringen, herumzustehen und Layana dabei zuzusehen, wie sie nach Malio Ausschau hielt.

»Dann lass uns etwas anderes machen.« Insgeheim bereute ich es jetzt schon, dass ich Layana begleitet hatte. Der Abend war öde, zwar wurde Musik gespielt, zu der getanzt wurde, doch als Layanas Aufpasserin hatte ich unseren Eltern versprochen, dass ich ihr nicht von der Seite wich. Was ich auch nicht vorhatte, denn selbst wenn sie sich mit Malio unterhalten würde, würde ich sie dabei nicht allein lassen. Da hatte ich Layana bereits vorgewarnt. Ich nahm meine Versprechen ernst. Auch die unseren Eltern gegenüber.

»Dort hinten! Da ist er!«

Layanas Stimme überschlug sich beinahe vor Aufregung, als sie mit dem Zeigefinger nach vorne deutete. Ich drehte meinen Kopf und folgte dem Zeichen. Und tatsächlich, zwischen den tanzenden Feen schob sich Malio hindurch. Er schenkte uns ein Lächeln, doch als ich sah, war neben ihm herging, erstarb es auf meinem Gesicht. Ciaran,

Layanas bester Freund flankierte ihn und grinste uns überheblich entgegen.

»Nicht der schon wieder.«

Es war kein Geheimnis, dass Ciaran und ich uns hassten. Ich konnte seine Großspurigkeit nicht ausstehen und er machte sich stets über mich lustig, da ich lieber las, als feierte. Eingebildet war er auch, denn stets dachte er, dass er der beste Seelenbringer war. Dabei war er nicht besser als die anderen in seinem Aufgabengebiet. Jeder Mensch hatte ein Ablaufdatum, wie wir so gern sagten. Und dieses Datum wurde nie überschritten, nur manchmal verstarben Menschen früher. Manche starben vorher an Krankheiten oder Unfällen. Aber irgendwann starben alle.

»Mit dir hätte ich nicht gerechnet«, begrüßte mich Ciaran und ich kniff die Augen zusammen.

»Und ich hätte auf dich verzichten können.«

Kapitel 2

Einen Moment lang schien die Welt still zu stehen, als Ciaran und ich uns gegenseitig anstarrten. Ich konnte nicht sagen, wer von uns beiden angewiderter aussah.

»Ich wusste nicht, dass du aus deiner Bibliothek herausfindest.«

»Und ich wusste nicht, dass du deinen eingebildeten Hintern hier blicken lässt!« Augenblicklich stellte sich Layana zwischen uns und hob beschwichtigend ihre Hände.

»Bitte, streitet euch nicht! Ciaran, Amaya muss mich begleiten. Du weißt, dass meine Eltern von Malio und mir erfahren haben«, erklärte sie entschuldigend. Sofort verschränkte ich die Arme vor der Brust.

»Ist das tatsächlich dein Ernst, Layana? Du entschuldigst dich dafür, dass ich hier bin? Wenn es so ist, dann werde ich direkt wieder gehen! Und du kannst zusehen, dass du dich mit Malio an einem anderen Tag triffst«, zischte ich ihr entgegen. Doch sofort schüttelte meine jüngere Schwester ihren Kopf, sodass ihre hellblonden Locken hin und her flogen. Panik lag in ihren Augen und ich sah ihr an, dass sie mir durchaus zutraute, dass ich meine Drohung wahr machte.

»So war das nicht gemeint.«

»Wie war es dann gemeint? Sag es mir! Sofort!«, forderte ich sie auf und versteifte mich etwas mehr. Layana biss sich auf die Unterlippe.

»Ich weiß nicht, wie ich es sagen soll.« Worte waren noch nie ihre Stärke gewesen und doch konnte und wollte ich sie so schnell nicht aus der Situation lassen.

»Versuch es.« Verzweiflung lag in ihrem Blick, als sie erneut zwischen Ciaran und mir hin und her sah.

»Als ich mich mit Ciaran für das Fest verabredet hatte, da wusste ich noch nicht, dass du mich begleiten würdest. Ich war mir nicht sicher, ob du zusagen würdest.«

Ciaran neigte den Kopf und blickte mich verachtend an. Seine dunkelblonden Haare fielen ihm unordentlich ins Gesicht und verliehen seinem Surferlook das letzte bisschen Etwas, das viele Feen dazu brachte, ihn interessant zu finden. Er hatte einen durchtrainierten Körper, ein markantes Gesicht und war relativ groß. Doch wenn er lächelte, dann taten seine Grübchen ihr übriges, um der Damenwelt den Kopf zu verdrehen. Nur blöd, dass ich gegen seinen Charme immun war. Was er auch wusste und weshalb er mich nicht sonderlich mochte.

»Layana, ich habe keine Lust, den Abend mit ihm zu verbringen.« Dabei deutete ich mit einer Kopfbewegung in Ciarans Richtung. Dieser hatte sich mittlerweile abgewandt und beobachtete eine Dreiergruppe junger Frauen, die ihn bereits entdeckt hatte und beobachtete.

Typisch.

Ich rollte mit den Augen.

»Das kannst du mir nicht antun! Layana«, zischte ich ihr zu. Malio stellte sich neben meine Schwester und legte ihr die Hand auf die Schulter. Ich zog scharf die Luft ein.

»Wenn Rian das sieht!« Die kleine Ratte trieb sich hier bestimmt irgendwo herum. Nur weil ich ihn gerade nicht sah, hieß es nicht, dass er nicht hier war. So hobbylos und den Eltern treu ergeben war nicht einmal ich. Und ich vergrub meine Nase schon lieber in Büchern, als mich mit anderen zu treffen. Layana war meine beste Freundin und eigentlich auch meine einzige. Denn während die Seelenbringer eine eingefleischte Clique waren, waren wir Seelenrichter eher eigenbrötlerisch und blieben lieber unter uns. Nur „unter uns" hieß hier wirklich, dass wir uns nur mit uns selbst beschäftigten.

Was das über unseren Charakter aussagte, wollte ich lieber nicht wissen.

»Ich würde gerne mit ihm tanzen.« In Layanas Stimme trat ein flehender Unterton, woraufhin ich seufzen musste.

»Wenn Mutter und Vater das erfahren...«

Layana schüttelte den Kopf.

»Das werden sie nicht. Ich verspreche es dir.« Doch ich war mir da nicht so sicher, wie es meine Schwester war.

»Ich kann dich hier nicht tanzen lassen, du bist verrückt«, murmelte ich. Wieder war es meine Schwester, die ihren Mund zu einem Schmollmund verzog. Doch ich blieb hart.

»Aber nicht hier. Draußen, im Festgarten. Dort möchte ich tanzen. Wo uns niemand sieht.« Auch damit war ich nicht ganz zufrieden.

»Und wenn euch doch jemand sieht?«

Rian, zum Beispiel. Ich konnte mir noch immer schwer vorstellen, dass er sich hier nicht herumtrieb. So wie ich ihn kannte, wartete er nur darauf, dass Layana einen Fehltritt begann, nur um diesen noch in der Sekunde an unsere Eltern weiterzuleiten. Denn auch wenn wir bereits alt genug waren und für uns selbst verantwortlich, so war es die Familie, die die Pflicht hatte, falsche Verhaltensweisen in den Griff zu bekommen.

Und sich zu verlieben gehörte definitiv dazu.

»Geh ruhig, wir werden hier die Stellung halten«, sagte Ciaran und Layana strahlte plötzlich über das ganze Gesicht.

»Wirklich?«

Überrumpelt betrachtete ich ihn mit einem skeptischen Blick.

»Natürlich. Geh jetzt.«

Das musste er meiner Schwester nicht zweimal sagen. Noch ehe ich einen weiteren Einwand einwerfen konnte, fiel sie Ciaran bereits um den Hals und deutete Malio, dass er ihr nachher folgen sollte. Und damit war sie auch schon zwischen den tanzenden Paaren verschwunden. Einfach so. So schnell konnte es gehen.

»Warte noch ein paar Minuten, ehe du ihr folgst«, wandte sich Ciaran an Malio und ich schüttelte den Kopf.

»Du folgst ihr am besten gar nicht. Wieso mischst du dich ein? In dieser Angelegenheit hast du gar nichts zu sagen. Das ist eine Sache zwischen Layana und mir!«, stellte ich direkt klar und bemerkte, dass die Wut mit jedem Wort, das über meine Lippen rollte, größer wurde. Doch

Ciaran blieb unbeeindruckt und zuckte gelangweilt mit den Schultern.

»Nun, ich sehe das nicht so. Das hier geht mich sehr wohl etwas an. Layana ist meine beste Freundin und sie hat es verdient, glücklich zu sein. Und Spaß zu haben. Wenn du zu feige bist, ihr den Rücken freizuhalten, Seelenrichterin, dann übernehme ich das. Mut zählt ja bekanntlich nicht zu deinen Stärken.« Augenblicklich spürte ich Hitze in meine Wangen steigen.

»Wie kannst du es wagen, so mit mir zu sprechen?« Im Augenwinkel bemerkte ich, wie Malio sich langsam von uns entfernte und zog ihn zurück.

»Und du bleibst hier, hast du mich nicht gehört? Das ist keine gute Idee. Rian wird hier irgendwo sein und er wird euer Treffen brühwarm meinen Eltern erzählen.«

Ciaran schüttelte den Kopf und deutete mit diesem hinter mich. Dabei fielen ihm die kurzen Haare erneut ins Gesicht, die er mit einer lässigen Handbewegung hinter das Ohr strich. Für einen Moment fixierte er mich mit seinen dunkelblauen Augen.

»Er steht dort hinten und beobachtet uns gerade.« Ich drehte mich sofort um und erkannte meinen Cousin direkt. Die dunkelbraunen Haare und dieser seltsame Haarschnitt war unverwechselbar. Niemand sonst trug heutzutage noch diese eigenartige Topffrisur. Zumindest niemand, den ich kannte.

Ich schnaubte.

»Na ganz toll. Und jetzt?«, murmelte ich, während mein Hirn bereits auf Hochtouren arbeitete und fieberhaft nach einer Ausrede für Layana suchte. Ciaran legte mir seine rechte Hand auf die Schulter und grinste mir frech entgegen.

»Sieh zu und lerne vom Meister. Ich zeige dir, wie man jemanden wirklich gut ablenken kann.«

Skeptisch beobachtete ich, wie er an mir vorbei ging und auf Rian zusteuerte.

Ich seufzte abfällig und folgte Ciaran.

»Na, wenn du meinst. Ich bin gespannt. Aber vermassle es ja nicht«, murmelte ich und bemerkte, wie Ciaran mit den Augen rollte.

Rian kam uns entgegen und blieb vor uns stehen. Seine grauen Augen suchten den Raum ab, ehe er die Arme vor der Brust verschränkte.

»Wo ist Layana?«

»Nicht hier«, antwortete Ciaran direkt, doch Rian hob eine Augenbraue. Er verschränkte ebenfalls die Arme vor der Brust, wodurch er seine durchtrainierten Oberarme betonte. Rian war groß, größer als Ciaran und ich. Selbst Ciaran überragte er um einen Kopf. Sein Körper wirkte bullig und er verbrachte seine Freizeit am liebsten in den Kraftkammern. Wenn er nicht gerade dabei war, jemanden zu bespitzeln. Als Seelenordner konnte er sich keine körperliche Schwäche erlauben, denn es war seine Aufgabe, dafür zu sorgen, dass die Seelen an ihren Plätzen blieben und nicht abhauten. Kaum vorzustellen, wie es einen Christen durcheinanderbringen würde, wenn er plötzlich im Nirvana eines Buddhisten landen würde. Oder anders herum.

Dieses Chaos konnte und wollte ich mir nicht vorstellen.

»Und das soll ich dir glauben? Sag mir, wo Layana ist. Oder soll ich Tante Fiadh anrufen und fragen, wo sich meine Cousine herumtreibt?«, fragte er und ich schluckte. Wenn er Mutter befragte, würde sie ihm sagen, dass Layana mit mir unterwegs war. Auf dem Seelenfest. Wo sie laut Ciaran allerdings nicht war. Ich warf dem Seelenbringer einen langen Blick zu. Hatte er seine Sache überhaupt zu Ende gedacht? Konnte er überhaupt denken?

Ich bezweifelte es.

»Wie ich bereits sagte, sie ist nicht hier.« Doch Rian wirkte nicht überzeugt. Ich ebenso wenig.

»Das reicht. Ich rufe Tante Fiadh an.«

Ciaran lehnte sich nach vorne und legte seinen Arm um Rian.

»Wieso bist du eigentlich hier?«

»Weil ich nachsehen wollte, ob sich meine abtrünnige Cousine hier herumtreibt. Wenn sie es tut, ist es meine Pflicht, auf sie acht zu geben.« Eher seine Passion, denn ich kannte niemanden, der so gerne petzte wie er. Aber vermutlich lag es auch in seiner Natur, auf Recht und Ordnung zu pochen. Wenn er den ganzen Tag damit verbrachte, dafür zu sorgen, dass alles den Regeln folgte, wie sollte man dann in der Freizeit damit aufhören? Vielleicht verurteilte ich ihn zu unrecht. Oder hatte ein falsches Bild von ihm. Innerlich zuckte ich mit den Schultern. Egal, wie es war, er hatte uns damals schon oft Probleme gemacht. Ich konnte mich gar nicht mehr daran erinnern, wie oft er mich als Kind verpfiffen hatte. Rian und ich waren etwa gleich alt und zusammen aufgewachsen.

Schon damals ging er mir mit seinem Beachten der Regeln auf den Keks. Das hatte sich bis heute nicht geändert.

Als viele hundert Jahre nach uns Layana zur Welt gekommen war, hatte er auf sie ein ebenso strenges Auge gehabt.

Rian kniff die Augen zusammen.

»Mach dich mal locker.« Rian? Und locker? Eine Stahlstange war lockerer als er. Skeptisch betrachtete Rian Ciaran und schüttelte den Kopf.

»Wir können etwas zusammen trinken. Hast du schon mal diesen Schnaps aus der Menschenwelt probiert? Der ist wirklich gut. Und dann stelle ich dir ein paar Mädchen vor.« Sofort schnellten die Augenbrauen meines Cousins nach oben.

»Es ist verboten, sich zu verlieben.«

»Ich habe nie gesagt, dass wir uns verlieben. Oder habe ich das?«

Rian versteifte sich vor uns.

»Körperlicher Kontakt ist ebenfalls verboten. Soll ich dich melden?«

»Das würde ich zu gerne sehen«, mischte ich mich ein und erntete dafür einen bösen Blick von Ciaran. Dieser schien sich seiner Sache wirklich sicher zu sein.

»Auch davon hat niemand gesprochen. Hast du noch nie Spaß gehabt?«

»Den habe ich jeden Tag. Das, was ich tue, das macht mir Freude.« Das glaubte ich sofort. Doch Ciaran gab nicht auf. Er legte nun seinen ganzen Arm um die Schulter meines Cousins und führte ihn durch die Menge – direkt auf die Bar zu. Mit seiner freien Hand deutete er mir, dass ich gehen sollte. Ich starrte ihnen hinterher, Ciaran drehte sich kurz zu mir um und warf mir einen siegessicheren Blick zu.

»Das glaube ich nicht«, murmelte ich. Hatte Ciaran Rian tatsächlich dazu gebracht, sich ablenken zu lassen?

Es schien fast so. Einen Moment beobachtete ich das ungleiche Duo dabei, wie es sich bei der Bar einfand und Ciaran nach dem Barkeeper verlangte.

»Hast du das gesehen?«, fragte ich und drehte mich zu Malio um. Zumindest hatte ich das vor. Doch er war verschwunden. Ich seufzte laut auf.

»Na ganz toll.«

Ich konnte mir gut vorstellen, wo er nun war. Bei Layana. Kurz warf ich einen Blick zu Rian und Ciaran, die die ersten Gläser hochhoben und hinunterkippten.

»Wirklich ganz toll.«

Damit wandte ich mich um und schritt mit schnellen Schritten durch den Festsaal.

Kapitel 3

Ich brauchte nicht viel Zeit, um meine Schwester im Garten zu finden. Zwar war ich in Versuchung, die verschiedenen Bäume und Blumen näher zu betrachten, wie ich es sonst gerne tat, doch ich widerstand. Wenn es eines gab, das ich so sehr liebte wie Bücher, dann waren es Pflanzen. Vor allem jene in diesem Garten waren besonders.

Die Bäume und Blumen befanden sich stets in ihren höchsten Stadien und blühten um die Wette. Während an den verschiedenen Obstbäumen Früchte hingen, die denen der Menschen zwar ähnelten, aber doch ganz anders waren, gaben die bunten Blumen einen süßlichen Geruch ab. Um Mitternacht, wenn der Mond am höchsten stand, gaben sie zudem kleine Glitzerpartikel ab, die emporstiegen und für eine kurze Zeit Bilder in die Luft zeichneten. So manch einer glaubte, dass sie die Zukunft malten, aber ich war mir da nicht so sicher. Immerhin hatten sie mir noch nie etwas offenbart, dass ich so hätte deuten konnte.

Auch erblühten die Blumen in allen möglichen Farben, die sich fast täglich änderten. Warum sie das taten, das wusste niemand. Wahrscheinlich eine Eigenheit der Magie, die in unserer Welt allgegenwärtig war. War eine Blume an einem Tag blau, so konnte sie am nächsten Tag rot sein. Zur

Feier des Tages hatten sich sämtliche Blumen in Silber gehüllt, was die kleinen Kerzen, die in der Luft schwebten und dem Garten ein einzigartiges Gefühl gaben, unterstrichen. Ich war nicht die einzige, die sich im Garten befand. Pärchen und kleine Gruppen spazierten über die mit Steinen angelegten Gänge und sie betrachteten die Pflanzen, die sich heute besonders darboten. Denn anders als in der Menschenwelt, waren diese Pflanzen wirklich lebendig. Zumindest hatte ich davon gelesen, dass die Pflanzen, die in der Menschenwelt zu finden waren, keinen eigenen Charakter hatten.

Ich überholte zwei Mädchen, die gerade einen Rosenstrauch bewunderten, der seine Blüten drehte und den Blicken darbot und bog zwischen den Büschen ab, direkt in die Mitte der Pflanzen. Doch so leicht war es nicht, denn eine Rose versperrte mir den Weg.

Ich seufzte.

»Bitte, lass mich durch. Ich muss zu Layana.« Doch die Rose blieb stur und ließ weitere scharfe Dornen wachsen, die sich in meine Richtung schoben. Es überraschte mich nicht, dass meine Schwester sich immer die Lichtung aussuchte, die inmitten der verschiedenen Rosensträucher lagen. Denn sie hatte eine besondere Verbindung zu diesen Blumen. Wie sie das geschafft hatte, war mir ein Rätsel. Immerhin war diese Pflanzenart besonders stur.

»Es ist meine Pflicht, auf sie acht zu geben. Sie darf mit Malio keine Dummheiten anstellen.« Als ich Malios Namen erwähnte, stieß ein besonders langer Dorn aus dem Stiel heraus und stach mir in den Arm.

»Au!«, zischte ich und ging ein paar Schritte zurück. Als ich Stimmen hinter mir hörte, duckte ich mich und war überrascht, als sich weitere Blumen über mich schoben und die Sicht auf mich verdeckten.

Damit hatte ich nicht gerechnet. Ich wartete, bis die Mädchen, die ich überholt hatte, weitergezogen waren und wandte mich dann wieder an die Blumen, die sich mir trotzig in den Weg stellten.

»Bitte, ich habe nicht vor, sie zu trennen. Nur aufzupassen, dass sonst niemand sie trennt«, versuchte ich es auf diese Weise. Rosen liebten Liebesgeschichten, das war selbst mir bekannt. Wahrscheinlich beschützten sie meine Schwester und Malio deshalb.

Ich wartete einen Moment und war überrascht, als die Blütenköpfe sich vor mir teilten und mir den Weg freigaben.

»Danke. Ihr werdet es nicht bereuen!«, sagte ich und trat an ihnen vorbei und ging weiter. Ich musste viele Rosenbüsche passieren und war froh, dass sich keine weiteren Blüten vor mich schoben. Irgendwann hatte ich dann deren Ende erreicht und betrat eine Lichtung, auf welcher unzählige Glühwürmchen um ein tanzendes Paar flogen. Auch hier hatten sich schwebende Kerzen eingefunden, während die leise Musik des Tanzsaales noch gut zu hören war.

Layana ließ sich von Malio um Kreis drehen, strahlte und schmiegte sich wieder in seine Arme, als er sie an sich zog. Ihre weißblonden Haare schimmerten im Mondlicht und Malio lächelte verliebt auf sie hinab. Beide nahmen von meiner Ankunft keine Kenntnis, es schien, es wären sie in ihrer eigenen Welt versunken. Einer Welt, in der es nur sie beide gab.

Ein kleiner Stich grub sich tief in mein Herz und ich schluckte. Einmal so angesehen zu werden, wie Layana es von Malio wurde. Wie sich das anfühlen musste? Bestimmt wunderschön. Doch ich wagte es nicht, diesen Gedanken weiterzuspinnen, und biss mir auf die Unterlippe.

Ein Rosenkopf tippte mir auf die Schulter und ich drehte mich zur Seite.

»Ich werde sie nicht stören, das hatte ich versprochen«, erinnerte ich die Pflanze, die sich beruhigt zurückzog.

Es fühlte sich falsch an, Layana zu beobachten. Als wäre ich ein Störenfried, der sich einmischte, um ihr Glück zu vernichten. Doch das war ich nicht, ich wollte auf sie aufpassen und verhindern, dass sie Dummheiten beging, für die sie teuer zahlen musste.

»Layana!«

Ich schreckte ebenso wie meine Schwester zusammen, als Mutters Stimme über die Lichtung hallte. Sofort sah ich zur Seite und erkannte die große Gestalt unserer Mutter, flankiert von unserem Vater.

Mit fest zusammengekniffenen Lippen trat sie auf Layana zu, was mich dazu veranlasste, aus der Schockstarre zu treten und mit schnellen Schritten ebenfalls nach vorne zu gehen. Ich war schneller als unsere Eltern und stellte mich zwischen das Paar und sie.

»Amaya?«, nun trat Unglaube in ihre Stimme und selbst unser Vater hob eine Augenbraue.

»Was macht ihr hier?«, fragte Layana sie und löste sich aus den Armen ihres Liebsten. Dass ihr das schwer fiel, das konnte ich ihr ansehen. Mitleid wuchs in mir, dass ihr Abend gestört wurde, das hatte ich nicht gewollt.

»Rian hat uns darüber informiert, dass er dich auf dem Fest aus den Augen verloren hat.«

Also hatte Ciaran doch versagt. Ich hätte es wissen müssen. Instinktiv biss ich mir auf die Unterlippe und ärgerte mich darüber, dass ich ihn mit Rian allein gelassen hatte. War es meine Schuld?

»Seine Nachricht war zwar sehr eigenartig, aber die Botschaft war klar verständlich.« Nun hob ich eine Augenbraue.

»Wieso war seine Nachricht eigenartig?«, hakte ich nach und blickte zu unserem Vater, der auf sein Mobiltelefon sah. Diese kleine Errungenschaft der Menschen hatten wir uns ebenfalls zu nutzen gemacht, auch wenn sie hier in unserer Welt anders funktionierten.

»Er hat seltsame Bilder mitgeschickt.«

»Emojis«, besserte ich Vater aus, der mit den Schultern zuckte.

»Wie auch immer. Was eine Melone, ein Hund und eine Dynamitstange damit zu tun haben, verstehe ich wirklich nicht.« Das tat ich auch nicht, doch diese Frage zu klären, hatte nun wirklich keine Priorität. Mutter sah es ähnlich, denn ihr Räuspern brachte uns dazu, uns wieder Layana zuzuwenden. Diese klammerte sich fest an Malios Hand und ich sah deutlich, dass sie zitterte.

»Wir haben nur getanzt.«

»Tanzen ist erlaubt. Der Saal ist voll von Frauen und Männer, die miteinander tanzen«, wagte ich nun ebenfalls den Versuch, Layana zu schützen. Doch Mutter schüttelte ihren Kopf. Die hellen Haare, die wir von ihr geerbt hatten, flogen wild von einer Seite zur anderen.

»Nicht, wenn man mit jemandem tanzt, den man denkt, zu lieben.«

»Ich denke es nicht, ich weiß es.«

»Unsinn! Und selbst wenn es so wäre, es ist verboten!«

»Ich werde kein Kind bekommen!«

»Das kannst du nicht wissen!« Das Wortgefecht zwischen Mutter und Layana wurde mit jedem Satz hitziger und lauter. Im Augenwinkel beobachtete ich die Rosen, die sich zurückzogen und von dieser Unterhaltung ebenfalls nichts wissen wollten. Ich schluckte und trat nach vorne.

»Es wäre nichts geschehen, denn ich war bei Layana. Es war wirklich nur ein Tanz. Ich habe aufgepasst.«

Nun traf mich Mutters strenger Blick mit voller Härte.

»Was dabei herauskommt, wenn man dich auf deine Schwester achtgeben lässt, das sehen wir ja jetzt. Sie hätte ihn nicht treffen dürfen.« Vater stand neben Mutter und blickte zwischen uns hin und her. Hilfesuchend sah ich zu ihm, doch Mutter schüttelte den Kopf.

»Versuch es erst gar nicht. Er ist auf meiner Seite. Das muss er, denn es ist unsere Pflicht, dem Einhalt zu gebieten!«

Mutter war von ihnen schon immer die strengere Person gewesen, während Vater uns stets mehr erlaubt hatte und mehr Gefühle gezeigt hatte. Vielleicht lag es auch daran, dass Mutter eine Seelenbringerin war wie Layana und Vater ein Seher. Seher waren meistens empathischer. Sagte man zumindest.

»Ich kann Malio nicht verbieten, auf das Fest zu kommen. Das kann niemand. Selbst ihr nicht«, erinnerte ich meine Eltern, wobei ich nun ebenfalls meine Mutter fixierte.

»Es ist nichts passiert. Es war nur ein Tanz, wirklich!«, warf Layana erneut ein. Doch ich konnte in Mutters Gesicht erkennen, dass ihr diese Einwände egal waren. Was auch immer Layana sagte, es würde es nicht besser machen. Es würde ihre Situation nicht verbessern. Im Gegenteil.

»Layana«, murmelte ich und legte meiner Schwester die Hand auf die Schulter.

»Wir sollten vielleicht gehen«, fügte ich leise hinzu, denn ich konnte mir denken, dass wir Mutter nicht überzeugen konnten. Nicht heute. Nicht jetzt.

»Ich möchte nicht!«, trotzte Layana und riss sich von mir los. Hilfesuchend flüchtete sie in Malios Arme, was Mutter dazu brachte, erneut die Lippen und Augen zusammenzukneifen.

»Amaya hat recht. Wir gehen. Und zwar jetzt. Das Fest ist für euch beendet! Für euch beide!« Was ich damit zu tun hatte, wusste ich zwar nicht, doch da ich sowieso keine Lust auf das Seelenfest gehabt hatte, war es für mich kein großer Verlust.

»Komm. Wir gehen. Es wird alles gut, das verspreche ich dir«, sagte ich leise zu meiner Schwester, der eine Träne über die Wange lief. Doch noch bevor diese auf den Boden fallen konnte, wischte Malio sie ihr von der Wange.

»Das wird es. Hör auf deine Schwester. Geh jetzt«, sagte auch er leise. Ich konnte ihm ansehen, dass ihn diese Worte Überwindung gekostet hatten und dass es ihm nicht leichtfiel, meine Schwester fort zu schicken. Doch es war das beste und das schien ihm bewusst zu sein. Auch Layana schien dies bewusst zu sein, doch anders als Malio verschloss sie sich vor der Erkenntnis. Langsam löste sie sich von Malio und trat mit gesenktem Kopf neben mich. Ich legte einen Arm um sie und folgte unseren Eltern, die sich sofort in Bewegung gesetzt hatten, als ich meine Schwester in Empfang genommen hatte. Wir schwiegen, als wir die Lichtung verließen und den Ausgang des Gartens benutzten. Zusammen betraten wir einen weiteren Weg, der mit Steinen gepflastert war. Anders, als die Menschen dachten, war die Anderswelt mehr als nur ein riesiger Wald. Wir hatte kleine Städte und Technologien, die an der der Menschen angelehnt war. Doch anders als mit Strom funktionierte bei uns alles mit Magie, die in jedem von uns floss.

Während in den Büchern Bilder der Menschenstädte waren, die riesige Gebäude zeigte und Autos, gab es bei uns einfache Häuser, die an Gebäude der älteren Jahrhunderte erinnerten.

»Was ist so schlimm daran, wenn Layana und Malio sich lieben, solange kein Kind entsteht?«, fragte ich und versuchte erneut, für meine Schwester Partei zu ergreifen.

Mutter warf mir einen strengen Blick über ihre Schulter zu.

»Es bleibt nie bei einem Tanz. Das ist es nie und das Risiko ist zu groß.«

»Und wenn sie sich beherrschen können? Und kein Kind bekommen? Layana, du kannst unseren Eltern bestimmt versprechen, dass ihr das verhindern werdet. Angeblich gibt es Amulette, die eine Schwangerschaft verhindern könnten«, sagte ich und drehte mich zu Layana. Doch sie reagierte auf meinen Einwand nicht und blickte auf den Boden.

»Selbst wenn sie es könnte, das Risiko ist zu hoch. Wäre sich der Rat sicher, diese Dinge funktionieren, dann wäre es nicht verboten.«

Ich konnte es Mutter anhören, dass sie damit das letzte Wort gesprochen hatte. Ihre Tonlage war streng und ließ keine Widerworte zu. Vater, der neben Mutter vorausging, ließ sich ein paar Schritte zurückfallen und warf einen traurigen Blick auf Layana, die in diesem Moment eher einem Häufchen Elend glich.

»Es tut uns leid, dass wir dir das antun, aber wir haben Angst, dich zu verlieren. Du wirst es nicht wissen, Amaya, aber wenn das Herz einmal erweckt wurde und sich nach Liebe verzehrt, dann wird der Verstand ausgeschaltet. Es liegt in unserer Natur, dass wir uns miteinander verbinden. Besonders an Neumonden ist dieser Drang besonders stark und kann nicht beherrscht werden. Ein Kuss, egal ob aus Liebe gegeben oder nicht, erweckt unser Herz und dann sind wir verloren.«

Das wusste ich. Das Herz einer Todesfee schlief und wurde erst von einem Kuss erweckt. Doch dass es solche Folgen hatte, das konnte ich mir nicht vorstellen.

»Man kann den Verstand nicht ausschalten.«

Vater schüttelte den Kopf.

»Doch. Das Herz kann es. Dass du es dir nicht vorstellen kannst, liegt daran, dass du es noch nicht erlebt hast. Deshalb ist es gefährlich, sich zu verlieben.«

Ich wusste, dass wir uns verlieben konnten, obwohl unsere Herzen noch schliefen. Doch dass man so sehr davon gesteuert wurde, dass sämtliches Denken ausgeschaltet wurde, das konnte ich mir kaum vorstellen.

»Wir haben uns nicht geküsst«, warf Layana ein und erntete dafür einen strengen Blick unserer Mutter.

»Noch nicht. Und so wie es ausgesehen hat, seid ihr kurz davor gewesen.«

Kapitel 4

»Nein«, murmelte Layana, doch sie wurde ignoriert. Wir hatten unser Elternhaus bereits erreicht und obwohl weder Layana noch ich hier noch wohnten, betraten wir es und gingen direkt hoch in unser altes gemeinsames Zimmer.

»Dass wir wieder hier sind, ist doch lächerlich«, murmelte ich. Doch Layana zuckte mit den Schultern.

»Ich bin lieber hier, als dass sie sich in meine Wohnung setzen. Wenn du nicht hier sein möchtest, dann kannst du auch gehen«, sagte sie niedergeschlagen und setzte sich auf ihr altes Bett. Unser altes Zimmer sah noch so aus wie damals, als wir jünger gewesen waren. An den Wänden standen sich zwei Betten gegenüber, an welche Schränke angrenzten und ein großer Tisch, auf dem sogar noch unsere alten Haarbürsten lagen.

Layana und ich hatten dieses Haus verlassen, als wir unsere Ausbildung abgeschlossen hatten. Denn Todesfeen lebten so lange bei ihren Eltern, bis sie die Abschlussprüfungen abgelegt hatten und ihnen ein eigenes Häuschen zugewiesen wurde. Meines lag in Siedlung der Seelenrichter, während ihres in dem Gebiet der Seelenbringer war.

»Ist es wirklich so schwer, wie Mutter sagte, einem Kuss zu widerstehen?«, fragte ich meine Schwester, die an die gegenüberliegende Wand starrte. Ihr Lächeln, das sie sonst immer auf den Lippen trug, war nicht mehr zu sehen und der Glanz in ihren Augen verschwunden.

»Ja. Ich konnte es nicht.«

Hellhörig drehte ich mich ganz zu ihr und runzelte die Stirn.

»Wie meinst du das?«

»Malio und ich haben uns geküsst. Das haben wir längst getan.«

Ich zog scharf die Luft ein.

»Ist es dann wahr, was Vater sagt?«, wollte ich von ihr wissen, doch Layana schwieg.

»Jetzt lass dir doch nicht alles aus der Nase ziehen«, sagte ich, doch meine Schwester hüllte sich weiterhin in Schweigen. Dass Malio und sie sich geküsst hatten, das hatte sie mir verschwiegen. Wahrscheinlich aus einem guten Grund, denn mein Verstand war schon dabei, sich sämtliche Szenarien auszumalen.

Ein Frösteln lief über meinen Rücken.

»So wie du mich gerade ansiehst, kannst du es mir nicht verübeln, dass ich es dir nicht erzählt habe. Ciaran hat nicht so reagiert. Er hat es gelassen genommen.«

»Weil er nicht nachdenkt! Er denkt nie nach! Und es ist seine Schuld, dass unsere Eltern vorhin reingeplatzt sind! Er hatte mir versichert, dass er Rian ablenkt. Doch das ist wohl schief gegangen.« Layana zuckte mit den Schultern.

»Es überrascht mich, dass du ihm vertraut hast.«

»Glaub mir, mich auch und nochmal werde ich diesen Fehler nicht begehen. Es tut mir leid, Layana. Wirklich.

38

Wenn ich genauer darüber nachdenke, ist es meine Schuld. Ich hätte Rian weiterhin im Blick haben sollen.« Layana schüttelte den Kopf und rutschte näher an mich heran und umarmte mich einen kurzen Moment, ehe sie mich wieder losließ.

»Nein, das war es nicht. Dass es so gekommen ist, das ist wohl so und wir können es nicht ändern. Lass uns jetzt schlafen.«

***

Ich hatte an diesem Abend nichts mehr aus meiner Schwester herausbekommen. Sie hatte zu allem geschwiegen, wie es zu dem Kuss gekommen war, wie sie sich nun mit schlagendem Herzen fühlte und weshalb sie es Ciaran erzählt hatte und mir verschwiegen.

Auch am nächsten Tag, als ich meiner Arbeit nachging, quälten mich all diese Fragen.

»Du bist heute nicht du selbst«, meinte Roisin zu mir. Sie betrachtete mich mit ihren braunen Augen und strich sich die dunkelroten Locken hinter das Ohr.

»Es ist nichts.«

»Sicher? Du hast die letzte Frau in die falsche Abteilung geführt.« Ich biss mir auf die Unterlippe.

»Was? Das ist mir noch nie passiert.« Roisin nickte.

»Cara hat das auch gesagt. Sie hat einen jungen Mann in die dritte Etage gebracht und bemerkte, dass diese Seele besonders aufgebracht war. Nachdem der aufsehende Ordner sie beruhigt hatte, wurde sie von Cara in die fünfte Etage gebracht.«

Erneut biss ich mir die Unterlippe. Also hatte ich eine Seele, die in den Himmel der Christen gehört hatte, in den Paradiesgarten der Moslems geführt. Ich stieß einen lauten Seufzer aus. Dass das in einer Katastrophe endete, war vorauszusehen.

»Das ist mir noch nie passiert.« Roisin musterte mich und stieß einen Seufzer aus.

»Das weiß ich. Sowas ist noch niemandem hier passiert.« Ich sah sie an und biss mir auf die Unterlippe. Roisin war älter als meine Eltern und viel strenger, als es selbst Mutter je gewesen war. Doch obwohl ich ihr fast glaubte, dass sie fehlerlos war, so konnte ich mir das nicht vorstellen. Fehler waren in dieser Abteilung äußerst selten aber nicht unmöglich.

Und dass ich die Einzige sein sollte, der ein Missgeschick passiert war, das konnte ich mir auch nicht vorstellen.

»Tut mir leid.« Streng musterte Roisin mich und nickte.

»Sieh zu, dass das kein zweites Mal passiert. Rian hat dich nicht gemeldet.« Das überraschte mich.

»Nicht? Normalerweise petzt er immer alles.« Roisin schüttelte und notierte sich etwas auf ihrem Klemmbrett. Als ich versuchte, einen Blick auf ihre Notizen zu werfen, drehte sie es so zur Seite, dass ich nichts sehen konnte.

Na ganz toll. Wahrscheinlich war das irgendein Formular, wo sie den Vorfall schriftlich festhielt.

»Nein, hat er nicht. Er hat Ärger bekommen.« Nun wunderte es mich umso mehr, dass er mich nicht verpfiffen hatte.

»Was notierst du dir da?«, fragte ich sie und reckte mich erneut, um einen Blick erhaschen zu können. Mit einer schnellen Bewegung wendete Roisin das Blatt und schob ihre runde schwarze Brille zurecht. Nicht, dass sie eine Brille brauchte, das brauchte niemand von uns. Sie fand sie aus irgendwelchen Gründen schick und hatte normales Fensterglas in der schwarzen Fassung.

»Nichts, was dich etwas angeht.«

»Du schreibst, während wir uns unterhalten. Ich glaube schon, dass mich das betrifft«, entgegnete ich, doch Roisin schüttelte energisch den Kopf.

»Selbst wenn, es geht dich nichts an. Und jetzt geh wieder zurück an deine Arbeit. Du hast heute schon genug Blödsinn verzapft.«

Mit diesen Worten stapfte sie davon, wobei die Absätze ihrer High Heels im Takt klackerten und immer leiser wurden. Ich verzog das Gesicht und äffte sie nach.

»Es geht dich nichts an. Sicher geht es mich was an.« Entnervt fuhr ich mir mit der Hand über das Gesicht und warf einen Blick zur Seite auf meinen Arbeitsplatz. Auf dem Tablet aktualisierte sich die Ankunftszeit eines weiteren Seelenbringers. Wir Seelenrichter arbeiteten auch hier mit der modernen Technik. Sobald ein Seelenbringer eine verstorbene Seele in Empfang nahm, aktualisierte sich Zeit und Raum, wo die Seele uns übergeben wurde. Die App hatten wir sowohl auf unserem Smartphone als auch auf dem Tablet auf dem Schreibtisch.

Wer den Auftrag annahm, musste dies in der App bekanntgeben, damit nicht alle Seelenrichter auf dieselbe Seele warteten. Zu Dienstbeginn erfuhren wir, welche

Seelenbringer und welche Seelenrichter für dieselbe Gruppe zuständig waren.

Ich wischte den Auftrag zur Seite und lehnte ab. Mit einem Schwung erhob ich mich, ging um meinen Schreibtisch herum und steuerte den Aufzug an, der in die verschiedenen Ebenen führte.

Ich drückte auf die römische Ziffer fünf und wartete, bis der Aufzug sich in Bewegung setzte und mich in die richtige Etage brachte. Dort stieg ich aus und sah mich um. Direkt am Eingang in den Garten des Paradieses sah ich Rian, der sich mit seinem Kollegen Tadhg unterhielt.

»... in London gesehen«, konnte ich diesen gerade noch hören. Er verstummte, als er mich sah und auch Rian drehte sich überrascht zu mir um. Sofort kniff er die Augen zusammen.

»Was willst du hier?«

»Wissen, weshalb du mich in Schutz genommen hast«, antwortete ich meinem Cousin und nickte Tadhg als Gruß zu. Rian schnaubte und verschränkte die Arme vor der Brust.

»Blut ist dicker als Wasser«, antwortete er mir und deutete, dass ich gehen sollte.

»Du hast meinetwegen Ärger bekommen. Und du hast mich noch nie in Schutz genommen«, erklärte ich mein Erscheinen. Wieder sah ich zwischen den beiden Hin und Her und seufzte.

»Ist es nicht egal, wieso ich das gemacht habe?«

»Mir nicht«, antwortete ich ihm und verlagerte mein Gewicht auf mein anderes Bein. So schnell würde ich nicht gehen. Nicht, ohne eine Erklärung.

»Amaya! Lass es gut sein. Geh einfach und lass mich in Ruhe.« Doch so leicht konnte und wollte ich das nicht stehen lassen. Ich streckte den Rücken durch.

»Sowas hast du noch nie für mich gemacht.« Tadhg zuckte mit den Schultern.

»Ich lass euch mal alleine. Ihr habt da ja noch was zu klären.« Noch bevor er eine Antwort abwartete, drehte er sich zur Seite und ging. Ich wartete, bis ich mir sicher war, dass er uns nicht mehr hören konnte und drehte mich dann Rian zu.

»Sag mir, wieso du das getan hast«, forderte ich ihn auf. Rian blickte zuerst in meine Augen, dann wandte er sich ab und starrte nach oben in den Himmel.

»Das ist meine Art, mich bei dir zu entschuldigen.«

Nun musterte ich ihn perplex.

»Dich bei mir zu entschuldigen?«, fragte ich ihn und er nickte.

»Ja. Ich habe gehört, dass du ebenfalls von deinen Eltern bestraft worden bist. Das ist nicht rechtens, denn diese Strafe hätte nur Layana betroffen.«

»Meinst du, weil ich gestern bei Mutter und Vater übernachtet habe?«, hakte ich nach. Das war keine Strafe gewesen, ich war freiwillig geblieben. Aber das sagte ich ihm lieber nicht.

Er nickte.

»Ja. Ich habe gehört, dass auch du in Schwierigkeiten geraten bist. Das wollte ich nicht.«

Eigentlich war ich das nicht, aber auch das wollte ich nicht richtigstellen. So schluckte ich und beschloss, diese

Entschuldigung anzunehmen. Denn das kam nicht jeden Tag vor.

»Na gut, dann... danke.«

Rian nickte. Ich stand neben ihm und wusste nicht, ob ich wieder gehen sollte oder nicht. Als ich mich dazu entschloss, wieder zurück zu gehen, räusperte sich Rian. »Wie geht es Layana? Es muss schwer für sie sein.« Nun überraschte er mich noch mehr. Rian hatte Gefühle? Der harte Rian, der sonst nicht einmal lächelte? Ich seufzte und sah kurz auf den Boden.

»Nicht gut. Es nimmt sie sehr mit.« Rian nickte.

»Das verstehe ich. Es ist nicht schön, wenn man so von seiner Liebe getrennt wird.« War es möglich? War Rian auch einst verliebt gewesen? War es ihm so ergangen wie Layana? Doch er drehte sich zur Seite und ich wusste, dass ich in diesem Moment nicht mehr von ihm erfahren würde.

Ich nickte ihm zu.

»Danke. Für alles«, sagte ich, woraufhin Rian mit einem Nicken erwiderte. Schließlich drehte ich mich zur Seite und ging zu dem Aufzug zurück, der mich hierhergeführt hatte. Während ich im Aufzug stand, bekam ich eine weitere Meldung auf mein Telefon. Eine Seele, die noch ohne Seelenrichter war. Ich nahm den Auftrag an und drückte schließlich auf die römische Zahl drei.

Der Aufzug fuhr mich erneut und als ich ausstieg, konnte ich bereits Ciaran mit einer jungen Frau stehen sehen. Ich schnaubte. Auf ihn hatte ich gerade gar keine Lust. Doch ich konnte den Auftrag nicht mehr revidieren, so trat ich auf Ciaran zu.

»Amanda Holmes«, sagte er den Namen der jungen Frau, die mich ängstlich anblickte. Ich schenkte ihr ein Lächeln und legte ihr die Hand auf die Schulter. Instinktiv fuhren meine magischen Fühler aus und ich konnte ihr Leben vor meinem geistigen Auge im Schnelldurchlauf sehen. Sie hatte ein schönes Leben geführt, ein kurzes, aber doch schönes Leben.

»Du musst keine Angst haben, ich bringe dich auf die andere Seite « Eine Atheistin, also Etage acht. Ciaran räusperte sich, doch ich ignorierte ihn, legte den Arm um Amandas Schulter und führte sie langsam weiter.

Als Seelenrichter spürte man automatisch, welche Behandlung die Seelen wünschten. Manche brauchten Berührungen, wie eben Amanda es gerade benötigte, wiederum andere wollten formell begrüßt werden.

Langsam führte ich sie durch den dunklen Flur und nahm die achte rechte Abbiegung.

»Was wird mich erwarten? Ich glaube an nichts.«

»Das Jenseits und deine Liebsten. Aber kein Schmerz oder Pein«, nahm ich ihr die Angst und ging weiter durch die dunklen Flure. Ein helles Licht am Ende des Flurs deutete den Ausgang an, zwei Männer erwarteten uns und ich nickte ihnen zu.

»Amanda Holmes. Sie erwartet das Jenseits«, sagte ich ihnen den Namen der jungen Frau und die Ordner nickten.

»Willkommen, Amanda. «

Und damit war meine Arbeit getan. Ich wandte mich um, ging einen weiteren Weg und stand erneut vor dem Aufzug, der mich schon zuvor auf die verschiedenen Etagen gebracht hatte. Ich fuhr auf demselben Weg zurück, wie ich hergekommen war und betrat meine Ebene.

Überrascht stellte ich fest, dass mein Schreibtisch wieder belagert wurde. Layana sprang auf, als sie mich sah.

»Da bist du ja! Wo warst du?«, begrüßte mich Layana, doch ich winkte ab.

»Nicht so wichtig.«

Layana ging aufgeregt auf mich zu und ich stellte erleichtert fest, dass das übliche Leuchten wieder in ihre Augen getreten war.

»Er wurde gesehen. In London!«

Ich blinzelte sie verwirrt an.

»Wer?«

»Cathal.«

Ich schüttelte den Kopf.

»Unmöglich. Er ist seit mehreren tausend Jahren fort. Niemand hat ihn mehr gesehen.« Doch Layana schüttelte den Kopf. Sie schien felsenfest daran zu glauben und aus irgendeinem Grund wollte ich es auch. Ich wollte es glauben.

»Doch. Er wurde gesehen. Und ich werde ihn suchen.«

»Nein! Das ist zu gefährlich.«

Aber Layana wollte nicht auf mich hören.

»Ich möchte es aber. Wenn er zurückkommt, dann gibt es eine Chance für Malio und mich. Vielleicht kann ich ihn dazu bringen, wieder zu uns zu kommen.«

Das hielt ich für keine gute Idee.

»Und was machst du, wenn er sagt, dass ihr nicht füreinander bestimmt seid?«

»Das wird er nicht. Malio und ich gehören zusammen. Ich kann es fühlen. Ich weiß es.«

Und ich wollte ihr glauben. Ich wollte ihr so gerne glauben.

Kapitel 5

»Ich weiß nicht, ob das eine gute Idee ist«, sagte ich leise und betrachtete meine jüngere Schwester. Ihre Wangen leuchteten in einem satten Rot und die Lippen glänzten vor Aufregung. Auch ihre hellen Augen schimmerten, als sie den Kopf schüttelte.

»Das ist nicht nur eine gute Idee, es ist die Beste, die ich seit langem gehabt hatte«, erwiderte sie bestimmt und ihr Tonfall verriet mir, dass es ihr Ernst war. Dass sie wirklich gehen und Cathal suchen wollte.

»Layana, sei doch vernünftig«, versuchte ich an ihren Verstand zu appellieren, doch sie schüttelte vehement den Kopf, sodass die hellen Locken hin und her flogen.

»Das bin ich. Ich bin mir sicher und ich werde ihn suchen gehen, Amaya. Du kannst mich nicht aufhalten. Ich kenne mich in der Welt der Menschen wirklich gut aus!«, sagte sie laut und bestimmt. Doch ich war nicht davon überzeugt. Im Gegenteil.

Ja, Layana kannte die Welt der Menschen und wusste, wie sie sich unter diesen verhalten musste. Doch wer sagte ihr, dass diese Kenntnisse wirklich von Vorteil waren? Ich konnte mir kaum vorstellen, dass Cathal überhaupt noch am Leben war. Er war so lange verschwunden und so viele verzweifelte Todesfeen hatten bereits nach ihm gesucht, doch nie war jemand fündig geworden.

Selbst wenn er noch lebte, wollte er wohl nicht gefunden werden. Das sollte man akzeptieren. Und doch konnte ich die Hoffnung in Layanas hellen Augen sehen, wie sie leuchtete und strahlte. Wie sie sich an diesem dünnen Strohhalm klammerte, der doch nur Illusion war.

»Layana... bitte. Ich meine es doch nur gut mit dir«, sagte ich leise. Aber meine Schwester wollte nicht auf mich hören. Sie schien meine Einwände auszublenden.

Als wäre das, was ich zu sagen hatte, nichts wert. Dabei wollte ich wirklich nur das Beste für sie.

»Amaya«, begann ich leise, doch sie schüttelte erneut den Kopf. Ihr Blick, den sie mir in diesem Augenblick zuwarf, zeigte mir, dass es ihr egal war, was ich ihr zu sagen hatte.

»Du kannst mir sagen, was du möchtest, Amaya. Ich bleibe dabei. Ich werde gehen und Cathal suchen. Und wenn ich ihn gefunden habe, hierher zurückbringen. Dann werden alle sehen, dass Malio und ich zusammengehören. Dass wir zusammen sein dürfen! Dass uns niemand trennen darf!«

Sie klang fest entschlossen und ich seufzte. Irgendwie hatte ich das ungute Gefühl, dass Layana mir etwas verheimlichte. Dass sie mir nicht alles erzählt hatte, was ihr auf dem Herzen lag.

»Layana... gibt es etwas, das du mir erzählen möchtest?«

Sie horchte auf und legte ihre sonst so glatte Stirn in tiefe Falten.

Dann schüttelte sie erneut den Kopf.

»Nein. Was sollte das auch sein? Ich werde noch heute gehen und du wirst mich auch nicht aufhalten können!« Das war mir langsam auch bewusst.

»Das habe ich auch nicht vor. Aber du kannst mir alles sagen, was du sagen möchtest. Oder was dir auf dem Herzen liegt.« Sie nickte, doch sie schwieg. Dann warf sie einen kurzen Blick auf die große Wanduhr, die gegenüber von meinem Schreibtisch hing.

»Es wundert mich, dass Ciaran noch nicht hier ist.« Sofort sträubte sich alles in mir, als ihr dieser Name über die Lippen rollte.

»Wieso sollte er auch hier sein? Er hat hier nichts verloren!«, stellte ich direkt klar, doch Layana schüttelte den Kopf.

»Mutter hat ihn gebeten, ein Auge auf mich zu haben.« Ich schnaubte und konnte mir ein trockenes Lachen kaum verkneifen.

»Ihn? Sie hat ihn gebeten?«, fragte ich und gluckste dabei. Da konnte man auch einen Hai bitten, auf einen Goldfisch aufzupassen. Wobei ein Hai dafür wohl noch qualifizierter wäre, als es bei Ciaran der Fall war.

»Ja. Er hat sich mit ihr unterhalten und sie davon überzeugt, dass sie ihm vertrauen kann.« Wenn das bei Mutter genauso gut klappte wie gestern bei Rian, dann war dieses Unterfangen zum Scheitern verurteilt.

»Und du vertraust ihm?«

Layana zuckte mit den Schultern und überkreuzte die Beine. Erst jetzt fiel mir auf, dass sie heute eine dunkle Jeans trug, zu der sie eine helle Bluse gewählt hatte. Sie sah ganz anders aus als sonst. Normalerweise trug sie

Blumenkleider und geflochtene Zöpfe. Eigentlich sah sie generell so aus, als wäre sie in meine Kleidung gefallen und hätte versucht, mich zu kopieren. Während sie bunt und farbenfroh war, war ich schlicht und einfach gekleidet. Auch meine Haare waren schlicht, denn während sie mit dichten Locken zu kämpfen hatte, hingen meine hellblonden Haare glatt an mir hinab.

»Er ist mein bester Freund. Was ist das für eine Frage? Er wird mich nicht hintergehen. Ich vertraue dir ja auch.«

»Das ist etwas anderes. Ich bin deine Schwester. Er ist nur Ciaran.«

»Habe ich da gerade meinen Namen gehört?« Ich konnte mir ein sofortiges Augenrollen nicht verkneifen. Ciaran ließ sich neben Layana fallen und grinste mir breit entgegen. Ernst sah ich zu ihm und ignorierte das freche Grinsen, das er auf seinen vollen Lippen trug.

Mit einer eleganten Handbewegung zog er einen Apfel aus seiner Jackentasche und biss laut in diesen. Ich verzog das Gesicht.

»Kannst du nicht woanders essen?«

Ciaran biss erneut demonstrativ in den Apfel.

»Was stört dich daran? Bist du neidisch, weil ich in den Apfel beiße, aber dich verschmähe?«

Ein Schauer jagte über meinen Rücken und ich schüttelte augenblicklich den Kopf.

»Nein. Darüber bin ich sogar sehr glücklich. Dein Schmatzen geht mir auf die Nerven. Außerdem unterhalten wir uns gerade.«

Ciaran nickte und biss erneut in das Obst. Somit zeigte er mir direkt, dass er meinen Einwand ignorierte.

»Ja. Über mich. Ich wüsste zu gern, was ihr über mich erzählt.«

Ich rollte erneut mit den Augen.

»Du kannst mir lieber sagen, weshalb du gestern bei Rian versagt hast. Meintest du nicht, dass du alles im Griff hast?«, fragte ich nach, doch Ciaran zuckte ertappt mit den Schultern.

»Kann ja keiner ahnen, dass er eine Story hochlädt und anschließend deinen Eltern nicht zusammenpassende Emojis schickt.«

Layana kicherte und verlagerte ihr Gewicht zur Seite.

»Nein, kann keiner ahnen. Wobei ich zu gerne gesehen hätte, wie Rian betrunken gewesen ist. Ich habe ihn noch nie fröhlich erlebt!«, lästerte meine Schwester und erntete dafür einen strengen Blick von mir.

»Dafür, dass du gestern erwischt worden bist, hast du aber verdammt gute Laune«, stellte Ciaran fest und musterte sie erneut.

»Nicht, dass ich darüber nicht glücklich wäre... aber es überrascht mich.«

Layana starrte auf ihre Füße.

»Cathal ist gesehen worden. In London. Ich werde ihn suchen, zurückbringen und mir mein Happy End holen. So wie es Cinderella auch machen würde.«

Ich räusperte mich.

»Cinderella hat einen Schuh verloren, sich finden lassen und anschließend geheiratet. Das ist kein guter Vergleich«, sagte ich. Layana ignorierte meinen Einwand. Schon als wir Kinder waren, hatte sie Cinderella am tollsten gefunden. Weshalb, hatte sie mir nie erklären können. Doch wann immer man sich verkleiden konnte oder sie sich mit jemanden vergleichen wollte, hatte sie Cinderella gewählt.

»Wie auch immer. Ich werde gehen.« Ciaran nickte.

»Wenn er wirklich gesehen worden ist, dann solltest du das auch machen.«

Ich räusperte mich und verschluckte mich beinahe an meiner eigenen Spucke.

»Wie bitte? Ermutige sie nicht auch noch! Layana wird nicht gehen. Das ist zu gefährlich! Wäre es so einfach, dann wäre er längst wieder hier!«

Layana blickte mich ernst an.

»Wenn das jeder denken würde, dann würde niemand nach ihm suchen!«

Damit hatte sie zwar recht, aber der Gedanke, dass meine Schwester sich auf die Suche nach jemandem machte, den man viele hundert Jahre nicht mehr gesehen hatte, behagte mir nicht.

»Mir gefällt deine Idee trotzdem nicht«, sagte ich stur und schüttelte den Kopf. Doch Layana sah mich entschlossen an, sprang mit einem Sprung von meinem Schreibtisch und strich sich eine Locke hinter das Ohr.

»Wie auch immer. Ciaran? Können wir gehen?« Alarmiert lehnte ich mich nach vorne.

»Wohin musst du gehen?«

»Ob du es glaubst oder nicht, ich möchte jetzt nachhause. Du verstehst nicht, was mir wichtig ist und ich möchte mir von dir nichts kaputt machen lassen. Also lass mich heute in Ruhe. Ich will von dir nichts mehr hören«, sagte Layana bestimmt und deutete Ciaran, dass er ebenfalls aufstehen sollte. Dieser sprang nach vorne und betrachtete mich mit einem langen Blick.

»Du bist eben langweilig. Und schrecklich stur. Und blind für das, was wirklich wichtig ist.« Autsch. Ich kniff die Augen zusammen, wobei ich ebenfalls aufstand, doch Layana war bereits ein paar Schritte nach vorne gegangen.

»Wir sehen uns.«

»Layana, bitte... such ihn nicht«, flehte ich sie an, doch sie hob nur die rechte Hand und bewegte die Finger abwertend hin und her. Sie hörte mir nicht mehr zu. Ich kannte sie, sie hatte nun vollkommen dicht gemacht und schien von allem nichts mehr hören zu wollen.

Ich wandte mich an Ciaran, der mich noch immer musternd betrachtete.

»Lass nicht zu, dass sie geht.«

Doch auch er sagte nichts mehr zu mir. Stattdessen schloss er auf und legte den rechten Arm um Layanas Schulter. Er lehnte seinen Kopf in ihre Richtung, flüsterte ihr etwas ins Ohr, woraufhin Layana kicherte. Sie warf mir einen Blick über die Schulter zu, ehe sie sich mit Ciaran in Bewegung setzte und mein Büro verließ.

Einfach so.

»Verdammt«, fluchte ich und steckte mein Smartphone in die Tasche, als mein Tablett zu blinken begann.

Ich lehnte mich zur Seite und seufzte laut auf. Eine Erinnerung, dass ich schon eine Stunde mehr keine Seele in Empfang genommen hatte, ploppte auf.

Instinktiv biss ich mir auf die Unterlippe. Layana musste warten, ich musste mich nun um die Verstorbenen kümmern.

Kapitel 6

An diesem Tag hatte ich meine Schwester nicht mehr zu Gesicht bekommen. Zwar hatte ich sie angerufen und etliche Nachrichten an sie verschickt, doch sie hatte mich ignoriert. Auch in unserem Elternhaus war ich vor verschlossenen Türen gestanden, sie hatte mich aus unserem damaligen gemeinsamen Zimmer ausgeschlossen.

Somit hatte ich mich zurück in mein Haus begeben und gewartet, bis sie sich von sich aus meldete.

Doch das war nicht geschehen.

Auch zwei Wochen später hatte ich noch nichts von Layana gehört. Meine Schicht war für den heutigen Tag beendet und ich hatte beschlossen den Tag mit einer Tasse Kakao und Keksen ausklingen zu lassen. Eingemummelt in einer dicken Decke saß ich in meinem Wohnzimmer, das mehr einer Bibliothek glich.

Wie alle Häuser in der Anderswelt hatte sich auch dieses ideal auf meine Bedürfnisse angepasst. Überall standen Bücherregale, die rappelvoll gefüllt waren. Selbst in der Küche gab es ein Regal mit diversen Kochbüchern der Menschenwelt, die mir Layana immer zu meinem Geburtstag geschenkt hatte. Am liebsten mochte ich die indischen Kochbücher, auch wenn mir die Gerichte darin nur selten gelangen.

Ich atmete den Duft der warmen Schokolade ein, als ein Klopfen mich aus meinen Gedanken und der Geschichte über einen Serienmörder riss. Mit einem leisen Stöhnen stellte ich die Tasse auf dem gläsernen Tisch ab, legte das Buch zur Seite und zog die Decke fester um meinen Rücken.

Langsam stolperte ich durch das Zimmer, betrat den Flur und setzte meinen Watschelgang zur Eingangstür fort.

Ich bekam nie Besuch um diese Uhrzeit – gut, eigentlich bekam ich generell nie Besuch, aber so spät am Abend hatte ich am liebsten meine Ruhe. Was auch alle wussten.

Mit einem genervten Seufzer riss ich die Haustür auf und blinzelte überrascht in drei Gesichter.

Layana, Malio und Ciaran standen mir gegenüber.

Während über Layanas Wangen Tränen rollten, waren Malios und Ciarans Mienen ernst. Wobei ich mich nicht erinnern konnte, dass ich Ciaran jemals ernst hatte aussehen sehen.

»Was wollt ihr denn hier?«, fragte ich und versuchte, meine weinende Schwester zu ignorieren. Sie hatte mich die letzten Wochen auch nicht beachtet und auf keine Kontaktversuche meinerseits geantwortet. Demonstrativ sah ich an ihr vorbei und fixierte mich auf Malio, dem geringsten Übel.

»Ich habe ein Problem«, gestand mir Layana direkt mit heiserer Stimme. Ich verschränkte meine Arme vor der Brust und betrachtete meine Schwester lange. Sie stand wie ein Häufchen Elend vor mir, zitterte am ganzen Körper. Instinktiv zog ich meine Kuscheldecke enger um meinen Rücken und verkrampfte die Finger.

»Können wir nicht reinkommen? Hier draußen redet es sich nicht so gut«, bat mich Malio mit brüchiger Stimme. Mit zusammengekniffenen Lippen sah ich zwischen den dreien hin und her und stieß einen Seufzer aus.

»Na gut, von mir aus. Aber es muss ein wirklich guter Grund sein, weshalb ihr mich heute noch stört«, murmelte ich und trat zur Seite. Malio zog Layana mit sich, Ciaran war das Schlusslicht. Als dieser an mir vorbei ging, betrachtete er mich abwertend.

»Was hast du schon besseres vorgehabt? Ein Date mit dem Krümelmonster?«, fragte er und ich reckte die Nase nach oben.

»Selbst wenn dem so wäre, geht es dich nichts an!« Ich wusste nicht, was ein Krümelmonster war und wollte mir auch nicht die Blöße geben und nachfragen, weshalb ich die Tür hinter meinem Besuch schloss. Layana und Malio waren bereits im Wohnzimmer und setzten sich. Ciaran ließ sich auf meinen Platz fallen, griff nach meinem begonnenen Buch und runzelte die Stirn.

»Die gefährlichsten Serienmörder Amerikas und woran man die zukünftigen Killer von morgen erkennt«, las er und warf mir einen langen Blick zu.

»Sollten wir uns um dich Sorgen machen?«, fügte er hinzu. Mit knallroten Wangen entriss ich ihm meine Abendlektüre.

»Ich lese gerne.«

»Sieht man gar nicht. Ich hätte eher gedacht, dass Pflanzen dein Ding wären«, kommentierte Ciaran spöttisch und deutete mit dem Kopf auf eine Zimmerpflanze, die verdurstet in der Ecke stand. Nervös tippte ich auf mein Buch und deutete dann auf Layana.

»Wenn ihr hierhergekommen seid, um euch über mich lustig zu machen, könnt ihr gleich wieder gehen!«, zischte ich und legte das Buch mit einer schnellen Handbewegung außerhalb von Ciarans Reichweite.

Augenblicklich brach Layana in Tränen aus und vergrub ihr Gesicht in Malios Brust. Ich runzelte die Stirn, als sie etwas sagte, was ich jedoch nicht verstand.

»Wie bitte?«, hakte ich nach und mit einem lauten Schluchzer riss sich meine Schwester von Malio los.

»Ich sagte, ich bin schwanger!«

Augenblicklich trat eine Stille ein, die alles überschattete. Ich blinzelte wieder und ließ mich auf meinen Hocker fallen, wobei ich meine Decke noch enger um mich zog. Ciaran warf mir einen spöttischen Blick zu, doch selbst er verzichtete auf einen Kommentar.

»Das ist nicht wahr«, stammelte ich, doch Layana schluchzte erneut laut auf und lehnte sich an Malio. Sie weinte bitterlich und ich biss mir auf die Unterlippe. So wie meine Schwester weinte und wie schlecht es ihr ging, konnte sie nicht gelogen haben.

Was hätte sie vor allem von dieser Lüge gehabt? Mir wurde übel und ich merkte, wie sich mir langsam der Magen umdrehte.

»Layana... was hast du dir dabei gedacht? Wissen Mutter und Vater davon?«, fragte ich sie aufgebracht. Layanas Schluchzen wurde lauter, als sie mit dem Kopf schüttelte.

»Nein, das weiß noch niemand! Niemand außer Malio und Ciaran!«

Als ich realisierte, dass Ciaran es vor mir erfahren hatte, spürte ich einen kurzen Stich, den ich jedoch ignorierte. Nun war es wichtiger, dass ich mich um Layana kümmerte. »Wann ist das denn passiert? Und was hast du dir dabei gedacht? Habt ihr nicht zumindest versucht, das zu verhindern? Es gibt doch diese Amulette...«, fragte ich sie aufgebracht und bemerkte erst hinterher, dass sich meine Stimme beim Sprechen überschlagen hatte. Doch das war mir egal.

Alles war mir egal.

Was diese kleine Nachricht bedeutete, das wurde mir erst bewusst, als ich weiter darüber nachdachte. Kinder waren verboten. Schwangerschaften waren verboten.

Was das für Layana bedeuten würde, das konnte und wollte ich mir nicht vorstellen. Ich biss mir auf die Unterlippe.

»Layana«, murmelte ich, als sie mir nicht antwortete. Sie starrte stur auf Malios Brust und ihre Finger verkrampften sich in seinem T-Shirt. Dieses verrutschte und offenbarte einen kleinen Blick auf seine durchtrainierte Brust. Ich sah schnell weg, als ich Ciarans vorwurfsvollen Blick bemerkte.

»Was willst du denn von mir hören? Ich weiß, wie du darüber denkst. Ich weiß, wie alle darüber denken. Ich weiß auch, was mir blühen wird. Was uns beiden blühen wird. Und stell dir vor... diese Amulette sind auch nicht sicher. Du weißt doch selbst, dass nichts davon erprobt ist«, sagte Layana leise und schluchzte erneut. Ich dachte an Aine, die nicht mehr gesehen worden war und von der niemand wusste, was aus ihr geworden war. Ein Kloß bildete sich in meinem Hals, den ich jedoch nicht hinunterschlucken konnte.

»Es tut mir leid, aber was willst du von mir hören? Was erwartest du von mir? Soll ich dir sagen, dass du das toll gemacht hast? Dass ich mich für dich freue? Dass ich gern Tante werde?«

Eigentlich wollte ich all das, denn ein Kind war ein Grund zur Freude. Ein Kind war etwas, was man toll gemacht hatte und ich wäre wirklich gerne die Tante dieses kleinen Babys. Wobei ich nicht wusste, wobei niemand wusste, ob dieses Kind, das in Layana heranwuchs wirklich eine Todesfee werden würde.

Oder würde es ein Wesen werden, das unseren Tod bedeutete? Ich wollte diesen Gedanken nicht weiterführen und hielt mich an meiner Decke fest, die wie ein Schutzschild für mich war.

»Wenn du könntest, würdest du gänzlich in sie hineinkriechen, oder?«, fragte mich Ciaran belustigt und lehnte sich weiter nach vorne. Doch ich ignorierte seine Spitzeleien und betrachtete meine Schwester.

»Was sollen wir jetzt nur machen?«, fragte sie mich und ich schluckte.

»Das weiß ich auch nicht, es tut mir leid.« Malio sah sich um und blieb schließlich an mir hängen.

»Du liest doch so viele Bücher, hast du keinen Ausweg für uns? Weißt du nicht, was wir tun könnten, damit kein Unglück für jemanden wie uns geschieht?«, fragte er leise, doch ich schüttelte den Kopf.

»Nein. Ich habe noch nie davon gelesen, dass es gut ausgeht, was ihr da getan habt.«

Ciaran schnaubte.

»Ich habe euch gleich gesagt, dass wir uns diesen Weg sparen können.« Sein abwertender Tonfall ließ mich zusammenzucken.

Ich wusste, dass er mich ebenso wenig mochte, wie ich ihn leiden konnte.

»Du bist hier am wenigsten eingeladen und kannst gleich wieder gehen, wenn du so weitermachst«, zischte ich ihm entgegen und verschränkte meine Arme vor der Brust. Ciaran schnaubte.

»Was denn? Es ist doch die Wahrheit, dass du uns hier nicht helfen kannst. Alles, was du tust, ist, Layana abwertend anzusehen. Dabei hilft uns das gar nicht weiter und so feige wie du bist, wirst du uns auch nicht helfen wollen oder gar können.«

Ich lehnte den Kopf zur Seite.

»Wobei sollte ich euch helfen können? Was habt ihr denn vor?«, fragte ich sie und bemerkte, wie sich Layana von Malio löste. Sie erhob sich und wischte sich mit einer schnellen Handbewegung die Tränen vom Gesicht.

»Ich möchte aufbrechen und Cathal suchen.« Wieder diese alte Leier. Doch nun konnte ich ihr Begehren noch mehr verstehen. Ich erhob mich ebenfalls und ließ meine Kuscheldecke, meinen Panzer, von meinen Schultern rutschen.

»Als du mir das erste Mal davon erzählt hast, wusstest du da schon...?«, fragte ich sie und wagte es nicht, den Satz zu ende zu führen. Doch Layana nickte, noch bevor ich fertig war.

»Ja, da wusste ich schon, dass ich ein Kind bekomme. Aber ich wollte es dir nicht sagen. Ich habe es noch niemanden erzählt. Also... Malio wusste es. Aber sonst noch niemand«, sagte sie leise. Ciaran nickte.

»Ich habe es gestern erfahren.«

Wieder dieser Stich. Also vertraute sie Ciaran mehr als mir. Das hatte sie mir nun zum zweiten Mal gezeigt.

»Und was erwartest du dir jetzt von mir?«, fragte ich Layana und versuchte, meinen Stolz hinunter zu schlucken.

»Deine Hilfe.«

Kapitel 7

Misstrauisch beäugte ich meinen Besuch und verschränkte die Arme vor der Brust.

»Meine Hilfe? Und wobei? Ich wüsste kein Szenario, in dem ich euch behilflich sein könnte«, sagte ich mit fester Stimme. Layana sah mich ernst an und blickte mir dabei tief in meine Augen, die ihren so sehr glichen.

»Du kannst mir den Rücken freihalten. Oder uns. Ich habe vor, zu gehen.«

Wieder fröstelte es mir und ich rieb mir mit den Händen über die Oberarme. Dann schüttelte ich den Kopf.

»Nein.«

Entschieden und bestimmt sprach ich dieses kleine Wort aus, das doch so viel Gewicht in sich trug. Layana sah mich voller Hoffnung an und ich erkannte in ihrem Blick, dass sie meine Antwort nicht hinnahm.

»Und ich sage nein dazu, dass du mir die Hilfe verwehrst.«

Wir sahen uns in die Augen und schließlich seufzte ich laut auf.

»Dann sag mir, was du dir von mir erhoffst. Damit ich dir mitteilen kann, dass es außerhalb meiner Kräfte ist. Ich kann diese Welt nicht verlassen. Ich habe sie noch nie verlassen«, begann ich, doch Layana hob ihren Zeigefinger und unterbrach mich.

»Ich habe nicht darum gebeten, dass du mich begleitest.« Gut, damit hatte sie mir deutlich Wind aus den Segeln genommen.

Ich presste einen Moment die Lippen aufeinander.

»Ich kann dir nicht sagen, welche Orte geeignet wären, um mit der Suche zu beginnen.«

»Auch das war nicht meine Frage oder Bitte«, fiel sie mir abermals ins Wort. Nun lagen kleine Falten in ihrem Gesicht, die sich vor allem in der Gegend um ihre Augen herum breit machten. Sie schien verärgert zu sein.

»Lass sie ausreden«, mischte sich Ciaran gelangweilt ein. Im Augenwinkel hatte ich bemerkt, dass er sich ein paar Kekse von dem Teller stibitzt hatte. Dafür wollte ich ihn nachher noch zur Rede stellen. Doch erst musste ich diese Sache mit meiner Schwester klären.

»Also?«, fragte ich sie stattdessen. Layana atmete tief ein und aus.

»Ich möchte, dass du mir den Rücken freihältst«, wiederholte sie sich.

Ich runzelte die Stirn.

»Dir den Rücken freihalten? Wobei?«

»Sag Mutter und Vater, dass ich auf einer Mission bin. Die länger dauert.«

Ich schnaubte laut auf.

»Das glaubst du aber wirklich nicht. Wie soll das funktionieren? Du kennst unsere Eltern und es gibt nun mal keine Missionen für dich, die so lange dauern. Dafür bist du nicht ausgebildet.«

Es gab Spezialeinheiten, die besonders gut trainiert waren. Jene, die kämpfen konnten. Doch dazu zählten wir nicht und sie waren auch schon sehr lange nicht mehr nötig gewesen.

»Versuch es wenigstens. Sie sollen mich nicht suchen. Sie sollen denken, dass alles okay ist. Und wenn ich mit Cathal zurückkomme, dann werde ich alles ins Lot bringen.«

Ich kniff die Lippen fest zusammen und fuhr mir mit den Fingern durch das helle Haar.

»Und was passiert, wenn du ihn nicht findest?«, fragte ich leise. Ich wollte diese Option nicht durchgehen oder gar in Erwähung ziehen. Doch alles war möglich und da sie jemanden suchte, der lange nicht mehr gesehen worden war, musste ich auch mit einem Scheitern rechnen.

»Das wird nicht geschehen. Hab Vertrauen«, sagte Layana mit fester Stimme und schenkte mir ein leichtes Lächeln. Aber es fiel mir schwer, ihren Worten wirklich Glauben zu schenken.

»Ich weiß nicht.«

Ciaran neigte den Kopf und erhob sich mit einem Schwung. Gelangweilt ging er die paar Schritte auf uns zu und stellte sich zwischen meine Schwester und mich.

»Welche Wahl hast du denn?«

Ich blinzelte ihn lange an und schwieg.

»Sie ist bereits schwanger, ihre Eltern wissen von Malio und ihr. Es wird nicht lange dauern, bis man ihr die Schwangerschaft ansieht.«

Daran hatte ich noch gar nicht gedacht.

Wir trugen unsere Kinder deutlich kürzer aus als Menschen. Tatsächlich waren wir nur wenige Monate schwanger. Dank der Magie, die in uns allen innewohnte, wuchs auch das Baby schneller.

Und so auch ein Bauch.

Kurz schielte ich auf Layanas Bauch, der unter einem weiten T-Shirt versteckt war. Nun fiel es mir wie Schuppen von den Augen.

Deshalb ihr anderer Kleidungsstil. Deshalb die dezenten Kleider und Oberteile. Sie musste ihn bereits verstecken.

Ein Frösteln jagte über meinen Oberarm.

»Wie du siehst, hast du keine andere Wahl. Du hast nur die Wahl, hinter ihr zu stehen, oder sie ins Feuer zu schubsen. Metaphorisch gesehen natürlich«, schlussfolgerte Ciaran und betrachtete mich lange.

Ich fühlte mich erschlagen und übergangen. Natürlich konnte und wollte ich Layana nicht den Ordnern ausliefern, doch genauso wenig wollte ich sie in die Welt hinausschicken und hoffen, dass sie es wieder zu uns zurückschaffte.

So schwieg ich und blickte auf den Boden. Layana griff nach meiner Hand.

»Versprich mir wenigstens, dass du mir bei Mutter und Vater den Rücken freihältst. Mehr verlange ich gar nicht.«

Und damit verlangte sie schon fast zu viel, denn immerhin wusste sie, wie gut Mutter Lügen oder Heimlichkeiten aufdecken konnte. Dennoch gab ich mir einen Ruck.

»Ich verspreche es.«

Malio erhob sich, stellte sich hinter Layana und legte ihr die Hand auf die Schulter.

»Wir sollten jetzt gehen, es ist spät und du musst dich ausruhen.« Besorgt musterte ich sie.

»Setzt dir die Schwangerschaft zu?«, fragte ich leise, doch sie schüttelte den Kopf.

»Nein, nicht so, wie du wohl gerade denkst. Es ist anstrengend, aber auch wunderschön. Ich bereue nichts. Das solltest du wissen.« Ich widerstand den Drang, meine Meinung dazu kundzutun und nickte stattdessen.

»Verstehe. Ich hoffe, du weißt, was du tust.«

Layana lehnte sich zu mir und umarmte mich fest. Ich drückte sie fest an mich.

»Möchtest du heute Nacht nicht hierbleiben?«, fragte ich sie hoffnungsvoll. Wenn sie wirklich gehen wollte, wovon ich sie offensichtlich nicht abhalten konnte, wäre es schön, einen letzten gemeinsamen Abend zu haben. Einen letzten Abend, bevor ich sie vermutlich nie wiedersah. Dieser Gedanke trieb mir die Tränen in die Augen, doch ich blinzelte sie schnell weg und verschränkte die Arme vor der Brust. Meine Decke war mir von den Schultern gerutscht, doch das war mir egal.

Wie ein schützender Panzer, doch auch sie konnten die Gefühlswucht nicht aufhalten, die mich zu überrollen drohte.

Im Augenwinkel bemerkte ich, dass Layana mich musterte und wagte es nicht, den Kopf zu heben.

»Gerne. Es wäre schön, einen letzten Abend allein mit dir verbringen zu können.« Damit hatte ich nun nicht gerechnet. Ich hatte damit gerechnet, dass sie sich eher für die Zeit mit Malio entscheiden würde. So wie dieser uns betrachtete, schien er diesen Gedanken mit mir zu teilen.

»Bist du dir sicher?«

Layana nickte und stellte sich an meine Seite. Eine Welle der Freude und der Erleichterung durchströmte mich.

»Es wird ihr hier nichts geschehen. Dafür werde ich sorgen.«

»Ich kann auch hierbleiben. Als zusätzlichen Schutz«, schlug Ciaran vor, doch ich schüttelte sofort den Kopf.

»Nein, du bist der Letzte, den ich hier auf meiner Couch schlafen lassen möchte!«

»Wer sagt, dass ich auf der Couch schlafe? Du wirst Gästen doch nicht das Bett verwehren, oder?« Ich rollte mit den Augen.

»Verschwinde einfach!«

Ciaran zuckte mit den Schultern und Layana trat näher zu Malio, stellte sich auf die Zehenspitzen und hauchte ihm einen Kuss auf die Lippen.

»Wir sehen uns morgen wieder. Ich möchte Zeit mit meiner Schwester verbringen.«

»Allein«, fügte ich hinzu, wobei ich das eher zu Ciaran sagte. Dieser stopfte sich den letzten Keks in den Mund, zuckte mit den Schultern und legte den Arm um Malios Schulter.

»Dann ziehen wir beide um die Häuser. Nicht, dass du dich in Grübeleien verlierst.«

Layana lächelte und umarmte Ciaran fest, was ich mit zusammengepressten Lippen beobachtete. Was sie an ihm fand, war mir wirklich ein Rätsel. Er lächelte ihr entgegen und wandte sich schließlich mir zu.

»Und du passt auf sie auf?«

Wieder konnte ich mir ein Augenrollen nicht verkneifen.

»Nein. Ich werde sofort die Ordner anrufen, damit sie sie wegschleppen.« Ich schwieg ein paar Sekunden und seufzte dann.

»Natürlich mache ich das nicht. Layana ist meine kleine Schwester. Was denkst du von mir?« Die Antwort blieb mir jedoch erspart, was gut war. Denn so wie ich keine gute Meinung von Ciaran hatte, hatte er auch keine von mir. Auch egal.

»Dann sehen wir uns morgen«, verabschiedete sich Layana endgültig von den beiden und brachte sie zur Tür, während ich in die Küche ging und nach der Milch griff. Diese erwärmte ich kurzerhand auf dem Herd, ehe ich etwas Kakaopulver in zwei Tassen schüttelte und die Milch hinzugab. Als ich fertig war, bemerkte ich, dass Layana im Türrahmen stand und mich beobachtete.

»Geht es dir gut?«, fragte sie mich leise und trat langsam an mich heran. Ich griff nach den beiden Tassen, drehte mich zu ihr um und reichte ihr eine davon. Sie war blau und mit weißen Glitzerpartikeln verziert, die einen Stern darstellten. Layanas Lieblingstasse.

»Sollte nicht eigentlich ich dich das fragen?«, erwiderte ich und führte sie zurück ins Wohnzimmer, wo ich einen dunklen Blick auf den leeren Keksteller warf. Verdammter Ciaran!

»Das muss auch für dich schwer sein. Ich kann damit leben, eigentlich freue ich mich sogar. Du weißt, ich liebe Kinder.« Das wusste ich, denn Layana nahm nie Aufträge an, die Kinderseelen beinhalteten.

Ich stieß einen Seufzer aus.

»Ich mache mir nur Sorgen um dich. Und es ärgert mich, dass du Ciaran stets als erstes von allem erzählst«, machte ich meinem Unmut Luft. Das war etwas, was ich allerdings nie vor Ciaran zugeben wollte. Denn dessen breites Grinsen, wenn er dazu einen dummen Kommentar abgeben würde, konnte und wollte ich mir nicht antun.

»Er ist gar nicht so schlimm, wie du immer denkst.«

»Stimmt. Er ist schlimmer.«

»Wieso magst du ihn eigentlich nicht?«, fragte mich Layana direkt und ich stieß einen Seufzer aus.

»Weil er denkt, er ist der beste und der tollste. Und er ist eingebildet. Großkotzig und sarkastisch.«

Layana lächelte mich an.

»Du kennst ihn nicht richtig.«

Erneut widerstand ich dem Drang, mit den Augen zu rollen.

»Wieso? Weil ich nicht von ihm schwärme, wie die meisten? Er kann von Glück sagen, dass das Werben verboten ist. Sonst könnte er sich vor Angeboten kaum retten.« Ich konnte nicht verhindern, dass ich verbitterter klang als ich eigentlich wollte. Wieso eigentlich? Vermutlich weil ich noch nie von jemandem so angesehen worden war, wie Ciaran von fast jeder weiblicher Todesfee. Als wäre er der leckerste Schokoladenkeks auf dem Teller.

Auch wenn es verboten war, dass wir mit jemandem ausgingen, wäre es zumindest schön zu wissen, dass jemand einen wollen würde. Wäre es denn erlaubt. Verdrehte Gedanken, aber ich konnte sie nicht abstellen.

Layana lachte und betrachtete mich.

»Er mag dich aber eigentlich recht gerne. Weil du ihn nicht wie die anderen anschmachtest.« Ich schnaubte abfällig.

»Weil er nicht attraktiv ist.« Eine glatte Lüge. Denn selbst ich musste zugeben, dass er mit diesen Grübchen, den hellen Augen und den betonten Wangenknochen ein durchaus hübsches Gesicht hatte. Sein Lächeln war einvernehmend und seine Zeit in den Kraftkammern tat ihr übriges, denn er hatte die richtige Menge an Muskeln, um nicht zu schwach aber auch nicht zu stark auszusehen. Doch das würde ich Layana gegenüber natürlich nie zugeben. Eher verzichtete ich das restliche Leben auf Kakao.

»Du solltest ihn besser kennenlernen. Er hat ein Herz aus Gold, ist ein treuer Freund und behält Geheimnisse für sich. Außerdem kann er auch toll zuhören.«

»Wenn er nicht gerade ständig von sich selbst spricht«, fiel ich ihr ins Wort, woraufhin Layana kicherte.

»Gib ihm einfach eine Chance. Er ist ein toller Freund.« Ich kniff die Augen zusammen und betrachtete Layana skeptisch.

»Wieso willst du ihn mir schmackhaft machen?«, fragte ich sie misstrauisch und nippte an meinem Kakao.

Wehmut schlich sich in Layanas Augen und sie blickte einen Moment auf die Tasse in ihren Händen, ehe sie wieder zu mir sah.

»Weil ich weggehen werde und du einen Freund brauchen könntest. Du weißt, dass du nicht viele hast.«

Nicht viele? Ich hatte gar keine. Als ungesellige Banshee fiel es mir unglaublich schwer, auf andere zuzugehen.

»Er hat mir auch versprochen, dass er ab und zu nach dir sehen wird.« Nun ging sie aber zu weit.

»Ich kann gut auf mich selbst aufpassen. Außerdem bin ich fast fünfhundert Jahre älter als du. Ich weiß schon, was ich tue«, sagte ich bestimmt. Doch Layana lächelte, und musterte mich.

»Das weiß ich, aber so wie du dich um mich sorgst, sorge ich mich auch um dich.«

Kapitel 8

Layana hatte noch lange mit mir gesprochen, bis ich irgendwann mit ihr zusammen auf der Couch eingeschlafen war. Doch wir hatten weder über ihre Schwangerschaft noch über Liebe oder gar Ciaran geredet. Sie und ich hatten dasselbe Ziel gehabt: wir wollten den Abend so einfach und leicht wie möglich gestalten.

Ohne schwere Themen und ohne Dinge, die uns aufregen konnten. Als ich am nächsten Morgen die Augen öffnete, war ich allein. Langsam sah ich mich um, blinzelte und rieb mir die Augen, doch es änderte nichts an der Tatsache: Layana war fort. Sie war nicht mehr hier.

Ich suchte in jedem Raum des Hauses und doch fand ich stets dasselbe vor: niemanden. Ich war allein. Eine seltsame Wehmut überkam mich, überrollte mich wie eine Welle, mit der man nicht rechnete.

Auch wenn ich gewusst hatte, dass sie gehen würde, hätte ich nicht gedacht, dass sie es tun würde.

Mit einem leisen Seufzen auf den Lippen trat ich an das Fenster und sah auf die Straßen der Stadt, die langsam belebt wurden. Vereinzelt gingen ein paar Banshees auf den Straßen, die sich unterhielten oder sie waren als Einzelpersonen unterwegs.

Erst jetzt bemerkte ich den kleinen Zettel, der neben meiner Aufbewahrungsbox lag. In dieser hortete ich alle möglichen Kakaosorten. Angefangen von dunkler Schokolade bis hin zu weißer Schokolade, Vollmilch, Kakao mit Bananengeschmack und anderen Sorten, ich hatte beinahe alles, was das Schokoladenherz sich wünschen konnte.

Vorsichtig griff ich nach dem kleinen Stück Papier und entfaltete es in meiner Hand. Bereits als ich die ersten Zeilen las, traten mir Tränen in die Augen und ich musste tief durchatmen, ehe ich erneut von Anfang an beginnen konnte.

Liebe Amaya,
es tut mir leid, dass es so sein musste. Es tut mir leid, dass du allein geaufwacht bist. Aber es musste sein, ich musste gehen. Bitte glaube mir, diese Entscheidung ist mir nicht leichtgefallen. Es war nicht einfach, mich hinauszuschleichen. Aber es musste sein. Genauso musste es sein, dass ich das, was vor mir liegt, allein tun muss. Allein mit Malio. Wir werden nicht scheitern, das weiß ich, und eines Tages, wenn wir Cathal gefunden haben, werden wir uns wiedersehen. Und dann werden wir wieder vereint sein. Ich habe Ciaran gebeten, ein Auge auf dich zu haben, bitte erlaube es ihm, mir diesen Gefallen zu tun. Auch wenn du ihn nicht magst, so möchte ich nicht, dass du einsam sein wirst. Ich liebe dich, jetzt und für immer. Bis zu den Sternen und wieder zurück.

In Liebe,

Layana

Immer wieder flogen meine Augen über die letzte Zeile dieser kleinen Nachricht. Ich unterdrückte den Impuls, den Zettel zu zerknüllen und fortzuwerfen und damit zu vergessen, dass Layana fort war. Doch ich wusste auch, dass ich es nicht leugnen konnte. Ich musste es annehmen und damit zurechtkommen. Mit einer schnellen Handbewegung strich ich mir über die Augen und atmete tief ein und aus.

Dann öffnete ich wahllos eine der vielen Schubladen der Küche und legte den Zettel dort hinein. Schob sie zu und verschloss somit auch mein Herz vor der Traurigkeit, die mich zu überschwemmen drohte.

»Reiß dich zusammen, Amaya. Du bist kein kleines Kind mehr.«

Ermahnte ich mich selbst, ehe ich zum Waschbecken ging und mir etwas kaltes Wasser ins Gesicht spritzte. Ablenkung. Das war es, was ich nun brauchte.

Kurzerhand verließ ich die Küche, griff nach meinem beigen Mantel, schlüpfte hinein und verließ mein Haus. Ziellos betrat ich die Straße und beschloss, nach links zu gehen. Wohin auch immer meine Schritte mich tragen würden, ich ließ mich treiben.

Immer, wenn mir jemand begegnete, senkte ich den Kopf und vermied es, in die Gesichter der anderen zu sehen. Denn ich hatte Angst, dass meine geschwollenen Augen mich verraten könnten.

Ziellos ging ich weiter durch die Straßen, bog wahllos in die einzelnen Gassen ein und fand mich im Park wieder, der an den großen Wald der Anderswelt grenzte, in der allerlei Wesen lebten, die uns sonst kaum über den Weg liefen. Denn anders als man es sich in der Menschenwelt erzählte, hatte hier jeder seine Aufgabe und nur weil sich unsere im Laufe der Jahrhunderte verändert hatte, waren wir mit den anderen Wesen nicht verfeindet.

Einst waren viel mehr Todesfeen in der Menschenwelt unterwegs gewesen und jede Familie hatte eine eigene Banshee gehabt, die immer dann auftauchte, wenn einem Familienmitglied der Tod drohte. Wir hatten als Warnung und als Todesboten für die Menschen gegolten, doch irgendwann hatte sich die Welt zu schnell für uns gedreht.

Nun glaubte niemand mehr, dass wir tatsächlich existierten und so hatten sich jene Banshees, die den Tod vorhersahen und ihre zugehörigen Familie warnten, ebenfalls in die Anderswelt zurückgezogen und waren zu Sehern geworden. So wie sich die Welt weiterentwickelt hatte, so hatten sich auch die Seher weiterentwickelt. Sie sahen nicht mehr nur den Tod ihrer Familie vor sich, sondern auch den andere Menschen, mit denen sie nichts zu tun hatten.

Heute saßen Seher in ihren Mediationszimmern, versunken in ihren eigenen Welten und tippten in ihre Tablets die Namen und Daten jener Menschen, die von den Seelenbringern eingesammelt werden sollten.

Auch wir hatten uns weiterentwickelt.

Doch so sehr die Neuzeit uns auch revolutioniert hatte, so waren wir gedanklich noch so wie vor tausenden von

Jahren. Alt in unseren Gedanken und unseren Handlungen. Meistens jedoch.

Ein leiser Seufzer rollte über meine Lippen, als ich meine Hände tiefer in die Taschen schob und die Lippen fest zusammenpresste. Zwanghaft konzentrierte ich mich weiter auf diese Gedanken, die in der Vergangenheit festhingen.

Nur nicht an Layana denken.

Was gar nicht so einfach war, denn die Sorge zerfraß mich innerlich. Und ich fühlte mich schuldig, schließlich hatte ich diesen einen Brief gefunden, hatte Gespräche mit ihr geführt. Wie sollte ich reagieren, wenn man mich auf sie ansprach? Schon immer war ich schlecht darin gewesen, meine Gefühle zu verbergen.

Im Augenwinkel bemerkte ich, dass eine Dreiergruppe von Sehern auf mich zukam und bog instinktiv in eine Seitengasse ab, die mich direkt an den Rand des Anderswald führte. Ohne den Baumstamm genauer zu betrachten, der vor mir lag, setzte ich mich auf diesen und starrte auf das grüne Laub des Waldes. Verschiedene Grüntöne schoben sich ineinander, während einzelne Blüten in den Bäumen hingen.

Ob sie durch diesen Wald gegangen war?

Ich schüttelte den Kopf und zog die Beine etwas näher an meinen Körper, während ich den Kopf auf die Knie ablegte. Nein, ich konnte und wollte mich nicht noch länger mit Gedanken über meine Schwester beschäftigen. Was brachte es mir? Doch leider hatte ich keine Alternative.

»Da bist du.«

Kurz drehte ich den Kopf zur Seite und verdrehte die Augen, als Ciaran direkt auf mich zu stolziert kam. Konnte er mich nicht in Ruhe lassen?

»Sag bloß der tolle Ciaran hat nach mir gesucht.« Layanas bester Freund stellte sich neben mich, schob lässig die rechte Hand in die Jackentasche und fuhr sich mit der linken durch sein strohblondes Haar.

»Ausnahmsweise. Aber bilde dir nichts darauf ein.«

»Ich frage mich eher, was ich verbrochen habe«, konterte ich direkt, doch er überging meinen Einwand gekonnt.

»Malio ist auch fort. Sie suchen sie bereits.«

Sofort wurde ich hellhörig.

»Du meinst, sie suchen Malio. Layana ist in der Nacht gegangen.«

Ich konnte nicht verhindern, dass mein Tonfall gelangweilt klang. Verstohlen blickte ich hoch zu Ciaran, doch dieser starrte ebenso wie ich vorhin in das Dickicht der Wälder. Mein Kopf neigte sich.

»Ja, aber sie hatte keine Berechtigung dazu. Selbst du solltest wissen, dass Seelenbringer nicht beliebig gehen dürfen. Überqueren wir die magische Grenze, ohne dass wir einen Grund haben, fällt es auf. Und Layana ist mit Malio zusammen gegangen. Malio hatte allerdings niemals die Berechtigung, die Anderswelt zu verlassen.«

Ein dicker Kloß bildete sich in meinem Hals und ich bemerkte, dass meine Hände schwitzig wurden.

»Was genau willst du mir damit sagen?«

Nun drehte Ciaran seinen Kopf doch in meine Richtung und starrte mich mit seinen blauen Augen an.

»Dass sie genauer hingesehen haben. Und dass sie nach Layana und Malio suchen.«

Mir gefror das Blut in den Adern und ich biss mir unbewusst in meine Unterlippe.

»Aber sie wissen nicht, was wir wissen.«

Ernst betrachtete mich Ciaran und meine letzte Hoffnung war für einen Moment dahin.

»Das kannst du nicht wissen. Möglicherweise ahnen sie es, möglicherweise wissen sie es und möglicherweise haben sie keine Ahnung.«

Ich hoffte auf letzteres. Doch der kleine Teil in mir, der so sehr hoffte, wusste, dass Träume und Hoffnungen auch Schäume sein konnten.

»Was passiert, wenn sie sie finden?« Meine Stimme war brüchig und fast kaum mehr als ein Flüstern. Ich wollte die Antwort nicht hören, doch ich musste es.

»Dann wird es ihnen so ergehen wie Aine.« Ciarans Blick traf meinen.

»Wie kannst du das so gleichgültig sagen?«, warf ich ihm vor. Ich konnte nicht verhindern, dass ich aufgebracht war. Das war meine kleine Schwester, von der wir gerade sprachen! Meine beste Freundin. Meine einzige Freundin, wohl gemerkt. Und er sprach es so aus, als wäre sie ein Apfel, der eventuell vom Baum fallen könnte.

»Ich bin nicht gleichgültig!«

»Doch, das bist du immer! Gleichgültig und schrecklich eingebildet!«, fuhr ich ihn an. Ich wusste nicht wohin mit meinen Emotionen, so lud ich sie bei Ciaran ab. Es war unfair, doch das war mir gleich.

Er hatte es nicht anders verdient. Mit zusammengekniffenen Augen betrachtete er mich.

»Ich mache die Regeln nicht, Amaya! Aber das solltest du eigentlich wissen!« Natürlich wusste ich es, doch ich wollte davon nichts hören. Von gar nichts wollte ich etwas hören.

Verzweifelt schüttelte ich den Kopf und begann damit, mit den Fingern an dem Saum meines T-Shirts zu nesteln.

»Sie werden sie nicht finden.« Ich klang verzweifelter, als ich es beabsichtigt hatte und doch war es Ciarans Schnauben, das nun auch den letzten Funken Hoffnung in mir zunichte machte.

»Der Rat findet alle. Auch das solltest du wissen. Bisher ist es nur Cathal gelungen, zu gehen. Und wie du weißt, haben es bereits mehrere versucht.«

So ein Arsch. So ein altkluger Arsch. Ich schüttelte den Kopf und erhob mich direkt.

»Nein, das werden sie nicht. Sie werden sie nicht finden.« Daran musste ich festhalten. Es gab keine andere Option, die für mich in Frage kam.

Ciaran musterte mich von oben nach unten, doch auf eine Art, die unangenehm war. Die durch Mark und Bein ging und die eine unangenehme Gänsehaut hinterließ. Als würde er sich vor mir ekeln. Sollte er nur, ich empfand mindestens doppelt so viel Abscheu für ihn wie er für mich.

»Werden sie nicht, weil ich sie vor ihnen finden werde.«

Kapitel 9

Was hatte ich mir nur dabei gedacht, als ich diese Worte ausgesprochen hatte? Auch Ciaran sah mich an, als hätte ich komplett den Verstand verloren. Gut, möglicherweise hatte ich das auch.

Doch noch bevor er etwas sagen konnte, brach er in schallendes Gelächter aus. Ich runzelte die Stirn.

»Und was ist jetzt so witzig?«, fragte ich genervt und konnte nicht verhindern, dass ich dabei wie ein beleidigtes kleines Kind klang. Die Antwort blieb einen Moment aus, denn Ciaran brauchte ein paar Sekunden, um sich zu fangen.

Was mich noch mehr beleidigte.

»Die Tatsache, dass du tatsächlich glaubst, dass du gehen kannst und Layana finden wirst. Du weißt schon, dass sie in die Menschenwelt gegangen ist, oder?«

Ich nickte.

»Wohin denn sonst? Hier in der Anderswelt würde man sie schneller finden als sie bis zehn zählen konnte.« Die Magie, die uns umgab, war deutlich spürbar und man konnte schnell jeden von uns aufspüren, wenn man es denn wirklich wollte. Wirklich verschwinden konnte man hier nicht. Ansatzweise konnte man immer aufgespürt werden und besonders die Ordner hatten ein Talent dafür, verlorene Seelen zurückzubringen.

Damals, als es hier noch Kinder gegeben hatte, war es nicht selten gewesen, dass sie ein paar Kinder aus dem Wald zurückholen mussten. Wie oft ich im Wald verloren gegangen war, wusste ich gar nicht mehr.

»Bitte, lass mich dir dabei zusehen, wie du versuchst, Layana in der Menschenwelt zu finden.« Ciarans Tonfall klang belustigt und ich kniff die Augen zusammen.

»Du unterschätzt mich gewaltig!«, sagte ich bestimmt, doch Ciaran sah mich noch immer mit diesem seltsamen Ausdruck in den Augen an. Er nahm mich nicht ernst. Das sah ich ihm an der Nasenspitze an.

»Warst du überhaupt schon mal in der Menschenwelt?«

Ich kniff die Lippen fest zusammen und verschränkte meine Arme vor der Brust. Dabei legte ich meinen Kopf in den Nacken und sah hoch zu Ciaran. Noch immer grinste er, wobei seine Grübchen besonders stark hervortraten und sein hübsches Gesicht betonten.

»Nein. Aber wenn du dort täglich herumstolzierst, dann kann es ja nicht so schwer sein.«

Der belustigte Ausdruck verschwand in Ciarans Augen und er schnaubte laut auf.

»Wie bitte? Ich wette mit dir, dass du da draußen keinen Tag überstehst!«

Sein Schnauben erwiderte ich ebenfalls einfallslos.

»Dir muss ich gar nichts beweisen und ich wette nicht mit dir um etwas, wobei du nur verlieren kannst. Das wäre nicht fair.«

Demonstrativ schob ich das Kinn nach vorne und wandte mich von ihm ab. Ich drehte mich nicht um, als ich zurück in die Richtung der Stadt ging. Kaum hatte ich mich in Bewegung gesetzt, hörte ich, dass Ciaran mir folgte.

»Und was hast du jetzt vor?«, fragte ich ihn gelangweilt, doch ich drehte mich nicht zu ihm um. Das musste ich gar nicht, denn er hatte mich ohne Anstrengungen eingeholt und schritt neben mir her. Wie er mir auf die Nerven ging! Ich pustete genervt eine lose Haarsträhne aus meinem Gesicht.

»Ich begleite dich.«

Sofort blieb ich stehen und schüttelte den Kopf.

»Das kannst du vergessen. Ich arbeite allein.« Ciaran schüttelte den Kopf.

»Bestimmt nicht, ich habe Layana versprochen, auf dich aufzupassen und ich halte meine Versprechen. Also werde ich dich begleiten.«

Alles in mir drehte sich, während ich wild den Kopf schüttelte.

»Nein, das möchte ich nicht. Ich werde allein gehen.«

»Du kannst mich nicht daran hindern, dir zu folgen.« Das konnte ich tatsächlich nicht, denn selbst wenn ich es schaffen würde und in die Menschenwelt reisen könnte, so könnte ich sein Folgen nicht verhindern. Immerhin stand es ihm frei, dorthin zu gehen, wohin auch immer er wollte. Leider.

Ein entnervtes Seufzen rollte über meine Lippen, ehe ich diese fest zusammenpresste.

»Wie du siehst, kannst du mich nicht davon abhalten. Also wenn du unbedingt gehen willst, dann nur mit mir.

Eine andere Option hast du nicht«, erklärte er mir und bedachte mich mit einem besonders eingebildeten Blick. Am liebsten wäre ich ihm an die Gurgel gesprungen, doch ich blieb standhaft und erlaubte es mir, ihn nur in Gedanken zu erwürgen.

»Von mir aus. Aber wehe, du stehst mir im Weg!« Ciaran rollte mit den Augen.

»Ich glaube eher, dass du mir im Weg stehen wirst!«

»Ausgeschlossen!« Meine Stimme war fest und klar, während ich dieses kleine Wort aussprach. Und fast hätte ich mir selbst geglaubt.

Ich reckte das Kinn nach vorne und verschränkte die Arme vor der Brust.

»Wann willst du aufbrechen?«, fragte er mich und ich war überraschte, dass er unser Unterfangen so genau hinterfragte.

»Jetzt sofort.« Dass das überhaupt zur Diskussion gestanden hatte. Mir war bereits zu Beginn des Gesprächs bewusst gewesen, dass wir sofort aufbrechen sollten. Immerhin wusste ich nicht, wann Layanas Verschwinden auch dem Rat auffallen würde. Ob man sie suchen würde? Noch nie war eine Banshee verloren gegangen oder gar verschwunden. Abgesehen von Cathal natürlich. Zumindest war es das, was ich gehört hatte. Wenn wirklich jemand verloren gegangen war, dann wusste ich es nicht. Doch nach diesem war emsig gesucht worden. Ob sie auch nach Layana suchen würden? In mir zog sich alles zusammen und ich biss mir auf die Unterlippe.

Das durfte ich nicht zulassen.

»Wir müssen sie finden, bevor der Rat nach ihr suchen lässt.« Ciaran steckte seine Hände in die Jackentasche und blickte ernst zu mir.

»Das wird nicht möglich sein.«

Ich neigte den Kopf.

»Und weshalb?«

»Sobald sie nicht beim Dienst erscheint, wird man nach ihr suchen lassen. Das ist immer so gewesen. Als Tadhg letzten Monat so betrunken war, dass er seinen Dienstantritt verschlafen hatte, hat man auch direkt nach ihm geschickt. Ihr Verschwinden wird also in dem Moment bemerkt, in dem sie nicht dort erscheint, wo sie sollte.«

Eine Gänsehaut breitete sich auf meinen Oberarmen aus, während ich mich langsam in Bewegung setzte und zurück in die Richtung der Stadt ging.

»Und wann ist das?«

»Morgen früh. Wenn wir sie bis morgen früh nicht gefunden haben, werden sie bemerken, dass Layana fort gegangen ist. Malio hätte seinen Dienst heute Abend.«

Erneut zog sich alles in mir zusammen.

»Dann sollten wir nicht warten und sofort aufbrechen. Es ist wichtig, dass wir sie finden.« Ciaran nickte, doch er schien in Gedanken versunken zu sein. Ich musterte ihn von der Seite. Er ging neben mir her und hatte den Blick in die Ferne gerichtet, während wir zusammen die Straßen der Stadt erneut betraten.

»Woran denkst du?«

»Eigentlich geht dich das nichts an.« Ich rollte mit den Augen.

»Normalerweise interessieren mich deine hohlen Gedanken auch nicht. Aber wenn sie etwas mit Layana zu tun haben, dann durchaus!«

Ciaran schnaufte und fuhr sich nun mit der rechten Hand durch sein blondes Haar, ehe er diese Hand wieder in der Tasche verschwinden ließ.

»Es wird nicht leicht werden.«

»Auch egal. Aber wenn du schon so negativ denkst, dann kannst du am besten gleich hierbleiben. Das hilft uns nämlich gar nicht weiter.«

»Als ob du ohne mich auch nur den Hauch einer Chance hättest.« So ein Arschloch. Ich warf ihm einen bitterbösen Seitenblick zu.

»Halt einfach die Klappe.«

»Aber nur, weil ein Gespräch mit dir Zeitverschwendung ist, Amaya.«

Instinktiv plusterte ich meine Backen auf, doch ich schluckte die wüsten Beleidigungen, die mir in diesem Moment einfielen direkt hinunter. Dieser Idiot hatte keinen weiteren Gedanken verdient.

Kapitel 10

Ich schwieg, als ich mit Ciaran durch die Straßen unserer Stadt ging, wobei ich es vermied, in die Gesichter der Passanten zu blicken. Stets wandte ich den Blick ab, wenn uns eine Gruppe kreuzte und ignorierte das amüsierte Schnauben, das Ciaran für mich übrighatte. Ich verdrehte die Augen, als wir endlich das alte Herrenhaus betraten, in welchem sich die Portale in die Menschenwelt befanden.

»Und hast du dir einen Plan zurechtgelegt, wie du die Anderswelt verlassen möchtest?«, fragte mich Ciaran belustigt, doch ich hatte nur einen bitterbösen Blick für ihn übrig.

»Nein.« Hatte ich wirklich nicht, denn ironischerweise hatte ich die kleine, aber doch nicht unwichtige, Tatsache ignoriert, dass wir zunächst an ein paar Seelenbringern vorbei mussten, ehe wir ein freies Portal nutzen konnten.

Um in die Menschenwelt zu gelangen, musste man kein Seelenbringer sein, aber natürlich würde unser Gehen nicht unbemerkt bleiben.

»Dann lass mich nur machen.« Nun war ich es, die über die Großspurigkeit des Blonden neben mir schnauben konnte. Er schob die Hände in die Jackentaschen und deutete auf den Eingang.

»Wie gerne ich auch dabei zusehen würde, wie du dich hier lächerlich machst, so wird uns das nicht weiterhelfen. Also sieh zu und lerne vom Besten.« Er wartete keinen Einwand meinerseits ab, als er die Hand auf meine Schulter legte und mich mit sich zog. Ich protestierte nicht, als wir die paar Stufen erklommen, die uns direkt in die große Eingangshalle brachten.

Hier war ich nicht oft und hatte fast vergessen, wie eindrucksvoll die hohen Marmorsäulen waren, die den Raum hielten. Seelenbringer standen in kleinen Grüppchen zusammen, während andere über den Gang huschten und in die unzähligen Räume verschwanden.

Eine brünette Frau mit dunklen Augen war die erste, die uns entdeckte. Belustigung schlich sich in ihren Blick, als sie auf uns zuging und uns musterte.

»Bist du nicht zu früh dran?«, begrüßte sie uns und mir war direkt klar, dass diese Worte nicht für mich bestimmt waren. Ciaran fuhr sich mit einer raschen Handbewegung durch das Haar.

»Man kann nie zu früh sein, Jenna.« Jenna kicherte und erst jetzt schien sie zu bemerken, dass ich ebenfalls anwesend war. Neugierig betrachtete sie mich ich musterte ihr Gesicht genau. Ihre lange Nase war schmal und dünn, während ihre Wangenknochen besonders durch ihr dunkles Make-up betont wurden. Die dunklen Augen hatten einen Funken Grün in sich und die hellen Lippen standen im völligen Kontrast zu ihren dünnen Augenbrauen. Sie waren schmal und aufgeblasen. Vielleicht wirkten sie nur noch voller, da Jenna sich gerade an einem Schmollmund übte, den sie in Ciarans Richtung warf, nachdem sie mich fertig betrachtet hatte.

»Und wer ist deine kleine Freundin?«

Bei diesen Worten drehte sich mir der Magen um und ich verengte die Augen.

»Amaya, Layanas Schwester. Sie hat eine Wette verloren und muss mich bei den ersten drei Aufträgen begleiten.«

Wie bitte? Instinktiv verengten sich meine Augen, doch als mir Ciaran einen unauffälligen Stoß mit seinem Ellbogen gab, lockerte ich mich wieder.

»Ja, habe ich.« Jennas Augen blitzten belustigt auf, als sie sich uns weiter näherte. Ihre Augen, die ich nun eindeutig als grün erkennen konnte, musterten mich belustigt.

»Welche Wette?«

»Dass ich die Handynummer der Bardame bekomme. Wir haben gewettet, dass sie sich mit mir treffen möchte und der Barkeeper mit ihr. Leider hatte der Barkeeper kein Interesse an Amaya.« Wieder war er schneller als ich gewesen und hatte vor mir antworten können. Meine Wangen liefen purpurrot an. Ich hätte mir etwas anderes überlegt gehabt.

»Was für den Barkeeper auch vernünftiger ist. Wenn man bedenkt, dass Liebeleien verboten sind.« Jenna brach ihn schallendes Gelächter aus.

»Das sind sie nur, wenn man sich erwischen lässt. Gehörst du etwa wirklich zu denjenigen, die sich an die Regeln halten?«, fragte sie mich. Ich riss schockiert die Augenbrauen nach oben und warf Ciaran einen Blick zu, doch anders als ich schien ihm Jennas Einwand nicht aus der Bahn zu werfen. Er nickte.

»Das ist alles, man darf sich nur nicht erwischen lassen. Diese Frau wäre nicht die erste gewesen, die meinem Charme erlegen wäre.«

Für einen Moment drehte sich die Welt um mich etwas schneller, doch ich riss mich zusammen und zwang mich zu einem formlosen Lächeln.

»Wie auch immer, ich würde das gerne hinter mich bringen. Danke.«

Wieder kicherte Jenna und warf ihre Lockenpracht mit einem eleganten Schwung nach hinten.

»Dann viel Vergnügen. Und pass gut auf das zarte Seelchen hier auf, Ciaran. Sie wirkt so... zerbrechlich.«

Ich spürte Ciarans Hand auf meiner Schulter, als er mich weiterschob. Die Umgebung nahm ich kaum noch wahr, die Geräusche, die vorhin fast erschlagend laut gewesen waren, hörte ich nur noch gedämpft.

Erst als Ciaran eine Tür öffnete, mich hindurchschob und die schwarze Holztür hinter uns schloss, schien wieder Leben in mich zu kommen. Ich schnellte herum und warf ihm einen wütenden Blick zu.

»Du!« Drohend ob ich den Zeigefinger, was mein Gegenüber nicht beeindruckte. Gelangweilt musterte er mich und wischte meine Hand mit einer Handbewegung wieder hinunter.

»Irgendetwas musste ich ja sagen.«

»Aber gerade so etwas? Das ist das allerletzte! Und ich bin zerbrechlich? Lass mich da raus und ich zeige ihr, wie zerbrechlich ich wirklich bin!«, fuhr es aus mir heraus.

Woher diese unbändige Wut kam, wusste ich selbst nicht genau, doch es fühlte sich gut an, alles auszusprechen, was mir auf der Seele lag.

Es war alles zu viel.

Layanas Verschwinden, diese Blöße, die ich seinetwegen über mich ergehen lassen musste, alles platzte aus mir heraus.

Ciaran schnaubte, stellte sich allerdings vor die Tür. Vermutlich wollte er sichergehen, dass ich nicht doch in die Tat umsetzte, was ich ausgesprochen hatte. Was ich in rationalen Situationen auch niemals tun würde, doch jetzt gerade? Ich befand mich im Ausnahmezustand und wusste selbst nicht, ob und wie ich mich beherrschen sollte.

»Das da draußen sind Idioten und du bist ihr Anführer! Damit du es direkt weißt!«

»Du machst dich lächerlich! Was interessiert es dich, was diese Leute von dir denken? Das sind nicht deine Freunde. Das sind nicht deinesgleichen. Das sind Seelenbringer und keine Seelenrichter. Wir ticken eben anders.«

Das Blut rauschte wie wild in meinen Ohren, als ich den Kopf schüttelte.

»Meine Schwester ist eine von ihnen und ist definitiv nicht so. Sie ist vernünftig.« Ciaran schnaubte.

»Dann kennst du eine andere Layana als ich.«

Ich schüttelte den Kopf und hob abwehrend die Hand. Ciaran trat einen Schritt auf mich zu und warf mir einen langen Blick zu, ehe er die Hand auf meine Wange legte. Normalerweise hätte ich sie sofort von mir fortgewischt, doch nun? Nun beruhigte sie mich und er half mir allein mit seiner Berührung dabei, die Wut etwas zu verdauen.

»Wie machst du das?«, fragte ich ihn und biss mir auf die Unterlippe. Wie stark ich das tat, merkte ich erst, als ein metallischer Geschmack mich dazu brachte, die Stirn zu runzeln. Ciaran streckte die zweite Hand nach mir aus und wischte mir mit einer raschen Handbewegung einen kleinen Blutstropfen weg.

»Ich mache gar nichts, das machst du selbst. Aber vielleicht habe ich auch eine beruhigende Wirkung auf dich. Das sagt man mir nach. Genauso wie man über mich sagt, dass ich wahnsinnig charmant und empathisch bin.«

Ich schnaubte auf.

»Vergiss eingebildet und arrogant nicht.« Ein kleines Lächeln umspielte seine Mundwinkel, als er mit den Schultern zuckte.

»Und wahnsinnig gutaussehend.« Wieder schnaubte ich und wischte mit einer schnellen Bewegung seine Hand zur Seite. Sein aufgeblasenes Ego musste nicht noch größer werden.

»Wie auch immer, ich möchte jetzt endlich von hier weg.«

Ciaran trat an mir vorbei und nickte. Ich drehte mich ebenfalls um und betrachtete den Raum: ein ganz normales Büro mit einem Schreibtisch aus dunklem Mahagoniholz und ein schwarzer Drehsessel standen in der Ecke. Ein kleiner Kaktus war das einzige, das hier ein wenig lebendig wirkte.

»Ihr habt ja einen tollen Sinn für Inneneinrichtung«, sagte ich sarkastisch, doch Ciaran verdrehte die Augen.

»Es geht hier nicht darum, herumzusitzen und irgendwelche unwichtigen Sachen zu machen. Wir sind draußen unterwegs. Wir bekommen unsere Aufträge, wie du ja weißt ebenfalls über Tablets.« Erst jetzt fiel mir das kleine schwarze Tablet auf, das neben dem Kaktus lag.

»Ich bin nicht dumm, du musst mir hier keine Führung geben. Bring uns einfach in die Menschenwelt. Oder kann das der ach so tolle Ciaran nicht?«, fragte ich ihn spöttisch.

Nun verengten sich seine Augenbrauen und er schnaubte.

»Sag sowas nochmal und ich setze dich in der Wüste aus. Ohne dir zu sagen, wie du zurückkommst.« Sein Tonfall war ernst und ihm haftete eine dunkle Drohung an. Er meinte es ernst. Ich kniff die Augen zusammen, sparte mir jedoch eine weitere Antwort.

»Gut.«

Ciaran ging weiter und trat an die große weiße Wand. Ich beobachtete, wie er die Hand auf die Mauer legte, für einen Moment die Augen schloss und als er die Augen wieder öffnete, zog er die Hand zurück.

Noch bevor ich etwas sagen konnte, veränderte sich das Weiß der Mauer. Farben wurden sichtbar, Gebäude und Straßen. Menschen und Bäume.

Leben.

Eine Stadt baute sich auf und es war, als würde man durch eine Fensterscheibe nach draußen sehen. Nervosität durchzog meinen Körper, als ich einen Schritt nach vorne machte.

Diese Magie, die Ciaran eben ausgeführt hatte, wohnte uns allen inne, doch anders als die Seelenbringer nutzten wir sie nicht mehr. Immerhin hatte ich noch nie einen Grund gehabt, die Menschenwelt zu besuchen.

Ich machte einen weiteren Schritt nach vorne, als Ciaran nach mir griff und mich zurückzog.

»Halt. Nicht so schnell. Du wirst meine Hand halten müssen.«

Erst jetzt bemerkte ich, dass er meine Hand mit seiner fest umschlossen hatte. Ich verzog das Gesicht.

»Ich kann das allein.«

Ciaran schüttelte den Kopf.

»Nein, kannst du nicht. Nur Seelenbringer sind es gewohnt, Portalreisen zu machen. Hast du nur kurz einen anderen Gedanken, kommst du woanders heraus und ich habe keine Lust, dich in London suchen zu müssen.«

»Von mir aus«, gab ich mich geschlagen und blickte missmutig auf unsere ineinander verschlungenen Hände. Ciaran tat es mir gleich und schnaubte.

»Glaub mir, ich habe auf das hier genauso wenig Lust wie du.«

Das konnte ich mir kaum vorstellen. Doch er wartete keine Antwort ab, zog an meiner Hand und ich machte instinktiv einen Schritt nach vorn und betrat die Menschenwelt.

Kapitel 11

Ich war von all den Eindrücken überwältigt, die in jener Sekunde auf mich eindrangen, als ich meine ersten Atemzüge in der Menschenwelt tat.

Völlig verwirrt blinzelte ich und sah gehetzt von einer Seite zur anderen. Um uns herum gingen Menschen hektisch vorbei, hielten sich ihre Smartphones an die Ohren und telefonierten. Autos rasten mit einem Lärm durch die Straßen, sodass ich schlucken musste und einen Moment brauchte, um mit dem Geräuschpegel zurechtzukommen. Ich warf einen Blick nach oben und erkannte eine Ampel, die von Rot auf Grün schwenkte und die Fahrzeuge der Querstraße fuhren los, während andere stoppten. Lautes Gehupe drang von irgendwo zu uns.

Hier war alles anders als in unserer Welt und obwohl ich objektiv gesehen wusste, wie die Menschenwelt funktionierte, war es anders, als ich es mir vorgestellt hatte.

Es war laut, die Menschen nahmen keine Notiz von ihrer Umgebung und – ich verzog angeekelt das Gesicht - es stank bestialisch.

»Hast du dich endlich an diese Welt gewöhnt?«, fragte mich Ciaran gelangweilt. Erst jetzt bemerkte ich, dass ich noch immer seine Hand fest mit meiner umschlossen hielt. Wie von der Tarantel gestochen ließ ich sie los und trat einen Schritt zur Seite. Ein junger Mann hastete an uns vorbei und ein Teil seiner Schulter glitt durch mich hindurch.

Ach ja, da war ja was.

Für die Menschen waren wir so lange unsichtbar, bis sie sich in den letzten Minuten ihres Todes befanden. Früher hatten sie unsere Schreie und Wehklagen hören können doch bei all dem Lärm hier war ich mir sicher, dass sie das nicht mehr könnten.

Ich rüttelte mich und verzog das Gesicht, als eine junge Frau direkt durch mich hindurch schritt. Ciaran grinste, als er mich dabei beobachtete und am liebsten hätte ich ihm eine Ohrfeige verpasst.

»Man gewöhnt sich daran. Aber glaub mir, es gibt hier durchaus auch Orte, an denen uns die Leute sehen können. Wie du weißt, sind wir nicht die einzigen Geschöpfe der Anderswelt, die die Menschenwelt besuchen«, erklärte er mir selbstgefällig. Es gefiel ihm, dass er sich in dieser Welt so viel besser auskannte als ich, das sah ich ihm deutlich an.

So ein selbstgefälliger Arsch. Ich trat einen Schritt zur Seite, als erneut jemand durch mich hindurch gehen wollte.

»Wie auch immer. Ich komme schon zurecht, du kannst gerne wieder gehen«, erklärte ich ihm, doch Ciaran schüttelte vehement den Kopf.

»Und verpassen, wie du hier umherirrst und nicht weiter weißt? Niemals. Die große Amaya, die immer alles weiß, sieht man sonst nicht planlos. Ich sollte dich filmen.«

Missmutig warf ich ihm einen bitterbösen Blick zu.

»Wenn du das tust, dann wirst du deines Lebens nicht mehr froh werden«, murmelte ich, doch Ciaran zuckte mit den Schultern.

»Als ob ich auch nur irgendeine Meinung auf das geben würde, was du von dir gibst.«

Autsch. Irgendwie hatte das wehgetan. So ein Idiot. Ich verdrehte die Augen und verschränkte die Arme vor der Brust.

»Wenn ich dich schon hier habe, dann kannst du mir auch gleich sagen, wo sich Layana sonst immer aufgehalten hat«, forderte ich ihn auf. Ciaran musterte er mich und seufzte auf.

»Ich wäre deutlich schneller und erfolgreicher, wenn ich dich einfach hier stehen lassen würde.« Ich kniff die Augen zusammen.

»Aber da du aus irgendwelchen dummen Gründen deiner Schwester etwas bedeutest, kann ich das leider nicht machen. Sie würde mir die Hölle heiß machen.«

»Nicht nur sie. Mein Groll ist nicht minder schlimm wie ihrer«, murmelte ich, doch Ciaran ignorierte mich und schien weiter mit sich selbst zu sprechen.

»Also muss ich dich wohl oder übel mitnehmen. Und in den sauren Apfel beißen.« Er stieß einen Seufzer aus und wandte sich mir zu. Dabei warf er mir einen Blick zu, der genervter nicht hätte sein können.

»Dann komm, aber wehe du bist immer so langsam wie daheim. In deinem Schneckentempo kommen wir nicht weiter.«

Meine Wangen liefen purpurrot an, doch ihn kümmerte es nicht. Im Gegenteil, er drehte sich um, ließ meine Hand los und schob beide Hände in die Hosentaschen, ehe er in der Menge verschwand.

»Ciaran!«

Ich wartete nicht, bis er sich umdrehte und zu mir zurückging, stattdessen folgte ich ihm. Mit schnellen Schritten ging ich durch ein paar Passanten hindurch und erkannte den breiten Rücken des Seelenbringers, der über eine befahrene Straße schlenderte.

Ich wusste, dass uns die Autos nicht gefährlich werden konnten – immerhin waren sie Gegenstände und konnten uns nicht anfahren, wie sie es bei Menschen tun konnten, dennoch war es ein befremdliches Bild, zu beobachten, wie er durch ein paar fahrende Autos ging. Ohne zu zögern folgte ich ihm, schloss allerdings die Augen, bis ich die Straße überquert hatte. Als ich mein linkes Auge öffnete und kurz damit blinzelte, bemerkte ich Ciaran, der stehen geblieben war und mich musterte. Er stieß einen genervten Seufzer aus.

»Das wird noch ein langer Tag werden.«

***

Unnatürlicher Lärm hämmerte mir entgegen. Ich hatte das Zeitgefühl verloren und wusste nicht, wie lange ich Ciaran durch die Straßen gefolgt war. Immer wieder waren wir in verlassenen Gassen geendet, nur um dann wieder kehrtzumachen. Stets hatte Ciaran meine Fragen abgewendet und nicht beantworten wollen. Er hatte geschwiegen, während ich mir nicht vorstellen konnte, wie meine Schwester gerne an solche Orte gehen konnte.

»Du kannst auch zugeben, dass du keine Ahnung hast, wo sie sein könnte.«

Auch diesen Satz hatte ich heute schon zu genüge zu ihm gesagt und wie immer erhielt ich keine Antwort, sondern nur einen undurchdringlichen Blick. Als schien er zu wissen, was er tat und doch konnte ich mir das bei seinem hohlen Verstand kaum vorstellen.

»Weißt du was? Wir trennen uns am besten. Ich gehe in diese Richtung«, dabei zeigte ich nach Süden, »und du in diese.« Unweigerlich würde ich ihn nach Osten schicken. Doch wieder schüttelte Ciaran den Kopf.

»Nein. Da du keine Ahnung hast, wie du nachhause kommen kannst, wenn es sein sollte.«

Ich zuckte mit den Schultern.

»Kann ja nicht so schwer sein. Du kannst es immerhin auch.« Ein bitterböser Seitenblick folgte.

»Im Gegensatz zu dir bin ich auch ein Seelenbringer und verfüge durchaus über das Wissen, wie man zwischen Welten wandelt. Deinesgleichen ist es ja abhanden gekommen. Und leugne es nicht, wir wissen beide, dass du noch immer in der Anderswelt wärst, wenn ich dir nicht unter die Arme gegriffen hätte.«

Ich biss mir auf die Unterlippe. Er hatte recht, aber das würde ich ihm nicht unter die Nase reiben.

»Wie auch immer. Deine Methode bringt uns auf jeden Fall nicht weiter«, feixte ich. Ich hatte gar nicht mitbekommen, dass wir noch immer durch diese Stadt liefen. Menschenstädte waren groß, das musste man den Menschen lassen, und sie hatten ein Talent, Orte zu erschaffen, an denen sie sich aufhalten konnte.

Einkaufszentren, zum Beispiel. Auch in einem solchen waren wir gewesen. Dass Layana dort sein könnte, konnte ich mir schon vorstellen, doch in den leeren Seitengassen, die verlassen vor uns gelegen hatten, hatte ich sie mir wiederum nicht vorstellen können.

»Ich durchstreife alle Orte, an denen sie sich jemals hier aufgehalten hat.« Ich runzelte die Stirn.

»Was macht dich so sicher, dass sie überhaupt hier ist? Hier in London.«

»Cathal wurde hier gesehen und sie ist besessen von der Idee, ihn zu finden und ihn zurück zu bringen. Du weißt ja, sie hofft, dass sie und Malio so zusammenbleiben können.«

Ein dicker Kloß bildete sich in meinem Hals.

»Lass uns hier reingehen. Hier hat sie sich auch immer gerne aufgehalten, wenn mal Zeit für eine Pause war.«

Ich runzelte die Stirn, als ich den Ladennamen las.

‚Irish Pub – mit Garricks besten selbstgemachten Met'

Na sehr einladend. Ich warf Ciaran einen skeptischen Blick zu, doch er ignorierte mich und trat durch die verschlossene Tür. Ich folgte ihm und riss die Augen auf, als sich mir das Innere des Lokals offenbarte.

Hier waren nicht nur Menschen, an der Bar standen Wesen der Anderswelt. Unseresgleichen. Ein Kobold, ein Leprechaun, hüpfte hinter der Bar auf und ab und beim genauem Hinsehen erkannte ich, dass sie auch für unsere eine Art Tresen aufgebaut hatten, auf dem der Leprechaun eifrig Getränke ausschenkte.

»Garrick, schön, dich zu sehen«, begrüßte Ciaran den kleinen Leprechaun, der sich zu uns umdrehte. Er hatte rotes Haar, das in dichten Locken von seinem Kopf abstand und ein rundes Gesicht, das von roten Sommersprossen übersät wurde.

Leuchtend blaue Augen musterten uns und er grinste von einem Ohr zum anderen.

»Ciaran. Lange nicht mehr gesehen.«

»Du bist Garrick?«, fragte ich ungeniert und musterte den kleinen Leprechaun erneut, der ohne hinzusehen etwas aus einem Gefäß zapfte und über die Bartheke schleuderte. Einer der Gäste, ein weiterer Leprechaun mit einer dunklen Stoppelfrisur, kippte das Getränk binnen Sekunden hinunter und rülpste laut. Layana hatte den Namen Garrick oft erwähnt.

»Klar. Oder denkst du, dass die Menschen das hier allein auf die Reihe bekommen? Der Ladeninhaber ist der Nachfahre eines alten Freundes von mir. Ich teile meine Geheimrezepte mit ihm und dafür gibt mir etwas von seinem Geld.«

Leprechaun waren für ihre Goldgier bekannt und es überraschte mich nicht, dass Garrick da keine Ausnahme war.

»Und was machst du dann damit?«, fragte ich nach, da ich mich nicht erinnern konnte, dass es in unserer Welt wichtig war, Gold zu horten. Für Leprechaun vielleicht, immerhin waren sie so paranoid, dass sie ihr Hab und Gut an den Enden von Regenbögen versteckten.

»Geht dich nichts an, geht dich nichts an! Wenn du nicht zum Trinken hier bist, kannst du gleich wieder gehen!« Der Leprechaun plusterte seine Backen auf und schnappte eifrig dabei nach Luft. Ich hob die Hand und versuchte, ihn zu besänftigen. Doch das Gegenteil trat ein, Garrick regte sich noch umso mehr auf und wandte sich an Ciaran.

»Bring sie weg, sie stinkt.«

Na das war mal eine Ansage. So etwas hatte tatsächlich noch nie jemand zu mir gesagt. Ich kniff die Augen zusammen.

»Nach Missgunst und Neid. Danach stinkt sie! Bring sie weg!«, wiederholte der Leprechaun, doch Ciaran stieß einen Seufzer aus.

»Würde ich gerne, Kumpel. Geht aber nicht. Das ist Amaya, sie ist Layanas Schwester.« Garrick stieß ein pfeifendes Geräusch aus und plusterte erneut die Backen auf.

»Unmöglich. Layana ist bei weitem sympathischer. Und hübscher. Sicher, dass sie verwandt sind?«, hakte er nach. Der kleine Kerl wurde mir von Sekunde zu Sekunde unsympathischer.

»Schon mal in den Spiegel gesehen, Wurzelgnom?« Wieder fing der Leprechaun an, die dicken Backen aufzuplustern und schnappte eifrig nach Luft.

»Wurzelgnom? Wurzelgnom? Na warte...«, er hob drohend seinen Zeigefinger, doch ich gab ihm einen Klaps auf diesem und blickte finster zu ihm.

Ciaran räusperte sich und schaffte es, dass wir beide verstummten.

»Wir sind wegen etwas Wichtigerem hier«, sagte Ciaran und ich stimmte ihm ausnahmsweise zu. Garrick neigte den Kopf.

»Layana ist verschwunden und wir brauchen deine Hilfe.«

Kapitel 12

Pures Entsetzen war in Garricks faltigem Gesicht zu sehen, als er in seiner Bewegung innehielt und uns ungeniert entgegen starrte. Ich blickte einen Moment zwischen ihm und Ciaran hin und her, doch dieser war ebenfalls ernst und wartete ab.

»Nein!«, war das Erste, was Garrick zum Besten gab. Ich runzelte die Stirn.

»Doch, sonst wären wir nicht hier.« Der Leprechaun funkelte mich sauer an und wandte sich anschließend direkt an Ciaran.

»Wann? Und wieso?«, wollte er direkt wissen und ignorierte meine Anwesenheit völlig.

»Heute Nacht und wieso geht dich nichts an«, antwortete ich für Ciaran, der mir einen scharfen Seitenblick zuwarf.

Garrick drehte sich erneut in meine Richtung und plusterte die dicken Backen auf.

»Natürlich geht es mich etwas an! Layana ist meine Freundin! Sie besucht mich mindestens einmal die Woche!«, rief er empört aus. Ich verschränkte die Arme vor der Brust.

»Selbst wenn du unser Vater wärst, würde ich es dir nicht sagen. Es geht dich nichts an.« Garrick kniff die Augen fest zusammen.

»Du bist Amaya, richtig?«

Ich nickte.

»Ja, das ist mein Name. Sie hat von mir gesprochen?«, wollte ich wissen, während Garricks neugieriger Blick mich musterte und gefühlt jeden Zentimeter meines Gesichts unter die Lupe nahm.

»Nein«, sagte er. Ich runzelte die Stirn.

»Nein?«

»Ja, nein.« Nun war ich völlig verwirrt.

»Was meinst du damit?«, hakte ich nach, während sich Garrick über den Tresen lehnte und mir näher kam als es mir lieb war. Ich konnte seinen heißen Atem auf meiner Haut spüren und wich unwillkürlich zurück, um mehr Platz zwischen uns zu bringen.

Wieder kniff er die Augen zusammen.

»Du kannst nicht ihre Schwester sein«, schlussfolgerte er. Ich rollte mit den Augen.

»Bin ich aber.«

»Bist du nicht. Layana hat viel von Amaya erzählt und ich habe sie mir ganz anders vorgestellt. Nicht so spießig wie du. Mehr wie sie.« Autsch. Komplimente konnte dieser Leprechaun offensichtlich nicht austeilen.

»Charmant. Überrascht mich, dass sie mit dir freiwillig Zeit verbracht hat.« Garrick streckte das Kinn nach vorne.

»Hat sie. Kam jede Woche hierher und hat mit mir geplaudert. Sie war sehr gesellig. Du bist das nicht, das sehe ich dir an.« Wieder rollte ich mit den Augen.

»Also kannst du auch nicht ihre Schwester sein.« Langsam ging mir dieser Leprechaun auf die Nerven. Und eigentlich konnte es mir auch egal sein, ob er mir glaubte oder nicht. Ich wusste es immerhin besser.

Ciaran räusperte sich und Garrick sah in seine Richtung.

»Sie sagt die Wahrheit. Sie ist Layanas Schwester. Merkt man gar nicht, ich weiß. Aber sie sind eben unterschiedlich.«

Wieder schnellte der Kopf des Leprechauns in meine Richtung und er starrte mich ungeniert an.

»Layana ist sympathischer.«

»Das ist sie«, pflichtete ihm Ciaran bei und ich kam mir vor, als wäre ich hier überflüssig. Was ich vermutlich auch war, aber der Gedanke, daneben zu stehen und zuzuhören, wie sie sich über mich lustig machten, gefiel mir nicht.

»Könnt ihr euch darüber ein anders Mal unterhalten? Wir müssen meine Schwester finden. Das ist bei weitem wichtiger«, erklärte ich und es überraschte mich, dass Garrick mit einem Nicken zustimmte.

»Da hat die Sidhe tatsächlich recht.«

»Banshee. Ich bin eine Banshee. Du kannst mich auch Todesfee nennen.« Der Leprechaun winkte ab.

»Für mich seid ihr alle Sidhe. Ihr wohnt auf der anderen Seite, also Sidhe. Willst du darüber auch noch diskutieren?«, fragte er mich und ich schüttelte den Kopf.

Dazu fehlte wirklich die Zeit, zu einem anderen Zeitpunkt hätte ich damit allerdings keine Probleme gehabt.

»Layana hatte noch etwas gut bei dir.«

Nun hatte Ciaran auch meine ungeteilte Aufmerksamkeit. Ich musterte den blonden Seelenbringer neben mir, der Garrick ernst betrachtete. Dieser erstarrte einen Moment, ehe er den Kopf schüttelte.

»Das kann nur sie einfordern.«

»Sie ist aber nicht hier. Wir sind es und wenn wir sie nicht finden, dann tut es jemand anderes. Und das könnte für sie schlecht ausgehen.« Noch nie hatte ich Ciaran so ernst sprechen hören wie in diesem Augenblick. Eine Gänsehaut überzog meine Arme und ein Frösteln jagte über meinen Rücken.

Garrick schüttelte den Kopf.

»Nein. Das kann nur sie einfordern.« Ich hatte ganz vergessen, wie stur Leprechaune sein konnten. Und wie nervig.

»Du hast ihr einen Blutschwur geleistet. Es steht ihr zu, dass du ihr hilfst.«

»Wovon sprecht ihr?«, fragte ich Ciaran, doch dieser ignorierte mich vehement.

»Ja, habe ich. Und der Blutschwur bindet sie und mich.«

»Der Blutschwur beinhaltet aber auch Banshees, die direkt mit Layana verwandt sind. Amaya kann diesen Gefallen ebenfalls für sie einlösen.« Augenblicklich drehten sich die Köpfe beider Männer in meine Richtung. Ich schluckte, als sich ein dicker Kloß in meinem Hals bemerkbar machte.

»Ich traue ihr aber nicht.«

»Ich bin ihre Schwester, ich würde nie etwas tun, was Amaya Schaden zufügt«, erklärte ich direkt und musterte Garrick lange. Dieser erwiderte meinen Blick und stieß schließlich einen genervten Seufzer aus.

»Ich will einen Beweis, dass sie wirklich ihre Schwester ist.«

Nun war ich es, die die Augen zusammenkniff.

»Tut mir leid, dass ich meinen Stammbaum nicht dabei habe. Du musst dich mit meinem Wort zufrieden geben.« Garrick schüttelte den Kopf.

»Tue ich aber nicht. Du wirst es mir beweisen müssen. Dein Blut wird mir zeigen, ob du die Wahrheit sprichst oder ob du lügst.«

»Ich lüge nicht. Das tue ich nie.«

»Kann ich nicht wissen, denn ich kenne dich nicht und vertraue dir noch weniger.«

Ich warf einen Blick in Ciarans Richtung, der seltsam still für seine Verhältnisse war. Doch mittlerweile hatten sich seine Gesichtszüge wieder entspannt und er verlagerte das Gewicht seines Körpers auf den Tresen, auf dem er sich mit den Unterarmen abstützte.

»Aber du scheinst ihn zu kennen. Ciaran hat gesagt, dass ich ihre Schwester bin.«

»Ihm traue ich auch nicht.« Ich blinzelte überrascht.

»Seid ihr denn nicht Freunde?«, wollte ich wissen und war überrascht, als Garrick den Kopf schüttelte.

»Nein, ich bin Layanas Freund. Diesen aufgeblasenen Kerl da kann ich nicht leiden. Er hat mir Ellie ausgespannt.«

»Ist Ellie ein Leprechaun?«, hakte ich nach und duckte mich, als Garrick plötzlich einen Korken nach mir warf. Wo hatte er den denn plötzlich her?

»Nein, ein Kelpie! Natürlich ist sie ein Leprechaun!«, regte sich Garrick auf und ich ahnte schon, dass ich bei dieser Geschichte lieber nicht nachbohren sollte. Ciaran stand jedoch gelassen neben mir und zuckte mit den Schultern, als ich ihm einen langen Blick zuwarf.

»Entschuldige, entschuldige. Na gut, dann beweise ich dir eben mit meinem Blut, dass ich Layanas Schwester bin. Nur wie?«, hakte ich nach, als Garrick sich wieder zurücklehnte und mich erneut musterte.

»Komm mit, du wirst es gleich sehen.« Mit einem Wink seiner linken Hand deutete er mir, dass ich ihm folgen sollte. Er setzte sich in Bewegung, ohne sich zu vergewissern, dass ich hinter ihm herging. Ciaran war mir auf den Fersen und zusammen bogen wir hinter dem großen dunklen Tresen in eine kleine Kammer ab, die das Büro der Menschen darstellte. Auch Garrick schien hier seine Habseligkeiten aufzubewahren, denn er ging zu einer der Kisten und begann darin zu kramen.

»Du und eine Leprechaunin, also? Wusste gar nicht, dass du darauf stehst«, stichelte ich leise in Ciarans Richtung, als Garrick sich so weit nach vorne lehnte, dass beinahe kopfüber in der dunklen Kiste hing.

»Halt die Klappe.«

»Tue ich nicht. Wo ist Ellie jetzt? Hast du sie abserviert?«, hakte ich nach und erntete dafür erneut einen bösen Blick von Ciaran.

»Ich sagte, dass du die Klappe halten sollst. Niemand hier hat Lust mit dir zu reden.«

»Garrick hat auf dich wohl auch keine Lust. Man sollte nicht von sich auf andere schließen«, konterte ich und verstummte, als der Leprechaun wieder aus der Kiste auftauchte und einen kleinen Dolch in der Hand hielt.

»Wenn du dich damit schneidest und das Blut sich golden färbt, dann sagst du die Wahrheit. Wird es allerdings schwarz, lügst du. Und dann hast du ein großes Problem.

Ihr beide«, sagte Garrick und hob drohend den Dolch in unsere Richtung. Unbeeindruckt musterte ich den Dolch in seiner Hand. Ich kannte diese Artefakte, Leprechaune hatten diese in früheren Zeiten auch gerne bei Menschen verwendet, wenn diese alte Gefälligkeiten einforderten. Und gerade Menschen waren nicht immer die ehrlichsten Gesprächspartner.

»Keine Sorge, das wird es nicht. Ich weiß, wessen Schwester ich bin und wessen nicht. Also los, gib mir deinen Dolch, Garrick.«

Garrick fuhr sich durch sein rotes Haar, ging auf uns zu und hielt mir den Dolch entgegen. Ohne nachzudenken griff ich danach und zog die Klinge keine Sekunde später über meine Handfläche. Dabei ignorierte ich den stechenden Schmerz, der augenblicklich von der Wunde ausging, ballte die Hand zur Faust und beobachtete, wie goldene Tropfen auf den Boden fielen.

Kapitel 13

Ich konnte gar nicht in Worte fassen, wie groß die Genugtuung war, die in jenem Moment durch meinen Körper rauschte, als die ersten Tropfen den Boden berührten. Zufrieden sah ich zu Garrick, der einen Moment schwieg, ehe er schließlich nickte und begann, aufgeregt auf und ab zu springen.

»Du bist wirklich Layanas Schwester, das habe ich gleich gesehen. Ihr seht euch so ähnlich«, plauderte er. Ich runzelte die Stirn. War es nicht er gewesen, der lange genug dementiert hatte, dass ich überhaupt mit ihr verwandt sein konnte? Hatte ich etwas nicht mitbekommen?

»Jetzt hör auf, ihr Honig ums Maul zu schmieren, Leprechaun. Du zögerst das alles nur unnötig in die Länge«, mischte sich Ciaran ein. Als ich einen Moment zu ihm sah, bemerkte ich, dass er die Szenerie mit einem grimmigen Ausdruck beobachtet hatte und die Lippen fest zusammengepresst hatte.

Ich musste keine Hellseherin sein, um zu wissen, dass ihm das alles hier zu langsam ging.

»Ist es so schlimm, wenn er sich entschließt, doch nett zu mir zu sein? Immerhin scheint er mich dann ja im Gegensatz zu dir zu mögen«, stichelte ich in seine Richtung, doch Ciaran ignorierte mich mit eisernem Blick.

Der Leprechaun gluckste.

»Wie auch immer, wie auch immer. Ich hab's ja versprochen, auch wenn ich es erst aus deinem Mund hören muss, damit es gültig ist«, plapperte Garrick. Ich nickte. »Ja. Hiermit löse ich den Gefallen, den du meiner Schwester Layana schuldest, mit dem Recht meines Blutes ein.«

Garrick nickte zufrieden.

»Dann folgt mir.«

»Wohin führst du uns?«, fragte ich ihn, als er beide Arme von sich streckte. Grüne Funken strömten aus seinen Fingern, als er mit beiden Händen einen Kreis zog. Die Luft um den Kreis herum waberte und schließlich änderte sich dessen Inneres. Es offenbarte eine satte grüne Wiese unter einem wolkenlosen, blauen Himmel. Ich runzelte die Stirn und musterte Garrick.

»Glaubt ihr wirklich, ich habe das, was so wertvoll ist, hier versteckt?«, fragte er uns und war der erste, der durch das Portal marschierte. Ich beobachtete, wie er auf der anderen Seite stand und plötzlich wirkte er viel zufriedener. Inmitten des Grüns, der Natur und der viel zu hellen und viel zu perfekt wirkenden Landschaft.

»Na los«, forderte er uns auf. Ich wechselte einen kurzen Blick mit Ciaran, der mit den Schultern zuckte, sich deutlich duckte und ebenfalls durch das Portal ging.

Ich tat es ihm gleich, wenn auch ich nicht so sehr in die Hocke gehen musste wie Ciaran. Bei mir reichte es, wenn ich den Kopf richtig einzog und mich nach vorne lehnte.

Auf der Wiese angekommen, sog ich die klare Luft ein, die hier herrschte. Ganz anders als London. Viel besser. Aufmerksam sah ich mich um.

»Wir sind in der Anderswelt«, stellte ich fest, denn die Magie, die in der Luft war, würde ich überall erkennen. Der Leprechaun nickte.

»Klar. Wo soll sonst der Anfang der Regenbögen sein?«, fragte er und drehte sich nach Norden und marschierte los. Überrascht sah ich mich nun deutlicher um und bemerkte das, was mir vorhin verborgen geblieben war.

Unzählige Regenbögen sprossen aus bunten Blumen, die wild zusammengewürfelt auf der Wiese standen. Dabei gab es immer die gleiche Anzahl an Blumen in den Farben des Regenbogens.

»Wie macht ihr das?«, fragte ich, als ich rasch zu Garrick aufschloss.

»Wie?«

»Na die Regenbögen«, fügte ich hinzu. Der Leprechaun zuckte mit den Schultern.

»Mit Magie. Oder wie richtest du über die Seelen der Verstorbenen? Auch mit Magie. Das ist das, was wir tun. Das solltest du wissen.«

Ich nickte.

»Tue ich auch, aber wie funktioniert es? Speist ihr die Blumen mit Magie und die Regenbögen erscheinen automatisch?«, fragte ich nach, da ich mich so leicht nicht geschlagen geben wollte.

»Wird er dir wohl kaum sagen. Das ist bestimmt ein Geheimnis der Leprechaune, oder, Garrick?«, warf Ciaran ein.

Garrick warf ihm einen bösen Blick zu.

»Gar nichts ist geheim, wir sind nicht so eigenbrötlerisch wie euer Volk. Wir lassen die Blumen wachsen und wenn sie groß genug sind, dann versehen wir sie mit Magie. Und ab und an verstecken wir unser wertvollstes Gold am Ende des Bogens in der Menschenwelt. Dort wird es nie gefunden und auch nie gestohlen.«

»Die Geschichten erzählen etwas anderes«, warf ich ein, doch Garrick plusterte direkt die Backen auf und starrte mich bitterböse an.

»Alles Lügen der Menschen und der Wesen, die eifersüchtig darauf sind, dass wir von den Menschen noch nie hineingelegt worden sind. Alles Lügen! Alles Neider! Immerhin ist niemand so gut in seiner Arbeit wie wir.«

Ich sah, wie Ciaran den Mund öffnete, doch schüttelte sofort den Kopf. Was auch immer er vorhatte, es war bestimmt nicht ratsam, den Leprechaun zu verärgern, der uns bei Layana helfen konnte.

Da musste ich kein Genie sein, um das zu wissen.

»Wie auch immer, sehr interessant. Und das, was du uns geben möchtest, ist in der Menschenwelt oder hier?«, fragte ich nach. Garrick sah mich an, als hätte ich komplett den Verstand verloren.

»Na hier, im Tal der Leprechaune. Das hier ist mein Abschnitt und hier kommt niemand her, der nicht direkt mit mir hierher kommt oder von mir eingeladen worden ist. Ich bin immerhin mächtig«, prahlte er und führte uns weiter. Ich sagte nichts mehr dazu, sondern folgte ihm über die dunkle Wiese.

Als ich mich umdrehte, erkannte ich in kurzer Entfernung das Portal, das den Blick auf den Lagerraum der Menschenwelt darstellte. Dieser wirkte düster und gar nicht einladend – wenn ich die Wahl hätte und nicht an Layana denken müsste, würde ich doch lieber hier bleiben.

»Da sind wir.«

Garrick stoppte bei einem kleinen Blumenfeld und kniete sich hin. Er griff mit der rechten Hand in die Blumen, wobei er darauf achtete, keine Blüte zu beschädigen.

»Hier sprießt kein Regenbogen, kann er gar nicht. Denn das, was hier versteckt ist, macht es den Blumen unmöglich zu blühen«, erklärte er in meine Richtung, Ciaran ignorierte er beharrlich. Neugierig lehnte ich mich nach vorne und beobachtete ihn weiter dabei, wie er auf den Boden griff. Ich konnte sehen Hand nicht mehr sehen, hörte jedoch, wie er Erde zur Seite schob.

»Tut mir leid, ich werde euch nicht verletzen. Ihr müsst euch nicht fürchten«, flüsterte er fast zärtlich in die Richtung der Blumen.

Ich runzelte die Stirn.

»Sie sprechen zu ihm, das erzählt er in der Bar auch immer. Ellie hat mir anvertraut, dass Leprechaune eine tiefe Verbindung zu jenen Blumen haben, aus denen ihre Regenbögen sprießen.«

Ich drehte mich zu ihm.

»Ellie hat dir das also erzählt? Soso«, zwitscherte ich und Ciaran rollte mit den Augen. Mir lag noch mehr auf der Zunge, doch aus Respekt Garrick gegenüber schwieg ich.

»Hab ich es!«

Überrascht sah ich zu, wie er die Hand aus den Blumen zog und die Finger öffnete. Er gab den Blick auf eine Kette mit einem grünen Anhänger frei, der auf seiner Handfläche lag. Er schimmerte in sämtlichen Grüntönen und verströmte Magie. In dem Augenblick, als Garrick den Anhänger aus den Blumen gezogen hatte, schoss plötzlich helles Licht aus den Blütenköpfen. Es schlängelte sich gen Himmel und verband sich dort zu einem Regenbogen, der über den Himmel jagte und in der Mitte plötzlich nicht mehr zu sehen war.

Ich wusste, dass er sich nun in der Menschenwelt befand.

»Hier.«

Garrick reichte mir den Anhänger und ich betrachtete ihn genauer.

Ich musste nicht nachfragen, welcher Anhänger es war. Ich wusste es, jeder kannte die seltenen Artefakte, die jedoch lange verloren gegangen waren. Und in meinen Händen lag eindeutig die Kette der Göttin Morrigan. Der dunklen Göttin. Sie hatte die Fähigkeit, die Zukunft zu sehen und somit verlorenes wieder zu finden.

Und somit auch Menschen.

Doch woher hatte Garrick diese Kette? Ich runzelte die Stirn.

»Wieso hast du ein Artefakt unseres Volkes?«, stellte Ciaran Garrick die Frage, die mir auf der Zunge lag. Und wie viele Dinge, die verschwunden waren, lagen vielleicht noch auf dieser Wiese verstreut?

Sofort wanderte mein Blick über die Wiese, doch ich konnte keine Blumenansammlung sehen, die ohne Regenbogen war.

»Die habe ich vor vielen Jahren gefunden. Beziehungsweise eingetauscht. Ist schon lange her. Geht euch aber auch nichts an. Layana kennt die Geschichte und euch bin ich nichts schuldig.«

Ein ohrenbetäubender Lärm hallte über die Wiese und unterbrach unser Gespräch. Wir zuckten zusammen und instinktiv umklammerte ich das Amulett in meiner Hand fester.

»Da ist jemand in meiner Bar. Wir müssen gehen, jetzt!«

Ciaran nickte und ich tat es ebenso, doch Garrick wartete nicht mehr auf unsere Reaktion. Er streckte seine Hände nach dem Portal aus und im nächsten Augenblick zog er es einfach zu uns hinüber.

Einfach so.

Sprachlos weitete ich die Augen, als das Portal immer weiter auf uns zukam.

»Na los, rein da!«, schrie Garrick uns an. Ich sah zu Ciaran und hob eine Augenbraue, als er nach meiner Hand griff und mich mit sich zog.

Ich machte einen Schritt nach vorne, als das Portal über uns hinweg fegte und fand mich im nächsten Moment in der Kammer der Menschenwelt wieder.

Wieder ertönte ein lauter Schrei und ich zuckte zusammen.

»Das kommt von draußen.«

»Ich werde mir das ansehen«, mischte sich Garrick ein. Ich blinzelte. Dass er ebenfalls durch das Portal gegangen war, hatte ich gar nicht mitbekommen.

Er wartete nicht auf uns, sondern ging an uns vorbei und marschierte durch die Tür, die uns vom anderen Raum trennte.

»Du wartest hier«, sagte Ciaran direkt. Ich hob eine Augenbraue.

»Bist du wahnsinnig? Ich warte bestimmt nicht hier. Außerdem kann ich helfen.«

Ciaran musterte mich abfällig.

»Und wie? Willst du daneben stehen und die Leute niederreden?«, fragte er. Meine Wangen färbten sich rot.

»Du weißt gar nicht, was ich kann und was nicht.«

Mein Einwand, dass wir auch nicht wüssten, was sich hinter der Tür befand und ob da tatsächlich Ärger auf uns wartete, wurde mit einem nächsten Brüllen niedergestreckt.

Die Geräusche eines Kampfes und wüste Beschimpfungen drangen zu uns. Mein Blut rauschte, mein Puls beschleunigte sich.

»Das ist mein Ernst. Bleib lieber hier. Layana würde mich umbringen, wenn ich dich nach draußen nehmen würde.«

»Layana ist nicht hier.«

Ciaran sah mich lange an.

»Das stimmt, aber irgendwann sehen wir sie wieder und ich habe keine Lust, mir später etwas von ihr anzuhören«, erklärte er mir. Ein weiterer Schrei mischte sich unter andere und eine Gänsehaut breitete sich auf meiner Haut aus.

Das klang wie Garrick. Ein Wimmern folgte und Ciaran schob mich im Raum zurück.

»Du bleibst hier. Das ist mein letztes Wort.«

Ich kam nicht dazu, Einwände zu erheben, denn im nächsten Moment war er ebenfalls durch die Tür verschwunden. Meine Finger umklammerten das Amulett fester und ich presste die Lippen zusammen.

Kapitel 14

Lautlos verharrte ich in der Abstellkammer und ließ meine Augen über meine Umgebung gleiten. Dosen und verschiedene Flaschen standen in den Regalen. Mittlerweile konnte ich bereits gut erkennen, welche Dinge für uns greifbar waren und welche nicht.

Welche Objekte dem Menschen vorenthalten waren. Ich zuckte zusammen, als ein Mann die Tür aufriss und durch mich hindurchgriff, um eine schwarze Flasche aus den Regalbrettern zu fischen. Ohne mich zu bemerken, drehte er sich um und verließ die Kammer wieder. Die Tür schwenkte auf und ich konnte einen Blick auf den Nebenraum werfen.

Mein Herz rutschte in die Hose.

Ciaran und Tadhg standen sich einander gegenüber, wobei gegenüber nicht das richtige Wort war. Sie umkreisten einander. Die dunkle Holztür fiel langsam wieder hinter dem Mann zu, der durch unseresgleichen schritt und ich musste mitansehen, wie sich Tadhg auf Ciaran stürzte. Die Tür war geschlossen und ließ mich in Finsternis zurück.

Wieso war er jetzt schon hier? Ciaran hatte gesagt, dass ihr Verschwinden erst später bemerkt werden würde.

Verging die Zeit hier schneller als in der Anderswelt? Oder suchte man sie bereits noch früher?

Doch selbst wenn ich die Antworten auf diese Fragen hätte, sie würden mir in diesem Moment nicht helfen. Niemand konnte mir helfen.

Mein Herz schlug wie wild gegen meine Brust, Adrenalin pulsierte in meinen Adern, während mein Verstand auf Hochtouren arbeitete.

Er hatte gesagt, ich sollte hier bleiben.

Doch seit wann hörte ich schon auf ihn? Ich biss mir auf die Unterlippe, legte die filigrane Silberkette um meinen Hals und ließ den Anhänger in meinem Pullover verschwinden.

Angst schnürte mir die Kehle zu. Ich war noch nie ein Freund von Gewalt oder Kämpfen gewesen. Und doch musste ich mich überwinden.

Ich wollte mich überwinden und Ciaran zeigen, dass ich mehr war. Mehr als das, was er in mir sah.

So schaltete ich das Denken aus und trat mit schnellen Schritten durch die Tür. Als der Nebenraum vor meinen Augen sichtbar wurde, erkannte ich Garrick, der mit einer großen Platzwunde auf dem Boden kauerte. Sein Arm war seltsam verdreht und seine Atmung ging unregelmäßig. Mit angehaltenem Atem wandte ich mich an Ciaran, der die Oberhand hatte.

In seinem Gesicht waren Kratzer zu sehen und unter dem Ärmel seines Shirts liefen rote Rinnsale hinab. Blut. Mir wurde übel.

»Amaya!«

Es war Ciarans Aufschrei, der mich aus meiner Schockstarre löste und ich wich zurück, als sich Tadhg von Ciaran lösen wollte und in meine Richtung sprang.

»Lass sie in Ruhe!« Ciaran beschützte mich, damit hätte ich nicht gerechnet. Doch Tadhg wirkte gelangweilt und nicht minder beeindruckt von Ciarans Versuch.

Ciaran folgte ihm, rammte ihn mit seinem Körper nieder und drückte ihn zu Boden.

Tadhg schnaubte, drehte sich unter ihm, als wäre Ciaran ein Kind. Es war ihm ein Leichtes, sich gegen ihn zu wehren. Was mich auch nicht wunderte, denn als Ordner war er Kämpfe gewohnt.

Zwar kümmerte er sich sonst um die Seelen, die nicht ausbrechen sollten, und nicht um unseresgleichen, doch gewiss hatte er mehr Übung als Ciaran oder ich.

Und das sah man.

»Amaya«, nun war es Tadhg, der mich ansprach. Eine Gänsehaut lief über meinen Rücken.

»Sag mir, wo sie ist.«

»Wer?«, stellte ich mich dumm und ärgerte mich über meine verräterische Stimme, die viel zu hoch war. Meine Atmung setzte aus, als die Männer sich drehten und Tadhg nun über Ciaran lag. Er griff ohne Probleme nach ihm und verdrehte ihm den Arm. Ciaran stieß einen Schmerzenslaut aus und als ich ein ekelerregendes Knacksen hörte, wurde mir übel.

»Layana. Du bist ihre Schwester, du kennst sie besser als jeder sonst. Sag uns, wo sie ist und wir können das ganze hier abkürzen.«

Ich schüttelte den Kopf.

»Nicht? Ich wusste zwar, dass du Ciaran nicht leiden kannst, aber dass du so sehr wünscht, dass ich ihm wehtue...«

Tadhg verstärkte seinen Griff und erneut war ein Knacksen zu hören. Tränen trieben mir in die Augen, als ich zu Ciaran blickte. Dieser lag unter Tadhg, seine Atmung ging flach und ich erkannte weitere kleine Wunden, die bluteten.

»Ich weiß nicht, wo sie ist.«

»Lüge.«

Tadhg erhob sich und drehte Ciaran mit seinem rechten Bein, sodass dieser nicht mehr auf dem Bauch lag, sondern auf den Rücken. Doch als Ciaran sich aufrichten wollte, trat Tadhg ihm mitten ins Gesicht.

Ich sah zur Seite, als Blut aus Ciarans Nase spritzte.

»Hör auf«, bat ich Tadhg und versuchte die Tränen zurückzuhalten, die sich weiterhin in meinen Augen sammelten.

»Nicht, ehe du mir sagst, wo sie ist.«

»Ich weiß es wirklich nicht! Wir sind hier, um nach ihr zu suchen!«, brach es aus mir heraus und ich schrie auf, als Tadhg in Ciarans Rippen trat. Wieder knackste sein Körper und ich betete zu den Göttern, dass Tadhg bald mit seinem Tun stoppen würde.

»Bitte, glaub mir! Ich schwöre bei meinem Leben, dass ich die Wahrheit spreche!«, flehte ich. Ich konnte nicht zu Ciaran blicken, der die Augen geschlossen hatte. Sein Brustkorb hob und senkte sich in einem seltsamen Rhythmus, der mir nicht normal vorkam.

»Verschwinde aus meinem Laden«, knurrte Garrick, der wohl wieder zu Bewusstsein gekommen war. Er stand taumelnd auf, sprang auf Tadhg zu und umklammerte sein Bein. Ich runzelte die Stirn und verfluchte den kleinen Leprechaun. Wenn Ciaran ihm schon unterlegen war, was sollte er dann ausrichten?

Garrick nickte mir zu und ich runzelte erneut die Stirn. Was hatte er vor? Tadhg blickte mich lange an und sah dann an sich herab.

»Wie lästig. Lass es gut sein, ich habe hier noch etwas zu tun. Hast du denn noch nicht genug? Glaub mir, mir gefällt das alles genauso wenig wie dir. Es muss aber sein«, erklärte er und bewegte sein Bein, um Garrick von sich zu schütteln.

Ohne nachzudenken hastete ich nach vorne, griff nach Ciarans Arm und zog ihn mit einem Ruck von Tadhg weg. Zumindest versuchte ich es. Ciaran war schwer und da er mir nicht bei der Bewegung half, schaffte ich es nur, ihn wenige Zentimeter zu bewegen.

Mist.

Das hatte ich mir leichter vorgestellt.

Tadhg wandte sich mir zu und schüttelte den Kopf.

»Amaya, ich will dir wirklich nicht wehtun. Ich schlage keine Frauen. Zumindest nicht normalerweise.«

Ich biss mir auf die Unterlippe.

»Mir würde es gefallen, wenn du das nicht ändern würdest«, sagte ich leise, doch Tadhg stieß einen leisen Seufzer aus.

»Aber wenn du so weitermachst, lässt du mir keine andere Wahl. Sag mir einfach, wo deine Schwester ist.«

»Wenn ich es wüsste, dann würde ich es dir sagen. Wieso vertraust du mir nicht?«, fragte ich ihn leise und lehnte mich schützend über Ciaran, der seine Augen geschlossen hatte. Ich vermutete, dass er das Bewusstsein verloren hatte.

»Weil auch ich meine Vorgaben habe. Und die sind, Layana zu finden. Und da ihr ebenfalls weg ward ...«, erklärte er und ich schluckte hart.

Unbewusst sah ich zu Garrick, der entschlossen zu mir blickte und erneut diese Bewegungen mit seinen Händen machte, die er schon auf dieser Wiese getan hatte.

Instinktiv zog ich Ciaran ein wenig weiter zu mir, auch wenn ich es nur schaffte, wenige Zentimeter mehr zwischen Tadhg und uns zu schaffen. Doch sie reichten.

Ich spürte einen Luftstoß und als ich sah, wie Tadhg die Augen aufriss, durchströmte mich Erleichterung.

»Nein!«

Das Portal, das durch uns hindurchgefegt war, wurde kleiner und verschlang Garrick und Tadhg, der einen Hechtsprung zu uns machte, aber doch noch zu groß war, um durch das Portal hindurch zu passen. Die Bar rückte in weite Ferne.

Im nächsten Augenblick war das Portal fort und Ciaran und ich befanden uns auf einer Wiese. Ich blinzelte und streckte meine magischen Fühler aus, doch wir waren nicht in der Anderswelt. Wir waren noch in der Menschenwelt.

Ob wir uns noch in London befanden, wusste ich nicht, schließlich kannte ich die Städte der Menschen nicht und doch war es mir auch gleich.

Ciarans Husten brachte mich dazu, den Blick auf ihn zu richten und nicht mehr die hohen Bäume, Blumen und die Sträucher zu begutachten, in dessen Mitte wir uns befanden. Mit zitternden Lidern schlug er die Augen auf und blinzelte mir entgegen.

»Wo?«, begann er zu fragen, doch ein weiterer Hustenanfall unterbrach den Satz.

»Ich weiß es nicht. Garrick hat uns hinausgeholt.«

Ein ungutes Gefühl durchfuhr mich. Garrick. Hoffentlich ging es ihm gut. Der Leprechaun war zwar nicht sonderlich nett zu uns gewesen, doch ich fürchtete, dass Tadhg schlimmes mit ihm anstellte.

Auch wenn ich nie gedacht hätte, dass Tadhg der Typ für sowas wäre.

»Egal. Wir müssen hier bald weg, sonst kommen die nächsten. Oder Tadhg findet uns wieder. Keine Ahnung, wie viele Banshees auf der Suche nach uns sind«, murmelte Ciaran. Ich musterte ihn ungläubig, als er sich langsam aufsetzte.

Er verzog schmerzerfüllt das Gesicht, als er sich gänzlich aufrichtete und legte die Hände auf seine Rippen.

»Scheiße.«

»Er hat sie dir gebrochen, oder?«, fragte ich leise und musterte ihn. Der altbewährte Kloß kehrte in meinem Hals zurück und ich widerstand dem Drang, die Hand nach ihm auszustrecken und seine helle Haut zu berühren.

Ciaran warf mir einen scharfen Seitenblick zu.

»Ich habe dir doch gesagt, dass du dich nicht einmischen sollst. Dass du warten sollst. Du hast nicht auf mich gehört.«

Mein Herz rutschte in die Hose und der kleine Teil, der eben noch Mitleid mit Ciaran gehabt hatte, wandelte sich in Wut.

»Wie bitte? Du kannst froh sein, dass ich gekommen bin und dir geholfen habe. Garrick hat das Portal sicherlich nicht deinetwegen heraufbeschworen.«

»Er hätte auch keines beschwören müssen, wenn du dich nicht eingemischt hättest. Ich habe alles unter Kontrolle gehabt.«

Ich biss mir auf die Unterlippe und rutschte etwas von ihm weg.

»Hat man gesehen. Er hat dich vermöbelt, als wärst du ein nasser Sack. Das ist passiert. Du hast gar nichts im Griff gehabt!«

Ciaran schüttelte den Kopf und verzog erneut das Gesicht.

»Du solltest dich schonen, während du heilst. Wenn du dich viel bewegst, dauert es länger«, erklärte ich ihm. Ciaran warf mir erneut einen scharfen Blick zu.

»Das weiß ich. Ich heile nicht zum ersten Mal.« Ich hatte lange nicht mehr auf die alten Heilkräfte, die in jedem von uns innewohnten, zugreifen müssen. Das letzte Mal hatte ich es in meiner Jugend gebraucht, als ich der Meinung gewesen war, dass ich die morsche Eiche erklimmen musste. Unsere Körper heilten schneller als die der Menschen und solche Wunden waren eigentlich kein Problem, auch wenn es lästig war, da man sich während des Heilungsprozesses nicht anstrengen durfte.

»Ich helfe dir.«

Ich streckte meine Hand nach ihm aus und legte sie auf seine, um seine Finger zu umklammern. Wärme drang von dieser Berührung in mich über, als ich seinem Blick begegnete. Wo vorhin noch Wut war, sah ich nun Besorgnis.

»Ich habe versucht, dich zu beschützen.«

»Niemand muss mich beschützen und du erst recht nicht. Ich komme gut allein klar.«

Demonstrativ blickte ich auf unsere verschränkten Finger, als ich die Heilkräfte, die tief in mir schlummerten, kanalisierte und über unsere kleine Verbindung in seinen Körper schickte.

Ich starrte auf die blauen Flecken an seiner Schulter und stellte erleichtert fest, dass diese langsam verblassten. Es funktionierte.

»Du verstehst mich nicht«, riss er mich aus meinen Gedanken. Wieder schüttelte ich den Kopf.

»Ich verstehe alles. Du tust das alles für Layana. Das ist mir bewusst.« Aus irgendeinem Grund fühlte sich diese kleine Tatsache wie ein fauler Apfel in meinem Magen an. Als ob er gären und mir von innen heraus schaden würde.

»Nein.«

Überrascht blinzelte ich. Hatte er sich den Kopf gestoßen?

»Der letzte Tritt ging wohl gegen deinen Kopf«, stellte ich fest, doch wieder schüttelte Ciaran den Kopf hin und her.

»Ich habe das getan, weil ich es möchte. Weil ich dich beschützen will. Das solltest du wissen.«

Wieder blinzelte ich verwirrt. Auch wenn ein kleiner Teil in mir sich über diese kleinen Worte freute, wusste ich genau, dass es nicht der Wahrheit entsprach.

»Sprechen wir darüber, wenn dein Schädel wieder heil ist. Denn das bist nicht du. Du kannst mich nicht ausstehen und das akzeptiere ich. Es ist okay, dass du mich nicht leiden kannst. Aber dass du jetzt aus irgendwelchen Gründen auch immer die Tatsache verdrehst, ist nicht in Ordnung.«

Kapitel 15

»Ich verdrehe keine Tatsachen und hör auf, mir zu sagen, wie ich bin«, murmelte Ciaran. Seine Augen waren wieder geschlossen und ich seufzte leise auf.

In dem Zustand, in dem er sich eben befand, schien er nicht in der Lage zu sein, Gespräche mit mir zu führen, die irgendetwas brachten. Wenn das denn bei ihm überhaupt möglich war.

So schwieg ich und beobachtete, wie sein Körper langsam heilte und sich die Wunden verschlossen. Als ein wohliger Seufzer aus Ciarans Mund rollte, war ich mir sicher, dass auch seine Knochen wieder zusammengewachsen waren.

»Du hättest nicht aus dem Zimmer kommen sollen. Das war gefährlich.«

Das war das Erste, was mir Ciaran sagte, als er die Augen wieder öffnete. Ich neigte den Kopf.

»Als ob dir mein Wohl am Herzen liegen würde. Du tust das doch nur wegen Layana«, murmelte ich. Und obwohl mir dies bewusst war, fühlte sich die Erkenntnis nicht angenehm an. Alles, was er für mich tat, tat er für meine Schwester und nicht meinetwegen.

»Du spinnst. Du bist gar nicht so übel, wie du immer denkst«, murmelte Ciaran und setzte sich langsam auf. Ich streckte meine Hand nach ihm aus, um ihm zu helfen, doch als ich sah, dass er gut allein zurechtkam, zog ich sie wieder zurück.

»Soll das ein Kompliment sein?«, fragte ich ihn und runzelte die Stirn.

Ciaran stieß einen Seufzer aus.

»Was habe ich dir eigentlich getan, dass du mich hasst?«, stellte er mir eine Gegenfrage, die ich nicht beantworten konnte.

»Ich weiß es nicht. Du bist einfach du«, entgegnete ich. Sollte ich ihm sagen, dass ich es verabscheute, dass er die Blicke der Frauen auf sich zog, obwohl das verboten war? Dass ich es hasste, dass er sich seiner Wirkung bewusst war und das doch das eine oder andere mal zu seinem Vorteil ausgespielt hatte?

Den Teufel würde ich tun.

»Ich könnte dich genau dasselbe fragen«, sagte ich stattdessen, bevor er nachhaken konnte. Er schnaubte.

»Ich habe nie gesagt, dass ich dich hasse. Klar, du nervst oft mit deinem ‚man muss sich an die Regeln halten‘, ‚Layana, hast du das wirklich gut durchdacht?‘. Aber hassen? Das tue ich nicht. Manche Dinge an dir rauben mir den letzten Nerven, aber hassen... nein.«

Ein dicker Kloß bildete sich in meinem Hals.

»War das schon immer so?«, fragte ich nach und er musterte mich lange.

»Was?«

»Dass du so über mich denkst. Oder ist das das Produkt der letzten Stunden?«, hakte ich nach. Ciaran schnaubte laut.

»Das war schon immer so. Aber ich weiß ja jetzt, wo ich bei dir stehe. Auch wenn ich der Meinung bin, dass ich das nicht verdient habe.«

Einen Moment schwieg ich und blickte betreten auf meine Hände, die ich in meinen Schoß gelegt hatte. Dann sah ich doch wieder zu ihm.

»Was war mit Ellie?«

Ciarans Antwort war zunächst ein Lachen, ehe er mich ungläubig musterte.

»Garricks Freundin?«

Ich nickte.

»Ja, Ellie. Du hast sie ihm ausgespannt. Ich möchte die Geschichte dazu hören.«

»Da gibt es keine Geschichte. Layana und ich haben ihn vor mehreren hundert Jahren in dem Pub besucht und da hat er uns Ellie vorgestellt. Warum sie ihn verlassen hat, weiß ich nicht. Ich habe nichts mit ihr gehabt.«

Misstrauisch kniff ich die Augen zusammen.

»Dein Ruf eilt dir voraus.«

Ciaran rollte mit den Augen.

»Hast du mal versucht, eine Leprechauen zu küssen? Die sind viel zu klein.«

Ich kniff meine Augen noch weiter zusammen, sodass ich kaum noch etwas sehen konnte. Dennoch konnte ich diesem Drang nicht widerstehen.

»Nein, aber da du das weißt, hast du es mal versucht.«

Wieder dieses Augenrollen, doch so leicht konnte und wollte ich mich nicht abwimmeln lassen.

»Sie hat ihn verlassen, weil sie sich in dich verliebt hat. Das passiert nicht einfach so. Du musst ihr Hoffnungen gemacht haben«, murmelte ich.

Ciaran musterte mich und schenkte mir schließlich ein breites Grinsen.

»Du bist eifersüchtig«, stellte er fest, doch ich schnaubte. Er hatte sich wirklich den Kopf gestoßen. Oder nicht? Die Vorstellung, ihn mit einer Leprechaun, weckte tausend Emotionen in mir, die ich nicht benennen konnte. Doch keine davon konnte Eifersucht sein.

»Mach dich nicht lächerlich.«

»Tue ich nicht. Eigentlich ist es ziemlich süß, dass du gerade eifersüchtig bist.« Verwirrt blinzelte ich.

Hatte er mich eben süß genannt.

Ja, hat er.

So ein Idiot!

»Halt die Klappe. Weißt du, wie Morrigans Anhänger funktioniert?«, versuchte ich gekonnt das Thema zu wechseln.

»Guter Versuch. Wir sprechen darüber aber noch.«

Ich warf ihm einen bösen Blick zu und zog demonstrativ den Anhänger aus meinem Pullover und tippte darauf.

»So weit ich weiß, muss man nur stark an die Person oder den Gegenstand denken, dann leuchtet er und zeigt dir in deinen Gedanken den Platz.«

Ich blinzelte und umklammerte den Anhänger fester mit meinen Fingern und nickte. Dann schloss ich die Augen, dachte an meine Schwester. Dabei beschwor ich ihr Bild vor meinem geistigen Auge, stellte mir ihre hellblonden Haare, ihr herzförmiges Gesicht und die vollen blassen

Lippen vor. Ihre blauen Augen und das Lächeln, mit dem sie stets die Herzen eroberte.

Doch nichts geschah.

War ja klar.

»Der ist kaputt«, stellte ich fest und nahm ihn von meinem Hals, ehe ich ihn weiter an Ciaran reichte. Dieser runzelte die Stirn und begutachtete das Amulett. Was auch immer er gerade versuchte, auch bei ihm leuchtete das Amulett nicht auf.

»Bist du dir sicher, dass es so funktioniert?«

»Ich habe davon gelesen«, antwortete er mir knapp und ich prustete aus.

»Du hast gelesen? Ich wusste nicht, dass du der Typ für Bücher bist«, gluckste ich, doch verstummte, als er mir einen langen Blick zuwarf.

»Du weißt so einiges nicht von mir.« Sein Tonfall war gelangweilt und er stieß einen Seufzer aus.

»Wie auch immer, ich kenne jemanden, der uns vielleicht helfen kann. Hier können wir sowieso nicht bleiben, denn es wird nicht lange dauern, bis Tadhg uns wieder aufspüren wird.«

Ich seufzte auf.

»Wieso kann er uns finden und nicht Layana?«, fragte ich leise, doch Ciaran neigte den Kopf.

»Weil es uns im Gegensatz zu ihr egal ist, ob wir gefunden werden. Schirmst du deine Magie ab? Nein. Ich tue es ebenfalls nicht. Wenn wir das tun würden, könnte er uns nicht aufspüren. Aber wir könnten im Zuge dessen auch keine Magie wirken und die brauchen wir, um uns schneller durch diese Welt zu bewegen. Es ist also keine Option, unsere Magie abzuschirmen. Falls du das vorgeschlagen hättest.«

Ich fuhr mir mit den Fingern durch das lange Haar.

»Und wer soll uns helfen können?«

»Das wirst du gleich sehen.« Ciaran streckte mir die Hand entgegen und ich nahm sie unsicher an.

***

»Und was haben wir hier vor?«, fragte ich nach, während der Wind an meinen langen Haaren zog und ich Mühe hatte, mich gut auf den Beinen zu halten. Ciaran hatte uns zu einer Klippe gebracht, wo gerade ein Sturm herrschte. Die Wellen, die unter den Klippen immer wieder auf Stein schlugen, waren riesig und der Wind reißerisch.

»Wir werden Cayla einen Besuch abstatten.«

Wieder eine Frau.

Ich warf ihm einen skeptischen Blick zu.

»Wer ist Cayla?«

»Die Nachfahrin eines Druiden und jener Familie, zu denen wir damals gehört haben.«

»Diese Familie hatte eigene Banshees?«, hakte ich nach und Ciaran nickte.

»Ja, wir haben sie nicht aus den Augen verloren. Und anders als die Menschen, die mit uns nichts zu tun haben, kann sie uns sehr wohl sehen.«

Das musste er mir nicht weiter erklären. Ich wusste, dass Menschen, deren Familie eigene Banshees gehabt hatten, die Fähigkeiten besaßen, uns sehen zu können. Ganz anders als die Menschen, deren Blutlinie nichts mit uns zu tun gehabt hatte.

Und das war nun mal die Mehrzahl und traf wohl auf die meisten Menschen in London zu, auf die wir getroffen hatten.

»Also sind wir nicht mehr in London«, schlussfolgerte ich und kam mir für diese Aussage direkt dämlich vor.

Natürlich waren wir nicht mehr in einer Großstadt, wenn er uns zu einem einsamen Haus vor dem Meer gebracht hatte.

»Darauf willst du jetzt aber wirklich keine Antwort, oder?«, murmelte er und ich schüttelte peinlich berührt den Kopf.

»Kannst du dir sparen.«

»Gut, lass uns hineingehen.« Doch er ging nicht hinein, sondern klopfte, was mich überraschte.

Ich hätte ihn eher dafür gehalten, dass er in das Haus ging. Kaum hatte er geklopft, konnte ich Schritte hören und im nächsten Moment wurde die Tür geöffnet.

Eine junge, hübsche Frau öffnete uns die Tür. Die roten Haare hatte sie zu einem unordentlichen Dutt hochgebunden und ihre grünen Augen leuchteten, als ihr Blick auf Ciaran fiel. Sie strahlte und lächelte ihn breit an.

»Ciaran!«

Ich erwartete, dass sie uns nach drinnen bat und uns eintreten ließ, doch mit dem, was nun kam, hatte ich wahrlich nicht gerechnet: Sie trat auf uns zu, schlang die Arme um Ciaran und küsste ihn. Einen Moment ließ er sie gewähren und dann drückte Ciaran sie von sich.

Ich öffnete den Mund und doch kam kein Ton über meine Lippen. Vorhin auf der Wiese hatte ich fast gedacht, dass ich mich in ihm getäuscht hatte. Doch dem war nicht so. Er war das, was ich immer von ihm gehalten hatte.

Ein Frauenheld durch und durch.

Kapitel 16

Ungläubig sah ich zwischen Ciaran und Cayla hin und her, doch sie schien sich daran nicht zu stören.

»Wen hast du mitgebracht?«, fragte sie und schien erst jetzt mitzubekommen, dass ich überhaupt da war. Fast schon feindselig musterte sie mich und ich spürte, dass es ihr lieber wäre, ich wäre nicht hier.

Wobei wir da schon zwei waren.

»Ich bin Amaya.«

»Ja, sie und ich, wir sind zusammen auf einer Mission. Und wir brauchen deine Hilfe.«

Sofort wandte sich Cayla ihm zu und der feindselige Blick, der eben noch mir gegolten hatte, wurde weicher und sie strahlte bis über beide Ohren.

Ich musste sie nicht weiter beobachten, um zu erkennen, dass sie in ihn verliebt war.

Wie viele Frauenherzen hatte er schon gebrochen? So neugierig ich auch war, so wollte ich doch die Antwort nicht wissen.

»Ja, wir haben Morrigans Anhänger gefunden, doch er funktioniert nicht.«

Cayla neigte den Kopf und ging zur Seite.

»Wollen wir diese Unterhaltung nicht lieber drinnen fortsetzen?«, fragte sie.

»Zu gerne«, antwortete Ciaran und ging voraus. Ich folgte ihm, bemerkte aber wieder den todbringenden Blick, mit dem Cayla mich musterte.

War sie etwa eifersüchtig auf mich? Lächerlich.

Ich ging hinter Ciaran, der zielstrebig durch die zweite Tür links schritt und fand mich im Wohnzimmer wieder. Helle Möbel und viele Pflanzen standen hier herum und in der Mitte des Raumes prangerte eine große Couch, deren Überzug aus rotem Leder war. Irgendwie fühlte ich mich hier unwohl. Und als sich Ciaran einfach so auf die Couch fallen ließ, runzelte ich die Stirn.

Er kannte sich in diesem Haus verdammt gut aus und er fühlte sich hier eindeutig zu heimisch.

Ein kleiner Stich durchfuhr mich und ich schnaubte über die seltsame Reaktion meines Körpers. Konnte mir doch egal sein, was er tat und was nicht.

»Wieso funktioniert er nicht?«, wollte Cayla wissen, doch ich zuckte mit den Schultern. Sie war die Letzte, die das Zimmer betrat und setzte sich sofort neben Ciaran. Es entging mir nicht, dass sie sich so knapp neben ihn setzte, dass sich ihre Knie berührten. Ciaran rutschte ein weiter von ihr weg, doch sofort rückte sie nach.

Ob sie wusste, wie lächerlich sie sich verhielt? So wie Cayla Ciaran musterte, schien ihr das nicht aufzufallen und ich wollte mich nicht noch unbeliebter machen und sie darauf ansprechen.

»Das wissen wir nicht.« Es lag mir auf der Zunge, zu sagen, dass wir nicht hier wären, wenn wir die Antwort bereits hätten, doch das verkniff ich mir lieber.

»Ich habe eigentlich mit Ciaran gesprochen und nicht mit dir. Laya.«

»Amaya. Ich heiße Amaya.«

Cayla rollte mit den Augen.

»Wie auch immer. Ich möchte ihn mir gerne ansehen«, sagte sie an Ciaran gewandt. Dieser deutete auf mich.

»Amaya trägt ihn.«

»Ja, er wurde auch mir überlassen und nicht dir«, rief ich ihm in Erinnerung und ging ebenfalls auf die Couch zu, wusste jedoch nicht, wohin ich mich setzen sollte.

Eigentlich hatte keine große Lust, neben einem der beiden zu sitzen, weshalb ich stehen blieb und den Anhänger erneut unter meinem Pullover hervorzog.

Cayla streckte mir die Hand entgegen, doch ich machte keine Anstalten, mir das Amulett vom Kopf zu streifen und ihr zu überlassen.

»Du kannst ihr vertrauen, sie wird es uns nicht wegnehmen. Das verspreche ich dir«, sagte Ciaran und deutete mir mit einer Handbewegung, dass ich ihr den Anhänger geben sollte.

Doch leider hatte ich nicht so viel Vertrauen in sie wie er.

Aber hatte ich denn eine andere Wahl? Ich stieß einen Seufzer aus und überwand mich. Vorsichtig streifte ich mir die Kette vom Hals, hielt sie jedoch noch einen Moment fest.

»Du gibst sie mir gleich zurück. Sie gehört mir. Wenn du mit ihr abhaust oder sie mir nicht wiedergeben möchtest, dann wirst du es bereuen«, drohte ich ihr direkt. Doch Cayla schien davon nicht beeindruckt zu sein.

»Ich habe keine Verwendung dafür. Denkst du, ich habe Lust, dass irgendwann ein Haufen Banshees und andere Feen auftauchen, um das Ding zu bekommen? Lächerlich«, schnaubte sie, doch das genügte mir nicht. Ich warf Ciaran einen Blick zu und erst als er mir erneut zunickte, ließ ich die Kette in ihre ausgestreckte Hand gleiten.

»Ich hoffe, ich bereue das hier nicht«, murmelte ich, erhielt aber weder von Ciaran noch von Cayla eine Antwort. Letztere drehte und wendete den Anhänger hin und her und betrachtete ihn von allen Seiten.

»Wenn ich mich richtig erinnere, muss er regelmäßig mit Magie aufgeladen werden. Ich kann es kurz nachlesen«, murmelte sie und erhob sich. Dabei hatte sie die Kette in ihrer Hand. Ich streckte die Hand aus.

»Dazu musst du sie nicht mitnehmen«, sagte ich und war zufrieden, als sie mir den Anhänger mit einem Augenrollen zurückgab. Sofort hing ich sie mir um den Hals.

»Ich werde das richtige Buch holen, damit wir nachlesen können, wie die der Anhänger aufgeladen werden kann. Fühl dich wie zuhause«, sagte sie mit einem dümmlichen Lächeln in Ciarans Richtung, der leicht nickte. Ich sah ihr nach, als sie das Zimmer durch jene Tür verließ, durch die wir hinein gekommen waren.

Sofort wandte ich mich an Ciaran.

»Ernsthaft? Erst Ellie und jetzt Cayla? Wie viele Verflossene hast du?«, fuhr ich ihn direkt an und schnaubte, als ein breites Grinsen über sein Gesicht huschte.

»Sagte ich doch, du bist eifersüchtig.«

Ich schnaubte.

»Du spinnst. Aber gibt es irgendwelche Frauen, auf die du triffst, denen du dich nicht an den Hals wirfst? Das ist widerlich!«

Ciaran musterte mich ausdruckslos und zuckte schließlich erneut mit den Schultern.

»Eifersüchtig. Sage ich ja. Ganz eindeutig.« Ich schnaubte laut auf und hob meinen Zeigefinger.

»Das bin ich definitiv nicht. Das ist das letzte Wort, mit dem ich mich selbst dir gegenüber beschreiben würde! Angewidert, angeekelt, entsetzt und ... habe ich schon angewidert aufgezählt?«, konterte ich, doch er schien unbeeindruckt. Schließlich zierte wieder ein Grinsen sein Gesicht, als seine Lippen erneut das Wort »eifersüchtig« formten.

Meine Wangen liefen heiß an, als Schritte verkündeten, dass Cayla zurückkam. So wenig sie mich auch mochte – was wohl auf Gegenseitigkeit beruhte – so sehr war ich froh, dass sie mich aus dieser Situation unweigerlich rettete.

»Ich habe das richtige Buch gefunden. Das sind alte Aufzeichnungen meiner Vorfahren.«

Ich lehnte mich neugierig nach vorne. Bücher liebte ich und ich hatte vor allem eine Vorliebe für besonders alte Exemplare.

»Deine Familie bestand aus Druiden?«, fragte ich nach und Cayla nickte.

»Ja. Schon immer. Aber mit jeder neuen Generation wurde das Wissen weniger. Meine Mutter weiß fast gar nichts mehr über die alten Kräfte und ich bin dabei, mir alles selbst mit den alten Tagebüchern und Aufzeichnungen beizubringen«, erklärte sie und ich kam nicht umhin, ihr dafür Respekt zu zollen.

»Verstehe. Hast du auch schon darin gelesen oder hast du das Buch nur gefunden?«, fragte ich sie, als sie direkt wieder näher an Ciaran rutschte und das Buch aufschlug. Sie begann, durch die Seiten zu blättern und schien nach etwas zu suchen.

»Wenn ich es hätte lesen wollen, dann wäre ich jetzt noch nicht hier«, rügte sie mich knapp, ohne dabei aufzusehen.

Ciaran lehnte sich gelangweilt zurück und stieß ein Schnauben aus.

»Das geht mir zu langsam«, beschwerte er sich. Mein Mitleid mit ihm hielt sich in Grenzen.

»Wir sind gleich fertig.«

Caylas Tonfall war deutlich einfühlsamer als ich mich in diesem Moment auch nur fühlen könnte. Ich schwieg und beobachtete sie, wie sie über die alten Einträge las.

Dabei lehnte ich mich nach vorn und erhaschte einen Blick auf eine Überschrift, die von Kelpies handelte.

»Hast du es übersetzt?«, fragte ich, da mir auffiel, dass das Buch nicht in der damaligen Sprache geschrieben war.

»Nein, meine Großmutter und ihre Schwestern haben das damals getan. Und davor ihre Eltern.«

Ciaran grinste.

»Manche Artikel sind deshalb altertümlicher«, erklärte er mir und ich rollte mit den Augen.

»Als ob du jemals gelesen hättest.«

»Habe ich. Viele Bücher, die die Familie hier besitzt, habe ich gelesen. Ich bin nicht dumm, auch wenn du das gerne glaube möchtest, Amaya«, murmelte er. Doch Cayla hob den Zeigefinger und stoppte somit meinen Einwand, den ich eben aussprechen wollte.

»Hier haben wir es. Das Amulett von Morrigan. Es hilft, verlorene Dinge wiederzufinden. Doch um es benutzen zu können, muss es mit Magie geladen werden. Entweder in einer Blutmondnacht oder von geschenkter Magie eines Druiden, der nicht mehr auf seine Macht zugreifen kann, bis die nächste Mondfinsternis stattfindet«, fasste Cayla kurz zusammen und ich blinzelte.

»Wann ist der nächste Blutmond?«, fragte ich nach.

»Nicht in den nächsten Tagen«, antwortete Ciaran schneller, als mir lieb war. Mein Blick fiel auf Cayla und ich schluckte. Ob sie bereit war, dieses Opfer zu bringen?

»Und die nächste Mondfinsternis?«, hakte ich sicherheitshalber nach.

»In vier Monaten.«

Ich seufzte laut auf. So lange würde diese Frau vor uns bestimmt nicht auf ihre Kraft verzichten.

»Würdest du das für uns tun?«, fragte Ciaran Cayla und lehnte sich dabei in ihre Richtung. Ich beobachtete, wie er ihr tief in die Augen sah und konnte mitansehen, wie Cayla unter diesem Blick zu schmelzen begann.

Würg.

»Wenn ich das tue, dann möchte ich auch etwas dafür haben«, stellte sie klar und warf mir einen langen Blick zu. Instinktiv umklammerte ich das Amulett fester und presste die Lippen zusammen.

»Ich möchte, dass du mich küsst wie damals, als wir gemeinsam vor dem Kamin gesessen waren und Wein getrunken haben.«

Doppel würg.

Dieses Bild würde ich niemals wieder aus meinem Kopf bekommen können.

Ich räusperte mich.

»Behalte die Details bitte für dich«, warf ich ein und erntete dafür einen scharfen Blick von Cayla.

»Eifersüchtig?«, fragte sie mich neckend und erneut wurden meine Wangen heiß.

Wieso glaubte jeder hier in diesem Raum, dass ich eifersüchtig war? Sofort schüttelte ich den Kopf.

»Nein. Nur angewidert. Ich möchte mich nur ungern hier auf deinen Teppich übergeben müssen.«

Cayla kniff die Augen fest zusammen, schwieg jedoch und drehte sich Ciaran zu. Dieser hatte während Caylas Forderung keine Miene verzogen.

»Nur ein Kuss?«, fragte er nach und Cayla nickte.

»Ja. Aber wie damals. Ich vermisse es, dich zu küssen.«

Am liebsten wollte ich mir die Ohren zuhalten, doch irgendetwas in mir wollte auch wissen, wie es weiterging. Ob sich Ciaran darauf einließ.

Dieser gab Cayla keine Antwort, sondern lehnte sich stattdessen zu ihr und legte seine Lippen auf ihre. Ich verzog das Gesicht, als Kusslaute das einzige waren, was ich hören konnte, und wandte meinen Blick ab.

Wieder dieser seltsame Stich in meiner Magengegend und ich schüttelte den Kopf über mich. Mein Körper reagierte wohl mit einer besonderen Form der Abneigung Ciaran gegenüber.

Ob er wohl auch Ellie geküsst hatte, wie er es eben mit Cayla tat? Und wie oft er wohl Cayla geküsst hatte? Ob er noch oft hierherkam, um Zeit mit ihr zu verbringen? Warum interessiert mich das alles eigentlich? Kann mir doch egal sein, was dieser Idiot in seiner Freizeit macht.

Das sollte es auch, doch irgendwie war es das auch nicht. Einen Moment sah ich auf und schluckte, als Layana ihre Hand an Ciarans Wange gelegt hatte und diese sanft streichelte, während sie näher an ihn heranrutschte.

Das flaue Gefühl in meinem Magen wuchs und wuchs. War ich vielleicht doch eifersüchtig? Konnte das sein?

Kann es sein, dass ich jetzt gerne an Caylas Stelle wäre?

Mein Körper rebellierte, als Cayla wohlig aufseufzte und in den Kuss lächelte. Mir wurde übel und das Herz wurde mir schwerer und schwerer.

Es fühlte sich an, als würde es brechen. In zwei Teile. Ganz seltsam war dieses Gefühl und langsam wurde mir klar, dass Ciaran recht hatte.

Ich kannte diese Gefühle nicht, oder doch? Meine Gedanken überschlugen sich, als ich die Vergangenheit vor meinem geistigen Auge durchging. Jene Momente mit Ciaran.

Von Anfang an hatte ich ihn abgelehnt, aber weshalb eigentlich? Ich hatte ihn schon nicht leiden können, als ich ihn kennengelernt hatte. Als ich ihn noch gar nicht kannte, hatte ich schon von mir weggestoßen. Da hatte er noch versucht, freundlich zu mir zu sein.

Und langsam wurde mir klar, dass ich ihn eigentlich gar nicht hasste. Nie gehasst hatte. Stets hatte ich mich hinter meiner Abneigung versteckt und meine Gefühle verborgen. Ich hatte mich selbst belogen.

All die Jahre hatte ich mich selbst belogen.

Ich war nicht angewidert. Ich war eifersüchtig.

Mehr als das, ich war eifersüchtig, weil ich in Ciaran verliebt war.

Kapitel 17

Cayla kicherte, als sie sich langsam von Ciaran löste und mit ihrem Zeigefinger über seine Wange strich. »Ich hoffe doch, dass du mich in Zukunft öfters besuchen kommst. Ich habe dich vermisst. Und alles, was dazugehört.«

Ich schluckte wieder, doch widerstand dem Drang, wegzusehen. Stattdessen starrte ich ungeniert auf die beiden, bis Cayla meine Blicke bemerkte.

»Bist du eifersüchtig? Er küsst eben nicht jede.« Nun ja, eigentlich tat er das doch, oder? Immerhin waren die letzten Stunden recht aufschlussreich.

»Angewidert trifft es besser. Das ist wie ein Unfall. Man will es nicht sehen, kann aber nicht wegschauen«, erklärte ich und ignorierte gekonnt das Augenrollen, das Cayla sofort für mich übrig hatte.

Ciaran lehnte sich lässig zurück und musterte mich lange, nun sah ich doch weg. Denn ich hatte das Gefühl, als könnte er mir direkt in die Seele schauen und das war alles andere als angenehm.

»Wie auch immer. Kannst du jetzt das Amulett aufladen, damit wir endlich gehen können?«, drängte ich Cayla, die etwas schnaubte.

»Eigentlich hatte ich vorgehabt, das hier zu wiederholen.«

»Wir hatten einen Kuss ausgemacht. Mehr nicht«, erinnerte Ciaran sie. Cayla zog einen Schmollmund.

»Aber es hat mir gut gefallen.«

»Dennoch hatten wir einen Deal.«

»Wenn du mit deinem kleinen Abenteuer fertig bist, kannst du mich gerne wieder besuchen kommen«, schlug sie vor. Wieder drehte es mir den Magen um.

»Der Zauber«, drängte ich mich nun dazwischen und lehnte mich nach vorne.

»Wieso mischst du dich schon wieder ein?«

»Weil es hier darum geht, meine Schwester zu finden. Das ist mir ein größeres Anliegen als das, was auch immer da zwischen euch läuft«, murmelte ich. Dass ich dem auch nicht weiter zuhören wollte, konnte und wollte ich lieber nicht zugeben. Cayla verdrehte die Augen und umklammerte den Anhänger fester mit ihren Händen.

»Na gut. Dazu ist nur etwas Blut von mir nötig.«

»Mehr nicht?«

Das hätten wir auch gut ohne ihr Zutun bekommen können. Doch sofort rügte ich mich dafür, diesen kleinen Gedanken gehabt zu haben. Wir konnten nicht einfach irgendwelche Menschen verletzen.

Bei ihr wäre es aber egal gewesen.

Ich schnaubte und machte eine Handbewegung, die sie zur Eile anstiften sollte. Wieder rollte Cayla mit den Augen. Sie drehte den Kopf zur Seite und streckte die Hand aus, als plötzlich ein Messer auf uns zuflog und sie es galant auffing. Ich riss die Augen auf.

»Was? Hast du noch nie gesehen, wenn jemand Magie wirkt?«, fragte sie mich mit einem aggressiven Unterton. Ich war hier wohl eindeutig nicht willkommen. Was mir auch egal war, denn freiwillig würde ich hierher nicht mehr zurückkommen.

»Menschen sind keine magischen Wesen.«

Cayla kniff die Augen zusammen.

»Ich bin die Nachfahrin von Druiden«, erinnerte sie mich, doch ich winkte ab.

»Auch Druiden haben Magie nicht von Anfang an in sich gehabt. Sie haben sie von Wesen der Anderswelt geschenkt bekommen. Mehr nicht. Das macht dich nicht zu einem magischen Wesen«, beharrte ich. Caylas Augen wurden weiter zusammengekniffen und ähnelten Schlitzen.

»Wenn du weiter so zu mir bist, werde ich euch nicht helfen.«

»Du hast deinen Teil des Deals bekommen, jetzt sind wir dran«, erinnerte ich sie. Ciaran räusperte sich, lehnte sich nach vorne und drängte sich in mein Sichtfeld.

»Meine Damen, ihr müsst euch nicht streiten«, sagte er in einem gönnerhaften Tonfall.

»Wir streiten nicht deinetwegen, es geht hier nicht um dich«, erinnerte ich ihn direkt.

»Also, was mich betrifft geht es immer um ihn. Wenn du alleine hier aufgekreuzt wärst, hätte ich dir nicht geholfen. Du wärst nicht mal hier reingekommen.«

Ich schnaubte.

»Als ob ich allein hier überhaupt hergefunden hätte. Auf diese verlassene Klippe. Das ist lächerlich. Dass wir hier sind, ist Ciarans Idee gewesen.«

»Ja, weil er mich vermisst hat«, warf Cayla ein und ich rollte mit den Augen.

»Nein, hat er wohl nicht. Wir sind wegen meiner Schwester hier. Und falls es dich interessiert: in all den Jahren, in denen ich ihn kenne, hat er noch nie deinen Namen erwähnt. So wichtig kannst du ihm also nicht sein.« Erst jetzt bemerkte ich, in welche Richtung sich dieses Gespräch entwickelte. Und es gefiel mir nicht.

Cayla umklammerte das Messer fester und drehte sich zu Ciaran.

»Ist das wahr? Sag mir, dass sie lügt. Oder ich werfe euch beide hinaus«, sagte sie laut und ihr Tonfall überschlug sich beinahe.

Damit hatte ich wohl einen wunden Punkt getroffen.

»Natürlich ist das nicht wahr. Ich habe mit Amaya kaum etwas zu tun gehabt. Sie ist nur eine Seelenrichterin. Außerdem sind wir nicht befreundet. Ich bin nur hier, weil wir Layana finden müssen.«

Cayla wirkte nicht überzeugt.

»Wer ist Layana?«

»Meine Schwester!«, fuhr ich sie an und klang dabei wütender, als ich klingen wollte. Doch aus irgendwelchen Gründen hatten mich Ciarans Worte getroffen. Mehr als sie sollten.

Ich war nichts für ihn. Klar, denn das sollte er auch für mich sein. Wenn sich mir nicht vorhin offenbart hätte, dass ich all die Jahre falsch gelegen war.

»Und du kommst mich besuchen?«, fragte sie nach, Ciaran nickte.

»Natürlich tue ich das. Ich verspreche es dir.«

Cayla wirkte beruhigt, umklammerte das Messer fester und starrte auf das Amulett in ihren Händen.

»Dann tue ich es. Hiermit schenke ich dir meine Magie für dieses Amulett. Laut den Aufzeichnungen kann es nur einmal benutzt werden, ehe es sich entlädt«, murmelte sie und legte die Klinge an ihre Handfläche. Sie ballte die Faust um diese und verzog das Gesicht, als sie das Messer mit einem Ruck herauszog. Schließlich griff sie nach dem Amulett und legte ihre Faust um den Anhänger.

Ein Leuchten ging von ihrer Faust als, war aber doch gedämmt wegen ihrer Hand. Einen Moment wurde es heller, als es dann doch wieder verschwand. Cayla keuchte auf und geriet ins Taumeln, fing sich jedoch wieder, bevor sie in die Kissen zurückgesackt war.

Sie reichte das Amulett an Ciaran.

»Komm mich wirklich besuchen. Immerhin bin ich jetzt für dich die nächsten Monate nichts weiter als ein gewöhnlicher Mensch«, erinnerte sie ihn. Ihre Stimme war leiser und klang geschwächter. Offenbar hatte dieses kleine Ritual ihr mehr abverlangt, als man ihr angesehen hatte.

»Danke«, sagte ich zu ihr, doch sie sah mich nicht an und schwieg.

***

»Kannst du mir erklären, was das da drinnen sollte?«, fragte mich Ciaran, als wir das Haus von Cayla verließen. Zu meiner Überraschung hatte sie uns nicht zum Bleiben überreden wollen, was allerdings vermutlich daran lag, dass sie müde ausgesehen hatte.

Mit jeder Minute, die verging, wirkte sie kraftloser, bis sie schließlich auf dem Sofa vor unseren Augen eingeschlafen war.

Wie eine alte Frau.

»Was meinst du?«, fragte ich und verschränkte die Arme vor der Brust. Das Amulett lag noch immer in Ciarans Hand und er hielt es fest umschlossen.

»Diese Eifersuchtsszene mit Cayla. Das meine ich.«

Mein Mund wurde trocken.

»Ich war nicht eifersüchtig«, erinnerte ich ihn und er warf mir einen langen Seitenblick zu.

»Klar. Und Garrick ist ein Riese.«

Meine Wangen wurden heiß und ich biss mir auf die Unterlippe.

»Das muss ich mir von dir nicht unterstellen lassen! Ich war nicht eifersüchtig! Dazu habe ich auch keinen Grund. Mich nervt es nur, dass wir, seit wir unterwegs sind, stets mit deinen Frauengeschichten konfrontiert werden. Erst Ellie und jetzt Cayla.«

»Ich habe keine Frauengeschichten.«

»Doch, die hast du! Leugne es nicht. Oder willst du mir etwa sagen, dass da nichts zwischen dir und Cayla war? Hat sie sich das alles nur eingebildet, oder wie?«, fragte ich ihn und klang erneut aggressiver als gedacht.

Eigentlich konnte er es mir ja auch egal sein, was da zwischen ihm und anderen Frauen war.

Es musste mir sogar egal sein.

»Nein, hat sie nicht. Wie du weißt, ist es uns verboten, mit unseresgleichen auszugehen. Menschen, Druiden oder andere Feen sind nicht verboten«, erinnerte er mich und ich sah ihn einen Moment ausdruckslos an.

»Ich will gar nicht wissen, wie viele Herzen du schon gebrochen hast«, murmelte ich.

»Sie haben mir aber alle nichts bedeutet.«

»Das glaube ich dir, denn wenn du in jede verliebt gewesen wärst, wäre das noch verrückter! Aber sag mir gleich, muss ich mich darauf einstellen, dass wir noch weiteren Verflossenen über den Weg laufen?«, fragte ich ihn genervt.

Ich durfte mir nicht anmerken lassen, dass mich dieses Gespräch mehr traf als es sollte.

»Willst du gar nicht wissen, wieso ich bin wie ich bin?«, fragte er mich, was mich überraschte. Ich drehte mich zu ihm. Noch immer standen wir vor Caylas Haus, wo ich mich nicht sonderlich wohl fühlte.

»Gibt es denn dafür eine Erklärung?«, fragte ich. Mein Blick fiel auf das Amulett in seinen Händen.

»Während du mir deine Lebensgeschichte erzählst, sollten wir von hier verschwinden.«

Ciaran seufzte auf und streckte mir das Amulett entgegen.

»Du interessierst dich gar nicht für das, was ich dir erzählen könnte«, stellte er fest und klang von einer Sekunde auf die andere angeschlagen.

Ich blinzelte und ließ unser Gespräch einen Moment Revue passieren.

Hatte ich ihn irgendwie gekränkt? Wenn mir das gelungen wäre, dann hatte ich es zufällig geschafft.

»Was meinst du?«, fragte ich nach, als ich mir die Kette um den Hals legte und ihn lange ansah.

»Ist nicht so wichtig. Es interessiert dich ja doch nicht.«

Nun hatte er meine Neugierde doch geweckt, doch er winkte ab.

»Stell dir deine Schwester vor«, forderte er mich auf. Das war nicht sonderlich schwer. Augenblicklich erschien das Bild meiner Schwester in meinen Gedanken und lächelte.

Das Amulett um meinen Hals wurde warm, als sich plötzlich ein großes Portal neben uns öffnete. Die Enden waberten und umschlossen einen grauen Nebel, der im Portal sichtbar wurde.

»Müssen wir da durch?«, fragte ich leise und griff instinktiv nach Ciarans Hand. Vergessen waren der Streit und die Missverständnisse.

Alles war vergessen.

»Zusammen?«, fragte Ciaran mich. Er winkte so angespannt, wie ich mich fühlte.

Ich nickte, schloss die Augen und ließ mich von ihm mitziehen.

 *Kapitel* 18

Der Nebel war dicht und ich konnte nichts sehen, als wir das Portal betraten. Um mich herum war alles weiß und grau, eine Mischung davon und ab und zu zogen schwarze Wolken an mir vorbei.

Ich blinzelte, als ich weitergezogen wurde.

»Ciaran?«, fragte ich, doch sehen konnte ich ihn nicht. Ich blickte an mir hinab und bemerkte, dass ich nicht mal meine Beine sehen konnte. Oder meine Brust. Oder meine Arme.

Gar nichts.

Alles war fort.

»Vertrau mir, wir müssen weitergehen.«

»Du bist eigentlich nicht sonderlich vertrauenserweckend«, sagte ich und konnte sein Schnauben hören. Ich spürte, dass er meine Hand drückte und erneut an mir zog.

»Ich habe dir nie etwas getan.«

»Du bist ein Frauenheld«, erwiderte ich und gab doch nach und ließ mich von ihm mitziehen.

»Und inwieweit betrifft dich das? Wir stehen in keinem Verhältnis zueinander!«

Ein kleiner Stich fuhr durch meinen Körper. Er hatte recht. Es konnte mir egal sein. Es musste mir eigentlich auch egal sein.

Ich schwieg und gab ihm keine Antwort, als er mich weiterzog. Es war seltsam, zu gehen und keinen Boden unter den Füßen zu spüren.

Das Amulett um meinen Hals brannte sich in meine Haut und ich verzog das Gesicht. War es normal, dass dieses Ding so heiß wurde?

»Ich glaube, du hasst mich gar nicht so sehr, wie du immer sagst.«

Das war keine Frage, das war eine Feststellung. Wieder schnaubte ich laut auf.

»Du weißt gar nichts über meine Gefühle!«, sagte ich laut und ärgerte mich über ihn und über mich gleichermaßen. Was bildete er sich nur ein?

»Wenn meine Wirkung auf Frauen alles ist, was du mir vorwirfst, dann hast du quasi nichts in der Hand. Ich wüsste nämlich nicht, dass du mich auch nur irgendwie magst.«

Tja, das hatte ich bis eben auch nicht verstanden.

»Bilde dir bloß nichts auf irgendetwas ein. Das alles hier ist lächerlich. Ich bin froh, wenn wir Layana finden und ich mit ihr zurück nachhause kommen kann und dich nicht mehr sehen muss!«

Ciaran schwieg, während er mich weiterzog. Kam es mir nur so vor, oder wurde die Umgebung kälter? War das normal?

Eiseskälte kroch über meine Arme, während das Amulett noch immer brennend heiß um meinen Hals lag.

Ein Kontrast wie Ciaran und ich.

»Dabei würde ich das alles wirklich gerne hinter uns lassen. Damit wir miteinander auskommen.«

Ich biss mir auf die Unterlippe.

»Darauf kann ich verzichten. Deine Frauengeschichten nerven mich jetzt schon. Keine Ahnung, wie Layana das ausgehalten hat. Vielleicht ist das auch ein Grund, weshalb sie fort ist«, stichelte ich. Ich wusste, dass das unfair war. Dass das gelogen war und dass Ciaran wahrlich nicht der Grund war, dennoch konnte ich es einfach nicht lassen.

Dieses kleine Gefühl in mir musste ich wieder ersticken. Es sollte dorthin zurückgehen, wo es hergekommen war. Ich konnte und wollte keine Liebe in meinem Leben haben. Und schon gar nicht zu Ciaran. Zumal Verbindungen ohnehin verboten waren – auch wenn es mit ihm niemals eine solche Verbindung geben würde.

»Dort vorne ist ein Licht«, sagte Ciaran und zog mich noch weiter. Ich nickte, obwohl er es nicht sehen konnte. Ich konnte nur hören und fühlen.

Einen Moment schwiegen wir, ehe er sich räusperte. Das Licht kam immer näher und begann mich zu blenden.

»Ich weiß übrigens, dass ich nicht der Grund bin, weshalb Layana fort gegangen ist. Was auch immer dein Problem ist, du solltest wirklich daran arbeiten. Im Gegensatz zu dir habe ich dir hier auf unserer Mission sehr wohl eine Chance gegeben!«

Damit zog er mich noch weiter und das Licht verschlang uns vollständig, während das Amulett so heiß wurde, dass ich mir sicher war, dass es mich bereits verbrannte. Ich kniff die Augen fest zusammen.

Als ich diese wieder öffnete, fanden wir uns in einem alten Haus wieder. Der Boden war mit Marmor ausgelegt worden und die Wände wiesen bildschöne Gemälde auf. Ich sah mich langsam um.

»Ich glaube, wir sind hier falsch.«

Ciaran schüttelte den Kopf und erst jetzt bemerkte ich, dass ich seine Hand noch immer fest in meiner verschlossen hielt.

»Nein, wir sind hier durchaus richtig. Kannst du es nicht spüren? Hier liegt Magie in der Luft«, murmelte er und sah sich um. Ich tat es ihm gleich, wobei ich ihn jedoch sofort losließ. Seine Berührung war das letzte, was ich in diesem Moment noch haben wollte.

»Ich sehe unten nach und du oben«, sagte ich ihm und deutete mit einem Kopfnicken auf eine Treppe, die inmitten des großen Raumes stand und in ein Obergeschoß führte.

Ciaran schüttelte den Kopf.

»Nein, wir trennen uns nicht. Immerhin wissen wir nicht, wo wir hier sind und wer vielleicht noch hier ist.«

»Ich kann gut auf mich selbst aufpassen«, entgegnete ich ihm, doch Ciarans Blick war unnachgiebig.

»Nein.«

»Ich werde es auch nicht bei Layana petzen, dass du mich allein hast gehen lassen«, murmelte ich, doch wieder schüttelte er den Kopf.

»Ich tue das nicht nur für sie. Ich beschütze dich, weil ich es will.«

Ein Prickeln fuhr durch meinen Körper, doch so schnell es auch gekommen war, so schnell schüttelte ich es wieder ab.

»Wir gehen zusammen. Das ist mein letztes Wort.« Ich biss mir auf die Unterlippe und widerstand dem Drang, ihm erneut zu widersprechen.

Was brachte es auch schon? Offensichtlich nichts, denn so wie er mich von der Seite her betrachtete, schien sein Entschluss festzustehen.

»Dann sehen wir zuerst oben nach.«

Er nickte mir zu und ging voraus. Ich verdrehte die Augen.

»Ich kann auch vorgehen«, meinte ich, doch er ignorierte mich gekonnt und betrat als erstes die Treppe. Ich folgte ihm nach oben, wobei ich mich am Geländer festhielt und immer wieder zurück über meine Schulter blickte.

Niemand war hier und doch hatte ich ein seltsames Gefühl. Als ob uns jemand verfolgen würde. Ein Zittern ging durch meinen Körper, als ich mich wieder umdrehte und auf Ciarans breiten Rücken starrte, der vor mir die langen Treppen hinauf ging. Sein Körper wirkte angespannt, fast so als würde er nur darauf warten, dass uns jemand hier angreifen würde.

Rechnete ich auch damit? Ich dachte einen Moment nach und schüttelte diese Gedanken doch gleich wieder ab.

Als wir das Obergeschoß erreicht hatten, sah ich mich lange um. Auch hier war niemand und ich runzelte die Stirn.

»Das Amulett ist kaputt«, murmelte ich. Verdammte Druidenhexe!

»Bestimmt hat deine Exverflossene den Zauber falsch angewendet, damit wir zu ihr zurückkommen und sie sich dir erneut an den Hals werfen kann«, fügte ich schlecht gelaunt hinzu. Doch Ciaran schwieg auf meinen Seitenhieb.

Sein Blick schweifte im Raum umher, doch nichts befand sich hier.

Keine Tische, keine Stühle, keine Kisten. Gar nichts. Es war leer.

»Aber ich spüre, dass hier etwas sein muss. Spürst du wirklich nichts? Hier liegt definitiv Magie in der Luft. Gewaltig viel Magie.«

Ich sah mich langsam um und biss mir auf die Unterlippe.

Einen Moment konzentrierte ich mich auf meine magischen Fühler, die sich wie von selbst ausstreckten. Dieses Knistern, das kaum greifbar war, war eindeutig Magie.

»Du hast recht.«

»Als ist fast so, als ob hier irgendetwas verborgen ist«, murmelte er und legte seine Handfläche auf die Wand vor sich. Ich spürte augenblicklich ein Pulsieren, das durch die Luft waberte und schluckte.

»Diese Wände sind mehr als wir denken«, sagte ich leise und trat neben ihm. Ich legte ebenfalls meine Hand auf die Wand und zuckte sofort zurück, als ein Energieimpuls durch meinen Körper jagte.

»Nur was?«

»Lass uns durch die Wand gehen«, schlug ich vor und drückte meine Hand fester an die Wand. Erst jetzt wurde mir eines klar.

»Diese Wände sind für uns gemacht, nicht für die Menschen. Wände der Menschen können wir durchschreiten.«

Ciaran blinzelte neben mir und drückte mit der Hand gegen die kalte Mauer.

»Du hast recht. Das hier fühlt sich anders an als die Barrieren, die Menschen errichten.«

Ich dachte einen Moment nach.

»Kannst du ein Portal erschaffen?«, fragte ich ihn leise und drückte erneut gegen die Mauer. Sie war eindeutig vorhanden und ganz anders als die Türen und Mauern, durch die wir einfach so hatten gehen können. Wieder legte ich nun beide Hände an die Mauer und wartete einen Moment, doch nichts geschah.

»Das ist nicht nötig. Es öffnet sich von selbst.«

Ich blinzelte und sah, dass sich das Grau um meine Hände herum änderte. Es wurde heller und veränderte seine Farbe und Form. Es schob sich nach außen. Erschrocken zuckte ich zurück und die Mauer schloss sich augenblicklich. Um Ciarans Hand jedoch passierte nichts.

»Du trägst das Amulett, es hängt vermutlich damit zusammen«, mutmaßte er und deutete wieder auf die Mauer.

»Versuch es wieder.«

»Es fühlt sich komisch an«, warf ich ein und biss mir auf die Unterlippe.

Ich erwartete, dass er sich über mich lustig machen würde, doch im Gegenteil. Er lachte nicht und auch sein Gesichtsausdruck war seltsam ernst.

»Du musst keine Angst haben.«

Ich hielt still, als er nach meiner Hand griff und diese langsam nach oben zog, zurück zu jener Mauer, von der ich sie eben losgerissen hatte. Er legte meine Handfläche an diese und umfasste meine Hand mit seiner. Eine Wärme zog sich durch meinen Körper, als sich vor uns alles veränderte.

Wieder änderten sich die Farben und Formen und langsam, ganz langsam, wurde ein weiterer Raum dahinter sichtbar. Und er war belebt, sehr belebt.

Wir sahen Personen, die umher gingen und sich unterhielten. Pärchen, die in den Ecken standen und Zärtlichkeiten austauschten.

Und dann sah ich meine Schwester.

Kapitel 19

Layana sah mich nicht.

Sie saß neben Malio auf einer weißen Couch, ihre Hand lag auf ihrem Bauch. Täuschte ich mich, oder war er gewachsen? Ich kniff die Augen zusammen.

»Hier verläuft die Zeit ein wenig schneller als in unserer Welt. Und da sie sich in der Menschenwelt befinden, ist für sie auch mehr Zeit vergangen«, murmelte Ciaran leise. Er nahm meine Hand und drückte diese sanft, was ich nur am Rande wahr nahm.

Meine Gedanken kreisten und hatten nur ein Thema: meine Schwester. Wieso sie mich nicht sah, wieso sie mich ignorierte. Ich sah sie doch, traf das auf sie nicht auch zu? Unbewusst drückte ich Ciarans Hand.

»Komm, wir gehen zur ihr«, murmelte er und auch seine Stimme schien belegt zu sein. Zumindest hörte es sich so an.

Er wartete nicht auf meine Antwort, sondern zog mich direkt mit sich mit. Langsam traten wir durch das Portal und kaum hatten wir den Raum dahinter betreten, strömten mehrere Stimmen auf uns ein. Hier herrschte eindeutig Leben.

Endlich fiel Layanas Blick auf uns und sofort starb das Lächeln auf ihren Lippen, das sie eben noch für Malio übrig gehabt hatte. Sie erhob sich und erst jetzt bemerkte ich, wie groß ihr Bauch wirklich geworden war.

In mir drehte sich alles. Layana war erst gestern Abend verschwunden, wie konnte sie bereits schon so weit in ihrer Schwangerschaft fortgeschritten sein?

Mit watschelndem Schritt kam sie auf mich zu und stellte sich mir gegenüber.

»Was macht ihr hier?«, fragte sie uns direkt und ich runzelte die Stirn.

Ich wusste nicht, was ich erwartet hatte, aber auf alle Fälle hatte ich mit mehr Herzlichkeit gerechnet. Mit mehr Zuneigung in ihrer Stimme. Gerade klang sie unterkühlt. Unterkühlt und abgeneigt.

Ich straffte die Schultern.

»Wir haben dich gesucht. Du glaubst ja nicht, dass du einfach so verschwinden kannst und dass ich nicht nach dir suchen würde!«, warf ich ihr vor. Doch noch immer musterte mich meine Schwester ernst, ehe sie zu Ciaran sah.

»Und du hast diesen Irrsinn unterstützt?«

Ich schluckte.

»Freust du dich gar nicht, uns zu sehen?« Mich zu sehen, wollte ich eigentlich sagen, doch diese Antwort konnte noch schmerzhafter sein.

»Nein. Ich wollte mit Malio einen Neustart machen und jetzt seid ihr hier...«, murmelte sie leise und blickte zwischen Malio und mir hin und her. Ich biss mir auf die Unterlippe.

»Wir stören dich also. Gut zu wissen. Weißt du eigentlich, was wir riskiert haben, um hierher zu kommen? Ich habe seine Gesellschaft ausgehalten!«, murrte ich direkt und warf Ciaran einen langen Seitenblick zu. Doch dieser musterte mich einen kurzen Moment, ehe er zu Malio sah.

»Ich lass euch das mal alleine klären. Und kümmere mich um Männergespräche und so.«

Er ließ meine Hand los, von der ich bis eben gar nicht mehr gewusst hatte, dass er sie überhaupt noch hielt. Ich schwieg, als er auf Malio zu schlenderte und sich schwungvoll auf Layanas Platz niederließ.

»Ich wollte doch nicht, dass du mich suchst«, sagte Layana nun deutlich versöhnlicher. Sie griff nach meiner Hand und drückte diese.

»Das ändert aber nichts daran, dass ich dich vermisst habe.«

Mein Herz wurde weicher.

»Also habe ich dir gefehlt? Ich habe mir Sorgen um dich gemacht. Und es sogar mit Ciaran ausgehalten!«, sagte ich direkt, was Layana ein kleines Lächeln entlockte.

»Nur ausgehalten? Du hast seine Hand gehalten.«

Ich schnaubte laut. Das hatte ich und es hatte mir gefallen. Doch alles zugeben? Nein, unmöglich. Ausgeschlossen.

»Keine Ahnung, wie das geschehen ist.«

»So hat es bei Malio und mir auch begonnen. Und ehe du dich versiehst, bist du Hals über Kopf in den Kerl verliebt.«

»In Ciaran? Er bricht nur Herzen. Und hinterlässt ein Schlachtfeld der Verwüstung. Darauf verzichte ich gerne.«

Layana lächelte.

»Wen hast du denn kennengelernt?«

»Wen ich kennengelernt habe? Wie viele Frauen gibt es denn in Ciarans Leben?«, fragte ich ungläubig, doch Layana lachte laut auf.

»Glaub mir, da gibt es genug. Doch ich weiß, dass ihm bisher noch keine wichtig genug war, um bei ihr zu bleiben. Er bricht keine Herzen, die nicht bereit sind zu brechen.«

Und mein Herz? Es war definitiv nicht bereit, gebrochen zu werden. Doch ein kleiner Teil von mir hatte das Gefühl, dass es das werden würde.

»Unsinn. Lass uns über etwas sprechen, was wirklich wichtig ist. Du zum Beispiel. Wie du hierher gekommen bist. Und wie viel Zeit hier vergangen ist. Ich kann dir nur soviel sagen: Ciaran und ich sind noch nicht lange unterwegs«, erklärte ich ihr, doch sie lächelte matt.

»Hier vergeht die Zeit schneller. Die Zeit der Menschen läuft schneller ab und hier, in dieser kleinen Zwischenwelt, ist es nochmal anders.«

»Komm mit uns zurück, ihr werdet gesucht.«

»Ich fühle mich hier aber wohl. Außerdem... ich habe ihn gefunden, Amaya. Ich habe ihn wirklich gefunden.«

Ich runzelte die Stirn.

»Wen hast du gefunden?«

»Cathal. Wobei er eher uns gefunden hat. Kaum waren wir in der Menschenwelt, ist er vor uns gestanden und hat uns angeboten, dass wir mit ihm kommen können. Er hat uns ein Zuhause gegeben. Hier können wir zusammen sein.«

Das alles ging mir viel zu schnell. Sprachlos musterte ich meine Schwester.

»Außerdem gehören Malio und ich zusammen! Er und ich, wir dürfen wirklich zusammen sein.«

»Wenn ihr wirklich zusammen sein dürft, dann komm wieder mit uns mit. Am besten mit ihm zusammen. Du weißt, dass er bei uns fehlt. Dass es einfacher wäre, wenn er wieder bei uns wäre«, murmelte ich leise.

Erleichtert war ich schon, dass Layanas und Malios Verbindung echt und richtig war. Denn ich wusste nicht, was ich tun sollte, wäre das nicht der Fall. Doch daran wollte ich gar nicht weiter denken.

»Ich glaube nicht, dass er das möchte. Er hat uns gesagt, dass er hier bleiben wird und dass er der Anderswelt den Rücken gekehrt hat.«

Verwirrt blinzelte ich.

»Aber er ist der einzige, der sehen kann ob unsere Kinder zu Bestien werden oder nicht«, murmelte ich leise.

»Ja, aber es ist seine Entscheidung. Du weißt, dass wir das akzeptieren müssen.«

»Ich möchte selbst mit ihm sprechen«, war das, was mir darauf einfiel. Unbewusst sah ich zu Ciaran und mein Herz gab mir einen Stich.

»Wir können uns auch über Ciarans Frauen unterhalten. Da bist du ganz geschickt vom Thema abgewichen«, lenkte Layana unser Gespräch wieder in eine völlig andere Richtung.

Ich biss mir auf die Unterlippe.

»Wusstest du, dass er etwas mit einer Leprechaun hatte?«

»Mit Ellie? Ja, das wusste ich.«

Verwirrt blinzelte ich sie an und schnaufte dann laut.

»Und du findest das gut.«

»Nein, aber es ist seine Sache. Außerdem hatte er nichts mit ihr. Das war ihm dann doch zu wild, immerhin ging sie ihm nur bis zur Hüfte. Wobei ich dir nicht sagen muss, wozu das praktisch gewesen wäre.«

Ich verzog das Gesicht.

»Bitte, hör auf mir diese Bilder in den Kopf zu pflanzen«, murmelte ich und schüttelte mich.

Layana kicherte.

»Ziemlich schade.«

»Was ist schade?«

»Das mit dir und ihm. Ich habe nie verstanden, wieso du ihn so hasst.«

»Das beruht auf Gegenseitigkeit«, stellte ich daraufhin fest und erntete dafür einen langen Blick meiner Schwester.

»Eigentlich nicht. Er hat mir schon oft gesagt, dass er dich gerne besser kennenlernen würde.«

Ich schnaubte.

»Das glaubst du doch selbst nicht. Er stichelt viel zu gerne.«

»Das tut er ja nur, weil du damit anfängst. Und was sich liebt, das neckt sich ja bekanntlich, oder?«, fragte sie grinsend und blickte zwischen mir und ihm hin und her.

»Ich finde jedenfalls, dass ihr ein gutes Paar abgeben würdet.«

Ich schnaubte wieder und fühlte mich dabei wie ein Pferd.

»Nicht jeder muss die Liebe finden, so wie du sie gefunden hast. Nicht jeder ist dafür gemacht«, erklärte ich ihr und verschränkte die Arme vor der Brust.

»Ich weiß aber, dass er das gerne hätte. Ich kenne ihn viel besser, als du es tust. Und er mag dich. Das hat er immer schon.«

Überrascht sah ich sie an.

»Und das hast du mir nie gesagt?«

»Weil du es nie hören wolltest«, erklärte mir Layana leise und ich verdrehte die Augen.

»Ich möchte es auch jetzt nicht hören«, murmelte ich leise und stieß einen leisen Seufzer aus.

»Aber ich sehe dir jetzt an, dass du für dieses Gespräch bereit bist. Und das ändert alles. Wie gesagt, bei mir und Malio hat es auch so begonnen. Und ein paar Stunden später waren wir ein Paar.«

Ich verzog das Gesicht.

»Ein paar Stunden?«

»Natürlich. Das Herz will, was es will. Und du weißt, dass sich die Gefühle einer Banshee schnell entscheiden.«

Ich schüttelte den Kopf über sie und blickte erneut einen kurzen Moment zu Ciaran und Malio, der gerade über etwas lachte, was Ciaran gesagt hatte.

»Ich möchte mit Cathal sprechen. Kannst du mich zu ihm bringen? Vielleicht kann ich ihn ja davon überzeugen, dass er mit uns kommen soll.«

Ich sah mich langsam um und musterte die anderen Personen, die hier waren. Layana war definitiv nicht die einzige Schwangere hier. Auch Kinder liefen hier herum und ich schluckte. Ich hatte ewig keine Sidhe Kinder mehr gesehen.

»Und wohl auch den Rest der Leute, die er hier versammelt hat.«

»Das sind nicht alles Banshees. Wir sind die einzigen. Die anderen, das sind Wesen, die ebenfalls unsere Welt verlassen wollten. Er war so gut und hat sie aufgenommen.«

Also hatte Cathal wohl ein Auffangbecken für gestrandete Seelen über? Seltsame Vorstellung.

»Wie auch immer, kannst du mich zu ihm bringen? Ich möchte wirklich gerne mit ihm sprechen.«

Kapitel 20

Layana kniff ihre Lippen fest zusammen und ich sah, dass ihr Blick von mir zu Ciaran wanderte.

»Ihr mögt euch. Das kann ich sehen. Ich habe einen Blick dafür. Ich bin mir sicher, dass auch ihr hier bleiben könnt«, sagte sie leise und lächelte mich zuversichtlich an. Doch ich schüttelte den Kopf.

»Du irrst dich.«

Und wie recht sie doch hatte. Allerdings konnte ich das wirklich nicht zugeben. Nicht vor ihr und nicht vor mir selbst.

»Er ist nur auf der Suche nach dem nächsten Flirt. Und daran bin ich definitiv nicht interessiert«, murmelte ich und verschränkte die Arme vor der Brust. Layana legte ihre rechte Hand auf ihren Bauch und lächelte.

»Das ist er nicht. Wenn du tief in dich hineinhörst, dann wirst du erkennen, dass auch du dir mehr von diesem Leben erhoffst, als wir gerade leben. Sucht nicht jeder von uns irgendwie nach Liebe? Es gibt immer eine zweite Hälfte, nach der wir suchen. Das sagt Cathal immer. Und wenn es die wahre Liebe ist, dann ist alles erlaubt. Wie bei Malio und mir. Wir gehören zusammen, das ist Fakt.«

»Schön für dich, aber auf mich trifft das alles nicht zu.«

Layana schnaufte leise und schüttelte den Kopf.

»Vielleicht nicht auf dich, aber auf Ciaran sehr wohl. Wieso er nur von einem Flirt zum nächsten geht? Weil sein Herz besetzt ist. Woher ich das weiß? Er hat es mir vor vielen hundert Jahren gesagt. Und daran hat sich nichts geändert. Glaube mir, ich bin so neugierig, ich habe nachgefragt.«

Ich konnte nicht verhindern, dass ich einen kleinen Stich in meiner Brust spürte. Sein Herz war vergeben? Das wurde immer besser.

Ich kniff die Augen zusammen.

»Wenn du genau weißt, dass er sich für jemanden entschieden hat, dann solltest du damit aufhören, ihn mir zuschieben zu wollen!«

Layana seufzte leise auf.

»Ich erzähle dir das, weil du wissen solltest, dass du diejenige bist, die er immer wollte.«

Ich blinzelte verwirrt und schüttelte den Kopf.

»Dieser Ort hier hat dir das Hirn vernebelt. Wie auch immer, ich möchte jetzt wirklich mit Cathal sprechen!«

Layana stieß einen leisen Seufzer aus, ehe sie ergeben nickte und mir deutete, dass ich ihr folgen sollte. Mein Blick huschte zu Malio und Ciaran, wobei er bei diesem hängen blieb. Wieder lachte er und machte es sich auf seinem Platz gemütlicher. Doch als er bemerkte, dass ich zu ihm sah, drehte er den Kopf in meine Richtung. Er blickte mir direkt in die Augen und ich spürte, wie meine Knie weich wurden. Wieder schluckte ich und mein verräterisches Herz schlug schneller, als er tatsächlich aufstand und zu uns ging. Ich versteifte mich, bis er vor mir zum Stehen kam.

»Layana bringt mich zu Cathal.«

»Gut, dann können wir mit ihm sprechen«, erwiderte er auf meine Aussage.

Ich schnaufte.

»Das kann ich auch allein übernehmen. Tu du lieber das, was du da eben getan hast«, sagte ich und machte eine ablehnende Handbewegung. Ciaran seufzte und verdrehte die Augen.

»Im Gegensatz zu dir war ich produktiv«, zischte er mir zurück. Layana trat zwischen uns und hob beschichtend ihre Hände.

»Hört auf, euch immer zu zanken. Das geht mir richtig auf die Nerven. Wie auch immer, ich bringe euch jetzt beide zu ihm und dann möchte ich meine Ruhe haben. Ich bin müde«, klagte sie direkt und drehte sich um. Ohne sich zu versichern, dass wir ihr folgten, setzte sie sich in Bewegung.

Ich tat es ihr gleich und ignorierte es, dass Ciaran neben mir ging.

»Ich dachte, deine Launen hätten wir hinter uns gelassen.« Ich verdrehte die Augen.

»Und ich dachte, dass ich dich endlich los bin, jetzt wo wir Layana gefunden haben!«

»Als ob du mich jemals loswerden würdest, Amaya«, brummte Ciaran. War das eine Drohung oder ein Versprechen? Ich wagte es nicht, nachzufragen.

»Man sucht euch, Layana. Wir hatten eine nicht ganz so erfreuliche Begegnung mit Tadhg«, erzählte Ciaran, als wir an den einzelnen Pärchen vorbei gingen und uns unseren Weg durch die Menge bahnten.

»Das tut mir leid. Wurdet ihr verletzt?«, fragte Layana besorgt und warf uns einen langen Blick über die Schulter zu.

»Ja, aber Amaya ist nichts passiert. Ich habe sie beschützt«, erklärte Ciaran mit fester Stimme. Kurz warf ich ihm einen Seitenblick zu, entschied mich aber dazu, das nicht zu kommentieren. Stattdessen blickte ich mich zum ersten Mal genauer im Raum um. Es wirkte sehr heimisch hier, überall standen kleine Tische mit Sofas und an den Wänden erkannte ich weitere Türen, die zu weiteren Räumen führten. Waren das die Schlafplätze für all die Wesen hier? Denn Betten hatte ich hier nicht noch erkennen können.

Der Raum wirkte hell, als ob die Sonne scheinen würde und doch gab es keine Fenster. Ein seltsamer Raum, der sich länger erstreckte, als ich vermutet hatte.

Layana blieb vor einer großen Tür stehen und deutete auf diese.

»Klopft, er wird euch bestimmt erwarten. Er weiß immer, wenn jemand hierher kommt und wenn jemand geht.«

Ich nickte, doch noch bevor ich die Hand heben konnte, hatte Ciaran bereits die Türklinke hinunter gedrückt und öffnete die Tür.

»Klopfen geht anders«, erinnerte ich ihn, doch er musterte mich kurz.

»Wenn er ohnehin weiß, dass wir hier sind, dann ist klopfen sinnlos«, bemerkte er stur und betrat den Raum. Ich verdrehte die Augen und wandte mich Layana zu.

174

»Ich gehe zurück zu Malio. Was auch immer ihr mit ihm zu besprechen habt, es geht mich nichts an. Und es interessiert mich auch nicht.«

Damit drehte sie mir den Rücken zu und watschelte wieder in die Richtung zurück, als der wir eben gekommen waren. Mit einem Seufzen wandte ich mich Ciaran zu, der bereits den Raum betreten hatte.

»Cathal?«, hörte ich ihn fragen. Sofort hatte er meine Aufmerksamkeit und ich betrat den Raum ebenfalls.

Wenn die Tür schon offen stand und Ciaran bereits drinnen war, dann konnte ich auch hineingehen.

Ich musste den Raum nicht nach ihm absuchen, denn er saß in einer Hängematte und schwang langsam vor und zurück. Auf seinem Schoß lag ein Buch, das er langsam schloss.

Er wirkte nicht verärgert oder überrascht, dass wir hier waren. Im Gegenteil. Belustigt blickte er in unsere Richtung.

»Ich habe euch bereits erwartet, wobei ich mir fast sicher war, dass ihr schneller zu mir kommen würdet.«

»Was macht dich da so sicher?«, fragte Ciaran. Er trat vor mich und versperrte mir einen Moment die Sicht auf ihn. Doch er hatte sich nicht verändert. Cathal sah noch immer so aus, wie ich ihn in Erinnerung hatte. Die brünetten Haare waren etwas länger und gingen ihm über das Ohr, wobei manche Strähnen wild abstanden. Und seine Augen waren unverkennbar braun, diesen Braunton hatte ich sonst noch nie gesehen. Ich war noch jung gewesen, als er damals verschwunden war.

»Ich weiß immer alles, was hier vor sich geht. Ich habe diesen Raum geschaffen. Wenn jemand weiß, was hier passiert, dann ich«, erklärte er uns mit einem Lächeln. Elegant erhob er sich und legte das Buch in die beige Hängematte, ehe er auf uns zuging. Ich trat neben Ciaran hervor, doch dieser schob mich sofort hinter sich.

Ich schnaubte. Als ob uns Cathal gefährlich werden konnte!

»Wieso bist du hier?«, fragte ich ihn leise und schob mich erneut an Ciaran vorbei. Dieser warf mir einen langen bösen Blick zu, doch dieses Mal wurde ich nicht wieder von seinem Rücken verborgen.

»Ich hatte das Gefühl, dass ich gehen musste. Niemand hatte mehr in mir gesehen als meine Gabe. Und ich wollte die Welt sehen. Das hatte mir der Rat verboten«, erklärte er uns in ruhigem Tonfall. Ich neigte den Kopf.

»Aber es hat immer ausgesehen, als wärst du glücklich mit dem, was du tust. Du hast dich nie beschwert.«

»Das habe ich nicht vor anderen getan. Doch der Rat, dem habe ich gesagt, dass ich eine Veränderung möchte. Dass ich auch einer richtigen Tätigkeit nachgehen wollte. Jeder hatte eine Aufgabe, jeder war nützlich. Nur ich? Ich war es nicht. Alles, was ich konnte, war Verbindungen zu sehen. Und das war nichts, womit man den ganzen Tag füllen kann.«

»Das tut mir leid«, sagte ich ehrlich und schluckte. Es musste schlimm sein, wenn man keine Aufgabe hatte. Als Banshee suchte man in irgendeiner Weise den Kontakt zu verstorbenen Seelen und dass sie ihm das verwehrt hatten, grenzte an Grausamkeit.

»Das muss es nicht. Wir sind hier glücklich. Ich nehme die auf, die dem ebenso entfliehen mussten wie ich«, erklärte er und ich seufzte leise.

»Aber gibt es keine Möglichkeit, dass du zu uns zurückkommst? Es ist seltsam, dass es keine Liebe mehr in der Anderswelt gibt. Also zumindest in unserem Teil der Anderswelt«, erklärte ich leise und betrachtete Cathal lange. Dieser neigte den Kopf.

»Und was wird anders, wenn ich zurückkehre? Ich habe schon oft darüber nachgedacht, doch ich habe bis jetzt keine Vorteile für mich sehen können.«

»Vermisst du deine Heimat gar nicht?«, fragte nun Ciaran.

»Mit jedem Tag. Es ist schwer, von unserer Welt lange getrennt zu sein. Das wissen auch alle dort draußen. Doch wir haben uns dazu entschieden, allen den Rücken zuzukehren. Denn niemand hat sich für uns interessiert.«

»Das kann aber anders sein. Wenn du mit uns kommst, dann verspreche ich dir, dass es anders werden wird.«

»Das kannst du mir nicht versprechen, Seelenrichterin.«

Ich blinzelte.

»Woher weißt du, was ich bin?«

Cathal lächelte traurig und ging auf uns zu. Erst jetzt bemerkte ich, dass er klein war. Er war sogar kleiner als ich, was mich überraschte.

»Weil ich auch das spüre. Welche Bestimmung jemand hat.«

»Kannst du dann auch spüren, was du für eine Bestimmung hast?«, fragte ich und neigte den Kopf.

Cathal schüttelte den Kopf.

»Da ist nichts und so gibt es auch nichts für mich.«
Ich dachte nach.

»Aber wenn du zurückkommst und wieder Verbindungen geschlossen werden könnten, dann gäbe es eine Aufgabe für dich.«

»Tagelanges Warten, bis jemand kommt und mich um Rat fragt, finde ich nicht erfüllend.«
Ich schüttelte den Kopf.

»Das meinte ich nicht. Liebende bringen Kinder hervor. Und wer könnte sich besser um Kinder kümmern und ihnen alles lehren, als jemand, der alles weiß?«, fragte ich und Cathal seufzte auf.

»Bis das der Fall ist, vergehen viele Jahre. Auch das interessiert mich nicht.«

»Was würde dich denn interessieren?«, fragte Ciaran ihn direkt und Cathal musterte uns überrascht.

»Das hat mich tatsächlich noch nie jemand gefragt.«

»Dann sind wir die Ersten, die es tun. Was interessiert dich?«, fragte ich leise und spürte den Hoffnungsschimmer, der langsam in mir aufkeimte. Ciaran griff nach meiner Hand und mir entging das Grinsen nicht, das sich auf Cathals Gesicht breit machte.

»Ich möchte mich um die Seelen der Verstorbenen kümmern, die nicht abschließen können. Das ist etwas, was nie beachtet wurde.« Ich blinzelte.

»Tut das überhaupt jemand?«, fragte ich und wandte mich Ciaran zu. Er schüttelte den Kopf.

»Nein. Die Menschen müssen ihren Frieden von selbst finden.«
Cathal seufzte auf.

»Aber niemand sollte mit seinen Gedanken allein sein müssen. Das ist etwas, was ich gerne tun würde.«

Ich neigte den Kopf.

»Ich bin mir sicher, dass der Rat dem zustimmen wird«, sagte ich. Mir fiel kein Grund ein, weshalb man ihm diese Bitte verwehren sollte.

»Wolltest du nicht die Welt sehen?«, fragte Ciaran ihn nun. Cathal nickte.

»Das habe ich auch getan. Damit kann ich meinen Frieden finden.«

»Also kommst du mit uns?«, fragte ich ihn leise und schluckte.

Cathal dachte nach.

»Nur wenn all meine Forderungen angenommen werden. Ich werde mit einem von euch in die Anderswelt gehen und alles vortragen. Stimmt man dem zu, dann ja. Ansonsten nicht«, erklärte er uns und blickte zwischen uns hin und her.

»Dann werde ich dich begleiten«, sagte Ciaran direkt, doch Cathal schüttelte den Kopf.

»Nein. Sie wird es tun. Sie wird mich begleiten«, sagte er und deutete mit dem Finger auf mich.

Kapitel 21

Ciaran schüttelte sofort den Kopf, als Cathal diese Worte ausgesprochen hatte.

»Nein.«

Überrascht drehte ich mich zu ihm und runzelte die Stirn.

»Wie kommst du auf die Idee, dass du hier mitreden kannst?«, fragte ich ihn und musterte ihn von der Seite. Sein Gesichtsausdruck war ernst und erneut schüttelte er den Kopf, sodass einzelne Strähnen seines blonden Haares hin und her flogen.

»Wir wurden bereits gesucht. Und da konnte ich nur knapp verhindern, dass ihr etwas zustößt. Wenn du mit ihr allein gehst, dann kann ich nicht auf sie acht geben«, erklärte er Cathal ernst. Ich schnaubte.

»Du spielst dich hier ganz schön auf. Wir gehen nur in die Anderswelt. Dort wird nichts passieren und außerdem brauche ich deinen Schutz nicht. Ich habe dir schon mal gesagt, dass du nicht auf mich aufpassen musst. Layana wird es ähnlich sehen, du stehst bei ihr in keinerlei schuld«, murmelte ich.

»Aber ich möchte es.«

»Und wieso?«, wollte ich daraufhin direkt wissen.

»Sieh das lieber als Chance, dir neue Frauen anzulachen. Du hast noch zu wenige davon in deinem Leben«, stichelte ich direkt wieder. Ciaran fuhr sich mit einer raschen Handbewegung mit beiden Händen durch das Haar und sah mich fast schon verzweifelt an.

»Wieso reitest du immer auf meiner Vergangenheit herum? Wie bereits gesagt, du klingst eifersüchtig!«, brummte er. Und das stimmte. Das war ich auch. Ich war eifersüchtig. Doch ich wusste auch, dass nicht das Recht hatte, es zu sein. Dennoch war ich es und das Gefühl war echt mies.

»Du hast mir nie eine Chance gegeben. Nie. Und ich bin nicht so, wie du denkst, dass ich bin!«

Cathal räusperte sich und ich errötete. Inmitten des Gesprächs hatte ich bereits vergessen, dass er neben uns stand und jedes einzelne Wort gehört hatte.

Doch er wirkte nicht verärgert, im Gegenteil. Er wirkte eher belustigt.

»Wir sollten jetzt gehen.«

Ich nickte und wandte mich von Ciaran ab, dessen festen Griff ich direkt an meinem Oberarm spüren konnte.

»Wenn du zurückkommst, müssen wir darüber sprechen. Das Gespräch ist noch nicht zu ende!«, drohte er mir an, doch ich verdrehte die Augen.

»Das werden wir schon noch sehen.« Denn ich wusste nicht, ob ich diese Art von Gespräch mit ihm führen konnte oder sollte. Vielleicht war es besser, dass wir so weiter verfuhren, wie wir es schon immer taten.

Mit gegenseitiger Ablehnung.

»Du bringst sie zurück, hast du gehört?«, sagte Ciaran an Cathal gewandt, der beschwichtigend die Hände hob.

»Natürlich. Allerdings nur, wenn sie es wirklich möchte. Beschließt sie, in der Anderswelt zu bleiben, zwinge ich sie nicht.«

»Könnt ihr aufhören, über mich zu sprechen, als wäre ich nicht da?«, warf ich dazwischen und sah zwischen den beiden Männern hin und her. Wieder grinste Cathal etwas.

»So viel Feuer in so einer unscheinbaren Person«, kommentierte er meinen Ausbruch und ich verdrehte die Augen. Wenn das hier nicht gleich zu Ende war, würde ich ihm zeigen, dass das hier erst der Anfang war.

War ich hitzig? Vielleicht. Doch damit kamen eigentlich alle zurecht. Zumal ich auch eine ruhige Seite an mir hatte, die leider immer in den Hintergrund trat, wenn ich auf Ciaran traf.

»Wenn wir gehen, ist es hier sicher? Man sucht nach Layana und Malio. Ich möchte nicht, dass ihnen etwas passiert, während wir fort sind.«

»Dieser Ort steht unter meinem Schutz. Wir wurden nie gefunden und das ändert auch unser kurzer Ausflug in die Heimat nicht«, erklärte er und drehte sich zur Seite. Er hob seine linke Hand und einen Wimpernschlag später waberte ein Portal neben uns. Ich lehnte mich nach vorn und konnte den Schattenwald der eher düsteren Kreaturen der Anderswelt erkennen.

»Nach dir«, sagte ich zu Cathal, der mir sofort ein breites Lächeln zuwarf.

»Zu gerne.«

Ich beobachtete, wie er durch das Portal schritt und zwischen den Schatten der Bäume stand. Abwartend sah er zu mir. Doch noch ehe ich ihm folgen konnte, spürte ich wieder Ciarans Hand an meiner Schulter.

»Versprich mir, dass du auf dich aufpasst. Ich vertraue ihm nicht.«

Blinzelnd nickte ich.

»Ja, aber lass mich los, damit ich gehen kann«, murmelte ich, während mein Herz mir bis zum Hals schlug. Es war verräterisch laut und ich fürchtete, dass auch er es hören konnte. Besorgt musterte er mich nochmals, ehe er sich mit einem Seufzen von mir löste.

»Ich möchte dich nicht allein mit ihm gehen lassen.«

»Aber du hast keine andere Wahl. Pass lieber auf Layana auf«, versuchte ich das laute Pochen zu übertönen. Ciaran presste die Lippen zusammen und zog seine Hand zurück, sodass ich mich dem Portal zuwenden konnte. Doch dann drehte ich mich doch nochmal zu ihm.

»Ich bin schneller zurück, als du es verkraftest«, scherzte ich, doch anders als erwartet, lächelte er nicht.

»Das hoffe ich.« Dann trat er einen Schritt auf das Portal zu und blickte zu Cathal.

»Versprich mir, dass du sie zu mir zurückbringst.« Mein Herz schlug schneller, doch ich verpasste dem gleich einen Dämpfer. Darauf sollte ich mir nichts einbilden.

»Das verspreche ich dir.«

Dann wandte ich mich endgültig von Ciaran ab und schritt durch das Portal. Sofort empfing mich eisige Kälte und als ich mich umdrehte, um nochmals zu Ciaran zu sehen, war das Portal bereits verschwunden.

Ich war mit Cathal allein.

»Dich gehen zu lassen, ist ihm deutlich schwer gefallen«, erklärte Cathal und setzte sich in Bewegung. Ich schloss zu ihm auf und sah mich vorsichtig um. Im Schattenwald war ich nicht oft unterwegs, ich hasste es, dass hier stets Nacht herrschte und die Sonne nie den Boden berührte. Dichte Baumkronen versperrten die Sicht auf den Himmel und doch wucherten und wuchsen hier alle möglichen Pflanzen. Büsche, dunkle Blumen, das alles konnte wachsen, auch ohne die Sonne. Warum, das hatte ich noch nie verstanden. Als ich ein Knacken zu unserer Rechten hörte, zuckte ich zusammen. Cathal hatte dafür jedoch nur ein Grinsen übrig.

»Keine Sorge, ich kenne einen kurzen Weg, der uns direkt zu dem Feenkreis des Rates bringt.«

»Der Feenkreis des Rates liegt im Schattenwald?«, fragte ich. Ich hatte immer geglaubt, dass er sich auf einer der Lichtungen vor unserer Stadt befand.

»Es gibt mehrere, je nachdem, wer aller eingeladen ist. Da es auch in diesem Wald Wesen gibt, die dem Rat angehören und teilweise zu Entscheidungen hinzugezogen werden, gibt es auch in diesem Teil der Anderswelt einen.«

»Und warum hast du uns ausgerechnet hierher gebracht? Ein weniger gruseliger Teil der Anderswelt hätte es auch getan«, brummte ich und sah zwischen den verschiedenen Büschen und Bäumen umher.

Mein ganzer Körper war angespannt und ich rechnete fest damit, dass wir hier Wesen begegneten, mit denen ich noch keine Bekanntschaft geschlossen hatte.

Als wir über ein paar umgefallene Baumstämme stiegen, wusste ich wieder, weshalb ich unsere Stadt vorzog und diese so selten verließ. Es war deutlich angenehmer dort und weniger nervenaufreibend.

»Weil sie uns hier nicht zwingen könnten, zu bleiben. Ganz einfach. Sieh mal, wir sind gleich da. Siehst du den Feenkreis dort vorne?«, fragte er mich und deutete mit seinem rechten Zeigefinger auf eine fast verborgene Lichtung. Sie war umrahmt von unzähligen Büschen und Blumen und doch stellte sie einen Kreis dar. Das erkannte ich, als wir immer näher kamen. Ich betrat den Feenkreis nach Cathal und sah mich lange um. Der Feenkreis war eine Wiese, die von Pilzen umgeben waren, die einen riesigen Kreis um die kleine Lichtung bildeten. Inmitten des Kreises wuchs nichts, nur Gras. Auch ansonsten schien jedes Gewächs nicht über die Barriere der Pilze hinweg kommen zu können.

»Und woher sollen sie wissen, dass wir hier sind?«, fragte ich ihn. Doch er lächelte mich an.

»Das wissen sie bereits. Jedes Ratsmitglied spürt die Magie, die wir abgeben, seit wir den Kreis betreten haben. Es wird nicht lange dauern.«

Und so nickte ich und wartete.

***

Tatsächlich dauerte es nur wenige Minuten, ehe ich eine Veränderung in der Luft spürte. Ich drehte mich zur Seite und beobachtete, wie fünf Banshees durch Portale traten und auf uns zukamen.

Unser Rat bestand aus fünf Banshees, die zu den ältesten unserer Gesellschaft zählten.

185

Drystan, Bedran, Peredur, Venia und Eleyne. Und jeder einzelne von ihnen sah nicht minder überrascht aus, als sie zwischen Cathal und mir hin und her sahen.

»Amaya, du hast ihn gefunden?«, ergriff Venia das Wort. Sie war das jüngste Ratsmitglied, doch deshalb nicht minder erfahren. Ihre ganze Familie war im Rat gewesen. Wobei jung relativ war, sie mehrere tausend Jahre alt und weit aus älter als meine Eltern.

»Ich habe beschlossen, mich finden zu lassen«, erklärte Cathal und ich sah ihn überrascht an. Mir lag auf der Zunge, dass uns Morrigans Kette zu ihm geführt hatte. Doch hatte sie es wirklich? Hätten wir ihn wirklich gefunden, wenn er es nicht wollte? Darüber hatte ich nicht nachgedacht.

»Wie auch immer, was soll das alles hier?« Peredur ging einen Schritt auf uns zu und verschränkte die Arme vor seiner muskulösen Brust. Streng sah er zwischen uns hin und her.

»Was soll dieser Tumult? Weshalb sind wir hier?«, fragte er und kniff die Augen zusammen. Ich entschied, dass Cathal dieses Gespräch führen sollte und schwieg.

Doch leider tat er es mir gleich und so war es Peredurs Räuspern, was mich dazu brachte, zu seufzen.

»Er überlegt, zu uns zurückzukommen«, fasste ich knapp zusammen und blickte kurz zu Cathal, der nickte.

»Ja, allerdings unter Auflagen. So ein Leben, wie ich es bisher bei euch hatte, möchte ich kein zweites Mal leben. Ich möchte mehr sein, als nur derjenige, zu dem man kommt, um zu erfahren, ob die Seelen zueinander gehören.«

»Und was willst du? Und warum willst du es jetzt?«, fragte Bedran genervt. Er rollte mit den Augen und erntete dafür sofort einen bösen Blick von Venia, die ihm danach auf den Fuß trat.

»Sei nicht so unhöflich. Auf dieses Gespräch haben wir hunderte von Jahren gewartet!«, rügte sie ihn und sah dann entschuldigend zu Cathal.

»Aber welche Aufgabe soll er übernehmen? Für einen Seelenrichter fehlt ihm der Blick, der sofort weiß, wohin die Seele zugehörig ist. Für einen Seelenbringer spürt er den Tod der Menschen zu wenig. Für einen Ordner ist er nicht kräftig genug. Und für einen Seher fehlt ihm die Gabe, den Tod zu spüren, noch bevor er eintritt. Jede unserer Tätigkeiten verlangt andere Fähigkeiten. Das weiß jeder hier, das muss ich eigentlich nicht aussprechen! Und nichts davon passt zu ihm. Hat es noch nie«, erklärte Bedran. Venia seufzte.

»Wir sollten ihn selbst sprechen lassen. Wenn uns jemand sagen kann, was er möchte, dann wohl er. Immerhin betrifft es ihn«, mischte sich Eleyne ein. Damit wandte sie sich an uns und deutete Cathal mit einer Handbewegung, dass er sprechen sollte. Er räusperte sich.

»Ich möchte mich um die Seelen der Menschen kümmern, die nicht abschließen können. Jede Seele verdient ihren Frieden und manche brauchen dabei eben Unterstützung. Und warum jetzt? Weil es eben so ist und ich vorher nicht in Erwägung zog, zurückzukehren.«

Einen Moment herrschte Stille im Feenkreis und ich hielt die Luft an.

»Das-«, setzte Bedran an und Drystan fiel ihm ins Wort.
»Ist machbar. Wenn das die einzige Bedingung ist, die du stellst.«

Ich blinzelte. So schnell? War es möglich, dass sie sich so schnell geeinigt hatten?

»Das ging schnell. Dafür, dass er hunderte von Jahren weg war«, murmelte ich und sprach meine Bedenken aus. Doch Venia zuckte mit den Schultern.

»Es ist keine unmögliche Forderung.«

»Allerdings unnötig, da die Seelen der Menschen durchaus mit sich selbst zurecht kommen sollten«, warf Bedran ein.

»Aber wenn das eine Aufgabe ist, die er übernehmen möchte und ihn erfüllt«, bemerkte Venia.

»Wenn er dafür bei uns bleibt«, fügte Drystan hinzu und trat einen Schritt auf uns zu. Sein Blick lag auf Cathal.

»Und du kehrst zu uns zurück? Und nimmst deine alten Aufgaben auf?«, fragte er erneut.

Cathal nickte.

»Wenn ihr mich nicht mehr im goldenen Käfig halten werdet, dann ja. Aber eines sage ich euch: wenn ich noch einmal gehe, dann ist es für immer. Allerdings gebe ich euch und den anderen eine Chance, es dieses Mal besser zu machen.«

Drystan drehte sich zu den anderen um und sie tauschten schweigend Blicke aus, ehe er anstelle für alle nickte.

»Dann erwarten wir dich zurück in unserer Mitte. Du bleibst doch gleich?«, fragte er, doch Cathal schüttelte den Kopf.

»Nein. Ich bringe alle mit, die sich ebenfalls entschließen, zurück in die Anderswelt zu kommen.«

»Layana«, warf Venia ein und Cathal nickte.

»Ja.«

»Sie ist schwanger, das ist nicht erlaubt«, warf Eleyne ein und ich konnte die Strenge in ihrer Stimme hören.

»Ihre Verbindung ist gut, ich habe sie überprüft. Allerdings stelle ich noch eine weitere Bedingung«, sagte Cathal und blickte zwischen allen Ratsmitgliedern hin und her.

»Alle, die Zuflucht bei mir gesucht haben und die sich entschließen, mit mir zurückzukommen, werden straffrei behandelt. Und ohne soziale Ächtung oder sonst etwas. Niemand soll schaden erleiden, der bei mir war.«

Bedran lief rot an.

»Das ist eine Farce! Sie haben gegen Regeln verstoßen!«, donnerte er, doch Cathal war davon unbeeindruckt.

»Gebt mir euer Wort, oder ihr seht mich nie wieder.«

»Das ist Erpressung«, murmelte Venia. Cathal zuckte mit den Schultern.

»Aber wir brauchen ihn. Es gibt genug Banshees, die Verbindungen eingehen wollen würden. Sie halten sich an die Regeln, aber ob das ein Zustand für die Ewigkeit ist?«, sagte Eleyne. Ich runzelte die Stirn.

»Unterhalten sie sich gerade ohne uns, obwohl sie wissen, dass wir jedes Wort hören?«, murmelte ich Cathal zu. Dieser zuckte mit den Schultern.

»Haben sie immer schon gemacht. Sie sind eben ein komischer Haufen.« Ich schwieg und beobachtete, wie sie nun weiter die Köpfe zusammensteckten. Ihre Stimmen wurden leiser, sodass ich nur noch ein Flüstern hören konnte. Offenbar hatten sie bemerkt, dass wir jedes Wort hatten hören können.

Dann lösten sie sich von einander und Drystan nickte.

»Einverstanden.«

Eine Welle der Erleichterung ging durch meinen Körper. Lächelnd wandte ich mich an Cathal.

»Dann können wir zurückgehen und die anderen holen!«

Ich freute mich schon darauf, meiner Schwester zu sagen, dass sie nicht mehr gesucht und unerwünscht war. Doch Drystan schüttelte den Kopf.

»Er geht. Du bleibst hier.«

Ich blinzelte verwirrt.

»Wie bitte?«, fragte ich und auch Cathal runzelte die Stirn.

»Ich habe jemandem versprochen, dass ich sie zurückbringe. Es gibt jemanden, der auf sie wartet«, erklärte Cathal mit kraftvoller Stimme. Bedran zuckte mit den Schultern.

»Dann solltest du deine Leute schnell hierher bringen, damit du das Versprechen halten kannst.«

»Amaya kann als Seelenrichterin keine Portale erschaffen, die sie in die Menschenwelt bringen. Oder?«, fragte mich Venia und ich biss mir auf die Unterlippe.

»Nein. Diese Fähigkeit habe ich nie anwenden müssen und beherrsche sie nicht.« Wie alle Seelenrichter. Aber das musste ich dem Rat nicht erklären.

»Siehst du. Dann bleibt Amaya als Pfand bei uns. Und wer auch immer auf sie wartet, wird sich beeilen, um zu ihr zurückzukommen.«

Cathal biss sich auf die Unterlippe, doch ich schüttelte den Kopf.

»Es ist okay, du kannst allein gehen. Ich warte auf euch.«

Doch Cathal wirkte damit nicht glücklich.

»Es ist wirklich in Ordnung. Du kannst Ciaran ausrichten, dass es nun eben anders sein muss. Dass nicht ich zu ihm zurückkomme, sondern dass er zurückkommen muss«, murmelte ich.

»Ist das euer letztes Wort?«, fragte Cathal den Rat.

Venia nickte.

»Ja, ist es. Und das ist nicht verhandelbar. Wir sind auf alle Forderungen eingegangen, soweit kannst du uns vertrauen.«

»Was habt ihr davon, sie hier zu behalten?«, fragte Cathal nun, doch Drystan neigte den Kopf.

»Nun ja, da du schon angemerkt hast, dass jemand auf sie wartet, sollte es dich anspornen, dir nicht zu lange Zeit zu lassen.«

Cathal sah zwischen mir und dem Rat hin und her, nickte dann aber und seufzte.

»Na gut. Ich beeile mich.«

Kapitel 22

Ich verharrte auf der Stelle und sah Cathal nach, der sich abgewandt hatte und in die Richtung ging, aus der wir gemeinsam gekommen waren. Einen Moment biss ich mir auf die Unterlippe und dachte an Layana und Ciaran. Ob sie sich um mich Sorgen machten, wenn ich nicht mit ihm zurückkehren würde?

Doch diese Gedanken schob ich schnell beiseite und drehte mich den Ratsmitgliedern zu. Drystan, Bedran, Peredur und Eleyne waren bereits verschwunden. Lediglich Venia hatte auf mich gewartet. Neugierig musterte sie mich.

»Wie hast du es geschafft, ihn zu finden?«, fragte sie mich. Sie hatte den Blick auf mich gerichtet und doch erschien hinter ihr ein Portal, das unsere Stadt zeigte. Heimweh überrollte mich und ich sehnte mich augenblicklich in mein Haus zurück. Zurück auf das weiche Sofa mit den angenehmen Kissen und meinen Büchern.

»Das weiß ich nicht. Ciaran hat mir dabei geholfen«, gab ich zu. Das Amulett um meinen Hals fühlte sich schwerer an und die Lüge, die mir über die Lippen gerollt war, erdrückte mich.

Ich hasste es, nicht die Wahrheit zu sagen und doch hatte ich das Gefühl, dass ich nicht alles preisgeben sollte.

»Interessant. Dazu müssen wir uns noch unterhalten. Aber zuhause, ich hasse diesen Wald. Er ist unheimlich. Ständig habe ich das Gefühl, als würde mich etwas beobachten«, murmelte Venia und drehte sich hin und her. Ihr dunkelbraunes Haar wehte im leichten Wind, der durch die Blätter rauschte.

Eine Gänsehaut überzog meinen Körper. Hatte ich eben ein Lachen gehört? Ich trat näher an Venia, die sich zum Portal gedreht hatte.

»Nach dir.«

Das ließ ich mir nicht zweimal sagen. Sofort ging schritt ich hindurch und atmete erleichtert aus, als ich im grauen Garten stand. Venia stand wenige Sekunden später neben mir.

»Wir haben eine Lagerhalle gefunden. Doch der Rest, der ging von Cathal aus«, erzählte ich ihr und konnte nicht verhindern, dass diese kleinen Worte wie eine Lawine aus mir herausbrachen.

Venias Augenbrauen hoben sich.

»So? Und wie habt ihr das gemacht?«

»Eine Druidin hat uns geholfen. Ihr Name war Cayla. Ciarans Familie war einst mit ihrer verbunden.«

Tat es mir leid, dass ich dieses Geheimnis ausplauderte? Nein. Bevor sie mich durch die Mangel nahmen, wollte ich das Gespräch vorher noch beenden, ehe es begonnen hatte.

Besonders Bedran und Peredur konnten sehr strenge Verhörpartner sein und ich hatte keine Lust, auszutesten, ob sie ihrem Ruf gerecht wurden.

Venia musterte mich lange und seufzte dann laut auf.

»Immer diese Druiden. Sie tun, was sie wollen. Manchmal helfen sie uns und manchmal nicht. Es ist wie verhext«, sagte sie und eine Welle der Erleichterung durchzog mich.

Ich sah zu ihr und wartete, doch sie schwieg und stieß einen Seufzer aus.

»Du solltest zu deinen Eltern gehen. Sie sind sehr in Sorge.«

»Weshalb?«

Venia blickte mich verwirrt an.

»Was ist das für eine Frage? Ihre Töchter sind verschwunden. Beide. Sie sind beinahe durchgedreht, als ihr so lange verschwunden wart!«, erklärte sie und ich fühlte mich augenblicklich schuldig.

»Vielleicht hast du recht. Danke.«

Venia winkte ab und ich fühlte mich entlassen. Vorsichtig entfernte ich mich von ihr und ging zurück auf einen Weg, der mich am schnellsten aus dem Grauen Garten hinausführen konnte.

Meine Gedanken überschlugen sich. Wie viel Zeit war hier vergangen? Noch immer verstand ich die Zeitrechnung nicht recht, die unsere Welt von der der Menschen und jener von Cathal unterschied.

Ob sie bereits auf dem Weg waren? Wie viel Zeit wohl vergehen würde, bis sie hier eintreffen würden?

Ein Seufzer rollte über meine Lippen, als ich meine Schritte beschleunigte.

***

»Wie konntest du es wagen, einfach so zu verschwinden?«, tobte die Stimme meiner Mutter durchs Haus. Schuldbewusst zog ich den Kopf ein und fühlte mich wieder wie ein kleines Kind. Mein Vater saß neben ihr. Auch wenn wir äußerlich jung aussahen wirkte er gealtert.

»Du weißt nicht, was wir durchgestanden haben. Wie schlimm es für uns war!«, beschwerte sich meine Mutter weiter.

»Mutter«, murmelte ich, doch sie hob den Zeigefinger und zwang mich dazu, still zu sein.

»Erst Layana und dann auch noch du! Weißt du eigentlich, welchen Schrecken ihr uns eingejagt habt? Und welche Schande! Deine schwangere Schwester und dann auch noch du, die ihr wie ein blindes und taubes Huhn folgt!«

»Fiadh, das ist nicht fair«, murmelte mein Vater und legte meiner Mutter seine Hand auf den Oberarm. Doch sie schüttelte ihn weg, als wäre er eine lästige Fliege.

»Nicht fair? Es ist nicht fair, dass unsere Töchter Regelbrecher sind! Erst Layana, die unser wichtigstes Gebot bricht, sich verliebt, schwanger wird und verschwindet! Und ja, schwanger! Sie war so dumm und hat es in ihr Tagebuch geschrieben, das sie zurückgelassen hat!«, begann meine Mutter, sich aufzuregen. Schuldbewusst zog ich den Kopf ein.

»Und dann du! Läufst einfach los und ziehst in die Menschenwelt, obwohl du dort noch nie gewesen bist! Ohne nachzudenken! Gerade von dir hätte ich mehr Hirn und Verstand erwartet, Amaya!« Mutters Stimme wurde lauter und lauter, während ich mich versuchte immer kleiner und kleiner zu machen.

»Fiadh«, sagte mein Vater wieder beschwichtigend, doch selbst er konnte meine Mutter nicht beruhigen.

»Keine von euch hat auch nur einen Moment an uns gedacht! Niemand von euch! Wir haben zwei egoistische, selbstsüchtige Töchter herangezogen! Das haben wir und nicht mehr und nicht weniger!«, beschwerte sich meine Mutter weiter.

»Ich habe mir Sorgen um Layana gemacht. Und ich wollte sie zurückbringen. Also bin ich mit Ciaran-«

»Mit diesem Taugenichts? Amaya!«, unterbrach mich meine Mutter streng. Ich schluckte hart.

»Er ist eigentlich gar nicht so übel, wenn man ihn besser kennenlernt.« Nahm ich ihn gerade in Schutz?

War ich des Wahnsinns? Doch meine Mutter ließ sich davon nicht beirren.

»Jetzt fängst du schon so an wie deine Schwester!«

Meine Mutter ließ sich zurück auf ihren Stuhl sinken, während mein Vater ihr beruhigend die Hand auf ihre Faust legte. Dann wandte er sich zu mir.

»Wie auch immer. Wir sind froh, dass es euch gut geht und dass ihr wohlauf seid.«

»Layana ist aber noch nicht hier.« Ob sie noch kommen würde? Ich hoffte es inständig und ich betete zu den Göttern, dass sie sich für diese Welt, für uns, entscheiden würde.

Und Ciaran? Irgendein Teil von mir wusste, dass er zurückkommen würde.

Zurück zu mir.

»Das wird sie aber noch. Cathal kommt zurück, welchen Grund hat sie noch zu bleiben?«

»Er hat ihre Verbindung mit Malio abgesegnet. Ihr könnt euch also für sie freuen. Ihr werdet Großeltern, ist das nicht auch toll?«, meinte ich und versuchte das Gespräch in eine andere Richtung zu lenken.

Hellhörig sah meine Mutter auf.

»Er hat ihr seinen Segen gegeben?«, fragte sie nach und ich nickte. Erleichtert seufzte meine Mutter aus und griff sich auf die Brust.

»Dann ist ja alles gut gegangen.«

Ich verdrehte die Augen.

»Ja, ist es. Sind wir mit dem Verhör fertig?«, fragte ich leise und sah dann hoch zu meinen Eltern. Mittlerweile lag meine Mutter in den Armen meines Vaters und schloss die Augen.

Sie winkte ab.

»Du kannst gehen. Das ändert aber nichts daran, dass wir von dir enttäuscht sind. Du hattest keinen Grund fortzugehen.«

Den hatte ich und es war mir egal, was meine Eltern dazu sagten. Denn meine Schwester war es wert, dass ich jede Welt bereiste, die es gab. Ich erhob mich und verließ das Zimmer, ohne mich nochmal umzudrehen. Meine Eltern schwiegen, ich tat es ihnen gleich und war in Gedanken bei Layana, Ciaran, Malio und Cathal. Wann sie wohl kommen würden?

Die Zeit hier verging immerhin deutlich langsamer.

***

197

Tage vergingen, Wochen vergingen. Mittlerweile hatte ich meine Aufgabe als Seelenrichterin wieder aufgenommen und übernahm mehr Schichten, als es wohl normal war. Denn alles, was ich neben meiner Tätigkeit noch tat, war schlafen. Selbst das Lesen hatte ich weggelassen, lieber lenkte ich mich mit meiner Arbeit ab.

»Willst du nicht eine Pause machen? Ich sehe dich hier öfters als meinen Ehemann«, sprach mich Arnemetia an. Sie lehnte sich über meinen Schreibtisch und fuhr sich mit den Fingern durch ihr kurzes schwarzes Haar. Ihre grauen Augen musterten mich.

»Ich muss mich ablenken.«

»Schon klar. Aber es bringt niemandem etwas, wenn du ausgebrannt bist.«

Ich seufzte auf.

»Ich verstehe nicht, wieso sie so lange weg sind.« Arnemetia neigte den Kopf.

»Du warst ebenfalls Monate weg. Es kann dauern. Die Zeit hier vergeht einfach anders. Warum auch immer, das habe ich noch nie begriffen.«

Wieder seufzte ich.

»Ich mache mir Sorgen.«

»Um Layana?«, hakte Arnemetia nach und ich nickte. Und um Ciaran. Doch das würde ich ihr gegenüber nicht zugeben.

»Sie kommt zurecht, vielleicht kommt sie ja zurück und hat das Kind bereits bekommen. Wäre auch etwas!«, plauderte sie und lächelte.

Plötzlich durchfuhr mich eine Energiewelle, die das Bild von Layana und mir als Kind auf meinem Schreibtisch umschmiss.

»Was war das?«, fragte ich nach und runzelte die Stirn.

»Das muss ein Portal gewesen sein. Ein verdammt großes und viele Personen, die es benutzen. Anders kann ich mir das nicht erklären. Komm, stemple dich in Pause und komm mit. Wir sehen uns das an«, schlug Arnemetia vor. Ein Hoffnungsschimmer keimte in mir auf.

Hatte Cathal endlich das Portal geöffnet?

Layana. Layana und Ciaran. Sie mussten unter ihnen sein!

Ich griff nach dem Tablett und stellte den Pausenmodus ein, ehe ich aufstand und rasch Arnemetia folgte, die bereits auf dem Flur war. Wir waren nicht die Einzigen, die diese Veränderung bemerkt hatten. Mehrere Banshees strömten durch die Flure und wir alle hatten dasselbe Ziel – nach draußen.

Wir gerieten ins Stocken, als schließlich auch noch die Banshees von anderen Etagen sich unter uns mischten. Ich erkannte Rian, der neben Tadhg herging. Als sich unsere Blicke kreuzten, sah dieser schnell schuldbewusst weg.

Schließlich betraten wir das Freie und stellten uns in die Menge, die sich bereits gebildet hatte.

»Das ist Cathal, er ist zurück«, hörte ich jemanden sagen und schneller als gedacht verbreitete sich diese Neuigkeit in der Menge.

Mein Herz flatterte und ich schob mich nach vorne.

»Da wirst du nicht durchkommen«, sagte Arnemetia zu mir, doch ich hörte ihr nicht mehr zu.

Ungeduldig zwängte ich mich durch ein Pärchen, wobei mir der Mann einen bösen Blick zuwarf. Doch weit kam ich nicht. Als ich schließlich vor ein paar Ordnern zum Stehen kam, gab es kein Weiterkommen mehr für mich. Sie waren wie Schränke, die nichts hindurch ließen.

»Was geschieht dort vorne?«, fragte ich ungeduldig und stellte mich auf die Zehenspitzen. Ein dunkelhaariger Mann drehte sich genervt zu mir um.

»Ärger kommt auf uns zu. So viel ist sicher. Cathal ist zurück, er unterhält sich gerade mit Drystan. Ich hatte mich gerade an die neue Ordnung gewöhnt«, klärte er mich auf. Gut, er war auch gute zwei Köpfe größer und konnte gut nach vorne sehen.

Mittlerweile bemerkte ich, dass ich mich bis zum Hauptplatz durchgekämpft hatte, doch ich kam nicht bis zu der Tribüne, die für Feste oder große Ankündigungen verwendet wurde.

Schließlich ging ein Jubeln durch die Menge. Die Anwesenden hatten bemerkt, dass Cathal wirklich hier war und ich konnte ihnen die Freude nicht verübeln. Jetzt konnte alles wieder normal werden.

Wir konnten wieder leben wie früher.

Kapitel 23

»Banshees«, es war Drystans Stimme, die über den Platz hallte und sofort verstummten alle Anwesenden. Auch ich hielt die Luft an, versuchte aber noch immer, an dem Dunkelhaarigen vorbei zu sehen. Chancen hatte ich darauf keine.

»Wie ihr sehen könnt, hat sich Cathal dazu entschlossen, sich uns wieder anzuschließen. Er ist zurück und wird uns wieder dabei unterstützen, dass ihr Verbindungen eingehen könnt«, erklärte Drystan. Wie immer kam er direkt auf den Punkt und redete nicht um den heißen Brei herum.

»Gebt mir allerdings etwas Zeit, mich wieder anzuhören. Morgen Früh werde ich euch empfangen und über diejenigen richten, die sich mir vorstellen«, konnte ich nun auch Cathal sprechen hören.

»Sind sie nur zu zweit oben? Ist noch jemand da?«, fragte ich den Dunkelhaarigen vor mir, doch er brummte nur und winkte ab. Schien wohl keine Zeit für Fragen zu haben.

»Diejenigen, die sich ihm angeschlossen haben und nun zurück in unsere Welt kommen, werden straffrei wieder aufgenommen. Es liegt an euch, dass ihr sie behandelt, als wären sie nie fort gewesen!«

Ich schluckte. Ob Layana unter ihnen war? Ich hatte das Gefühl, als säße ich auf heißen Kohlen. Wieder ging ein Klatschen durch die Menge.

»Heute Abend richten wir ein Fest aus. Um zu feiern, dass neue Zeiten anbrechen!«

War es das schon? Wobei es mich nicht überraschte, denn Drystan war kein Freund von großen Worten und für seine Verhältnisse war diese Rede schon außergewöhnlich lang.

Ich drehte mich um und zur Seite und sah, dass die ersten bereits den Platz räumten. Doch das würde ich nicht.

Der Mann vor mir drehte sich ebenfalls um, doch anstatt ihn vorbei zu lassen, schob ich mich an ihm vorbei.

Es war anstrengend, gegen den Strom zu gehen, doch seltsamerweise kam ich besser voran als zuvor, als ich mich nach vorne durchkämpfen hatte wollen.

Wieder reckte ich den Kopf und konnte nun einen Blick auf die Tribüne erhaschen. Drystan und Cathal unterhielten sich und schüttelten einander die Hände. Hinter Cathal konnte ich einige der Wesen erkennen, die ich bereits in seiner Zwischenwelt gesehen hatte. Und da! Mein Herz machte einen Hüpfer.

Layana stand neben Malio, der sie hielt und sie stützte. Neben ihr befand sich Ciaran und ich konnte sehen, dass er seinen Blick über die Menge schweifen ließ.

Ich wurde schneller.

Mein Blick traf Ciarans und auch er setzte sich augenblicklich in Bewegung.

Es war, als liefen wir auf einander zu. Ich drängte mich an den Leuten vorbei und versuchte, schneller vorwärts zu kommen. Immer hatte ich Ciaran im Blick. Er hatte mir gefehlt. Die letzten Wochen, die ich hier allein verbracht hatte, hatten mir gezeigt, dass mein Herz wirklich an ihm hing.

Und ich? Ich hatte entschlossen, dass ich mich nicht länger selbst einsperren ließ. Ich wollte leben. Ich wollte dieses Leben mehr als alles andere auf der Welt.

»Amaya!«

Ciaran erreichte mich und streckte mir die Hand entgegen, noch ehe ich ihn wirklich erreicht hatte. Ich schob mich an einer jungen Frau vorbei und kam schließlich vor ihm zum Stehen. Mit heißen Wangen sah ich zu ihm hoch und schluckte.

»Du bist nicht zurückgekommen«, warf er mir direkt vor und ich biss mir auf die Unterlippe.

»Nein, das hast du für mich übernehmen müssen«, murmelte ich leise und sah zu ihm hoch. Ich bemerkte im Augenwinkel, dass uns Layana beobachtete. Sie lächelte und nickte mir zu. Als wüsste sie, was in mir vor sich ging. Was hatte sie noch gesagt? Bei ihr und Malio hatte es ebenfalls so begonnen? Nun, ich hatte nichts dagegen, wenn wir denselben Ausgang hatten.

Auch wenn ich mich erst noch daran gewöhnen müsste, in ihm mehr zu sehen als das, was ich all die Jahre verabscheut hatte.

»Ja, aber es hat mir nicht gefallen.«

»Ihr habt lange gebraucht«, stellte ich fest und musterte ihn.

»In Cathals Welt waren es Wochen. Zu viele Wochen. Viele wollten nicht kommen und er wollte nicht gehen, ohne alle mitzunehmen«, murmelte er, doch ich schüttelte den Kopf.

»Hier waren es Monate. Mehrere. Ich habe nicht mitgezählt, um nicht verrückt zu werden.« Die Zeit verging nun mal schneller in unserer Welt. Ich sah zu Layana und schluckte.

»Es wird nicht mehr lange dauern«, murmelte ich. Meine Schwester sah hochschwanger aus, ihr Bauch war riesig geworden. Deutlich größer, als ich es in Erinnerung hatte.

»Ja, sie spürt bereits, wie sich das Kind senkt. Es ist schnell gewachsen. Du weißt, dass Schwangerschaften einer Banshee unterschiedlich lang sein können.« Ich nickte.

Die Magie ließ Kinder schneller wachsen und je magischer das Kind war, desto schneller wuchs es. Und Layana hatte wohl ein besonders starkes Exemplar unter ihrem Herzen.

»Aber ich möchte nicht mit dir über sie sprechen«, sagte Ciaran und griff nach meiner Hand. Überrascht sah ich auf seine Finger und schluckte.

»Worüber dann? Hier hat sich nichts verändert«, flüsterte ich leise und wusste doch, was er meinte. Auch ich wollte dieses Gespräch führen und wusste, dass es getan werden musste. Denn ich sah ihm an, dass es ihm ebenso auf der Seele brannte wie mir.

»Ich bin fast verrückt geworden, als er ohne dich zurückgekommen ist. Du weißt nicht, wie schrecklich es war.«

Schuldbewusst senkte ich den Blick und suchte nach einem bissigen Kommentar, doch da war nichts mehr. Die

Boshaftigkeit, die ich ihm gegenüber empfunden hatte, war fort. Wie weggeblasen. Und das nur, weil ich eingesehen hatte, dass ich wirklich in ihn verliebt war.

Doch fühlte er dasselbe? Immerhin war mir klar, dass er ein Frauenheld war. Ellie, Cayla. Ich wollte gar nicht wissen, welche Namen die restlichen Frauen trugen.

Mir reichten diese beiden und mir reichte es, dass er hier von Blicken verfolgt gewesen wurde.

»Amaya«, murmelte Ciaran leise und sah mir in die Augen. Ganz tief und mein Herz schlug deutlich schneller. Ich lächelte ihn an und schluckte.

»Ja?«, fragte ich leise und konnte den Blick kaum von ihm nehmen. Er sah mich lange an und schluckte.

»Wir hatten diese eine Unterhaltung, weißt du noch?«, fragte er mich und ich schüttelte den Kopf.

»Ich wollte dir erklären, warum ich bin wie ich bin.«

Nun wuchs ein ungutes Gefühl in mir. Konnte ich die Antwort wirklich verkraften? Würde ich damit zurechtkommen, mit dem, was er mir zu sagen hatte?

Ich wich einen Schritt zurück.

»All die Frauen, sie haben keine Bedeutung für mich gehabt. Warum ich mich in all die Abenteuer stürzen konnte? Ich wusste, dass das für mich keine Konsequenz haben wird. Denn mein Herz, das hat schon lange jemand anderes besessen.«

Ich nickte.

Wer auch immer das war, ich konnte mir kaum vorstellen, dass er damit mich meinte.

Oder doch? Konnte ich Hoffnung hegen?

»Ich war schon immer in dich verliebt! Doch du hast nie mehr in mir gesehen. Du hast mich von Anfang an gehasst!«

»Ich habe dich nicht gehasst«, sagte ich leise. Ciaran drückte meine Hand ein wenig und ließ sie dann los.

»Ist das alles, was du mir zu sagen hast? Nur, dass du mich nie gehasst hast?«, fragte er leise. Auch in seinen Augen glänzte die Hoffnung und ich biss mir auf die Unterlippe.

»Mir ist klar geworden, dass ich dich nie gehasst habe. Du hast oft gesagt, dass ich eifersüchtig bin. Du hattest recht. Das war ich.«

»Also magst du mich?«, fragte er mich leise.

»Nein, ich liebe dich.«

Diese Worte rutschten einfach so aus mir heraus. Einfach so. Ich hatte mir schon oft in den letzten Monaten vorgestellt, wie es wäre, es auszusprechen, doch nie war es so einfach gewesen.

Aber in all den in meinem Kopf geführten Gesprächen hatte ich nie diese Art von Unterhaltung geführt.

»Und ich liebe dich. Mehr als alles andere auf dieser Welt, Amaya.«

Dann lehnte sich Ciaran zu mir und legte seine Lippen auf meine. Einfach so. Ich konnte zunächst seinen Atem auf meinen Lippen spüren, seine Finger an meiner Wange, ehe ich endlich die Erlösung fand. Seine Lippen auf meinen. Ich seufzte in den Kuss, legte meine Hände auf seine Oberarme und zog mich näher an ihn. Die Welt um mich herum stand still oder drehte sich schneller – es war mir egal.

Seine Hände fuhren mir durch das Haar und er umfasste meinen Hinterkopf, zog mich näher an sich heran. Ich stellte mich auf die Zehenspitzen und kam ihm entgegen. Die Welt blendete ich aus. Sie war egal.

Alles, was zählte, war dieser Kuss. Dieser Moment. Meine Lippen öffneten sich leicht und er nahm die Einladung an. Seine Zunge fand die meine, als sie in meinen Mund glitt. Mit neckenden Bewegungen umspielte ich seine Zungenspitze und spürte einen wohligen Schauer, der durch meinen Körper jagte. Meine Finger krallten sich an seinem Oberarm fest, vergruben sich tief in den harten Stoff seines Shirts.

Er schmeckte nach ... nichts. Nur nach Ciaran. Und es war der beste Geschmack, den ich jemals kosten durfte. Doch dann lächelte ich und löste mich von ihm.

»Das wollte ich schon seit hundert Jahren tun«, murmelte Ciaran und lehnte seine Stirn an meine. Ich lehnte mich ebenfalls nach vorn und lächelte sanft. Er keuchte etwas und ich lächelte. Mein Herz fühlte sich anders an, war es eben erweckt worden? Ein Kuss konnte diese Wirkung haben und ich vermutete, dass es Ciaran war, der dies bewirkt hatte.

Ich wollte ihn so sehr, dass es fast wehtat. Und nun, nun nachdem ich von ihm gekostet hatte, fühlte ich mich vollkommen.

»Ich wusste, dass es zwischen euch so kommen wird«, sagte Layana. Sie hatte uns mittlerweile auch erreicht und lächelte mich an.

Ich lächelte zurück und nickte.

»Komm, wir zwei machen uns gemeinsam für das Fest fertig. Die Männer kommen auch eine Zeitlang ohne uns aus. Wir sehen uns dann heute Abend«, sagte Layana und blickte grinsend zwischen Malio und Ciaran hin und her.

»Gut, dann holen wir euch später von Amaya ab«, sagte Malio und lehnte sich nach vorn. Er gab Layana einen sanften Kuss, wobei ich den Blick abwandte und zu Ciaran sah.

»Dann bis später«, sagte ich leise und er lächelte mich breit an.

Kapitel 24

Gemeinsam mit Layana befand ich mich in meinem Haus. Es war näher am Hauptplatz und ich wollte es ihr ersparen, so weit zu gehen. Und die Kleider, die konnten wir mit Magie auch bei mir anpassen. Die Arbeit hatte ich sein lassen – da ich so viele Überstunden hatte, beschloss ich, dass ich ruhig noch weiter auf Pause laufen konnte.

»Ich wusste, dass es so mit euch kommen wird«, sagte Layana nun zum mindestens tausendsten Mal. Ich verdrehte die Augen.

»So sicher ist es aber nicht. Wir haben uns geküsst. Noch wissen wir nicht, ob wir zusammen bleiben können und ob unsere Seelen zusammengehören.« Dazu mussten wir vor Cathal treten. Und dieser hatte in den nächsten Stunden und Tagen wohl genug zu tun. Layana lächelte mir zu.

»Ich bin zuversichtlich, dass ihr zusammengehört. Es sieht echt aus. Echt und tiefsinnig. So wie du mich ansiehst, ist auch dein Herz bereits erwacht«, murmelte sie und strich ihr hellblaues Kleid glatt. Wir hatten es bereits soweit mit Magie verändert, dass es ihr passte. Es hatte einen tollen Rock und ein wunderschönes Oberteil, das ihre Brüste betonte, die durch die Schwangerschaft ebenfalls größer aussahen.

»Malio wird kaum die Augen von dir nehmen können«, sagte ich grinsend und lächelte meine Schwester durch den Spiegel an. Ich stand hinter ihr und kümmerte mich gerade um ihre Haare. Ich war bereits fertig. Wie zu allen Festen trug ich mein silbernes Kleid, das mir bis zu den Knöcheln ging und einen breiten Rock hatte, der sich bei Tänzen drehte. Außerdem liebte ich das bestückte Oberteil, das meine Figur kaschierte.

»Nun, ich bin mir sicher, dass Ciaran auch nicht von dir genug bekommen wird«, sagte Layana grinsend und zwinkerte mir zu. Anders als ich trug sie ihre Haare zu einer Hochsteckfrisur. Meine hatte ich gelockt und ließ sie locker über meinen Rücken fallen. So fühlte ich mich am wohlsten.

»Du hast wirklich ein Händchen dafür!«, sagte Layana lächelnd und betrachtete sich im Spiegel. Ich strahlte sie an.

»Es freut mich, dass es dir gefällt. Ich habe es vermisst, Zeit mit dir zu verbringen.«

Der Blick meiner Schwester wurde weicher und sie lächelte.

»Und bald können wir Zeit zu dritt verbringen!«

»Zu dritt?«, fragte ich nach. Würde sie Malio immer mitschleppen?

Layana lachte.

»Na dich, mich und das Baby!«

Nun lächelte ich auch wieder und nickte.

»Stimmt, daran habe ich gar nicht gedacht. Bei all dem Trubel habe ich gar nicht daran gedacht, dass ich bald Tante sein werde.«

»Und du wirst die beste Tante überhaupt sein. Wenn du nur so halb so viel für das Baby tust, wie du es für mich tust, wird es ihm an nichts fehlen!«, war sich meine Schwester sicher und lächelte. Mir wurde warm ums Herz. Ich steckte die letzte Strähne fest und konnte gar nicht mehr aufhören zu lächeln.

»Glaub mir, das werde ich. Ich werde dein Kind mindestens genauso sehr lieben, wie ich dich liebe. Wahrscheinlich noch mehr, weil Babys einfach unglaublich süß sind!«, sagte ich grinsend, woraufhin Layana lachte.

»Nun, damit kann ich leben!«

Sie drehte sich auf dem Stuhl um und ich sah in ihr Gesicht, anstatt in den Spiegel.

»Werdet ihr vor Cathal treten?«, wechselte Layana das Thema und ich stieß einen leisen Seufzer aus.

»Du weißt auch, wie man die Stimmung vernichten kann«, sagte ich leise, doch Layana zuckte mit den Schultern.

»Ihr habt euch geküsst. Mehr als geküsst, also das war fast nicht mehr jugendfrei!«

Ich seufzte auf.

»Du hast recht. Aber das kann ich nicht allein entscheiden.«

»Dann sprich mit Ciaran. Aber so wie ich ihn kenne, wird er es kaum abwarten können, mit dir vor ihm zu treten. Er hat dich immer sehr gemocht und es war schwer für mich, nicht einzugreifen.«

»Wieso hast du eigentlich in all der Zeit nichts gesagt? Du hättest mir erzählen können, dass er mich nicht so hasst, wie ich immer dachte.«

»Das musste ich ihm versprechen. Er ist mein bester Freund und er wollte, dass es von euch beiden ausgeht, wenn etwas zwischen euch entsteht. Ohne meine Hilfe. Aber das war schwer. Verdammt schwer! Außerdem war es verboten und wir alle wissen ja, wie sehr du die Regeln einhältst«, sagte Layana und seufzte auf.

Ich griff mir an den Hals und umfasste den Anhänger, ehe ich ihn wieder im Ausschnitt meines Kleides verschwinden ließ.

»Was schuldete dir Garrick?«, wollte ich wissen und Layana blinzelte überrascht.

»Wie meinst du das?«

»Was hast du für ihn getan und woher hatte er sie?«, wollte ich wissen. Layana neigte den Kopf.

»Eigentlich nichts Großartiges. Ich habe Ciaran gesagt, dass er das mit Ellie lassen soll. Also hat er mit ihr Schluss gemacht und sie überredet, zu Garrick zurückzugehen. Er hat sie aber dann doch nicht mehr haben wollen. Und die Kette? Die hat er im Schattenwald gefunden. Er hat sie einem Kelpie abgenommen und versteckt. Um mal einen guten Deal zu haben, wenn er ihn braucht. Eigentlich recht unspektakulär.«

Ich nickte.

»Verstehe.« Damit hatte ich keine weiteren Fragen und ich hatte auch keine Zeit, welche zu stellen, denn Layana richtete sich auf.

»Malio und Ciaran werden gleich hier sein. Komm, wir ziehen schon mal die Schuhe an und gehen zur Haustür.«

Ich half Layana beim Aufstehen und ging mit ihr in den Flur, wo ich in meine Ballschuhe schlüpfte. Layana tat es mir gleich.

»Lass uns heute Abend Spaß haben! Das haben wir uns verdient!«

Ich grinste, doch ehe ich etwas erwidern konnte, klopfte es an der Tür.

»Ich gehe schon.« Mit diesen Worten ging ich zur großen Haustür und öffnete sie. Es überraschte mich nicht, dass Malio und Ciaran zusammen herkommen waren. Doch während Malio eintrat und auf Layana zuging, hatte ich nur Augen für Ciaran.

»Du siehst bezaubernd aus. Umwerfend wie immer«, murmelte er und lächelte mich an. Ich erwiderte das Lächeln, stellte mich auf die Zehenspitzen und gab ihm einen sanften Kuss auf die Wange.

Er seufzte.

»Ein richtiger Kuss wäre mir lieber gewesen«, brummte er leise und schob seine Hand in meine. Ich lachte und fuhr mit der freien Hand durch sein weiches, blondes Haar.

»Mir auch, aber ich möchte das Fest nicht verpassen. Und wenn wir uns küssen, wer weiß, wann ich aufhören kann«, gestand ich ihm leise und drehte mich Malio und Layana zu.

»Seid ihr soweit?«, fragte uns Malio und ich nickte. Ciaran drückte meine Hand sanft und gemeinsam gingen wir los.

Das Fest war bereits im vollen Gang, als wir eintrafen. Musik spielte und die ersten Paare tanzten bereits.

»Ich habe gehört, dass Cathal schon viele Paare empfangen hat«, sagte Ciaran leise und führte mich an den Rand der Tanzfläche.

»So?«

»Ja, manche hat er befürwortet und manche abgelehnt. Es ist wie damals. Nun ist die Liebe wieder möglich«, murmelte er leise und ich lächelte ihn an.

»Das klingt verdammt kitschig aus deinem Mund«, stellte ich fest, woraufhin Ciaran laut lachen musste.

»Sollte es aber nicht. Aber ist wohl so. Er ist auch nicht hier«, stellte er fest und ich sah mich um. Er hatte recht. Cathal war auf seinem eigenen Fest nicht anwesend.

»Aber das war er nie. Hatte er nicht immer eine Abneigung gegen die Feste?«, fragte ich und er nickte.

»Ich glaube auch, dass es so wahr.«

Hinter der Tanzfläche sah ich die Ratsmitglieder, wie sie gemeinsam an einem Tisch saßen, sich unterhielten und lachten. Vielleicht war es nur ein Vorwand gewesen, es für Cathal auszurichten und sie hatten es für uns alle getan? Es würde mich nicht überraschen.

»Darf ich um den nächsten Tanz bitten?«, fragte Ciaran mich und hielt mir die Hand hin. Ich strahlte und ergriff diese nur zu gerne. Langsam ging ich mit ihm auf die Tanzfläche, stellte mich in Tanzposition auf und begann, im Takt der Musik zu tanzen. Mit einem leisen Seufzen lehnte ich mich nach vorne und bettete meinen Kopf an seine Brust.

Die Musik war langsam und verträumt. Doch so recht hörte ich nicht auf sie. Alles, was zählte, war Ciaran.

Der Mann vor mir.

»Ich möchte mit dir vor Cathal treten«, sagte Ciaran leise und es überraschte mich, dass er das sagte.

»Wirklich?«

»Ja. Ich möchte, dass du offiziell mir gehörst«, murmelte er und zog mich besitzergreifend näher an sich. Mein Herz schlug ein wenig schneller, als ich mich lächelnd weiter zu ihm lehnte.

»Das wäre schön. Das möchte ich auch. Es gibt so viele Frauen, die ein Anrecht auf dich haben möchten, da will ich ihnen zuvorkommen.«

Ciaran musste grinsen.

»Glaub mir, es ist keine wie du. Und all die anderen Frauen, sie sind mir egal.« Mein Herz schlug ein wenig schneller, als ich mit ihm über die Tanzfläche schwebte und mich sicher und geborgen in seinen Armen fühlte. Schließlich endete das Lied und wir lösten uns von einander.

»Komm, lass uns in den Garten gehen. Ich möchte mit dir alleine sein«, murmelte Ciaran leise. Seine Hand schob sich in meine und ich drückte diese sanft.

»Und was willst du dann mit mir machen?«

»Dich küssen, bis die Sonne aufgeht.«

Er klang so ehrlich, so überzeugt und mein Herz, das schlug noch schneller als jemals zuvor.

»Das würde mir gefallen«, gab ich zu und schenkte ihm ein sanftes Lächeln.

Gemeinsam gingen wir über die Tanzfläche und zum Saalausgang, ehe wir den Grauen Garten betraten, der in seiner Pracht vor uns lag.

Kapitel 25

Hoffnungsvoll umklammerte ich mit meiner Hand jene von Ciaran, der diese kleine Berührung erwiderte. Ich lächelte ihn sanft an und konnte kaum glauben, dass ich ihn vor unserer Reise noch so sehr verabscheut hatte, dass ich ihm aus dem Weg gegangen war.

Doch vielleicht hatte ich genau die Zeit gebraucht, die ich allein mit ihm verbracht hatte, um zu erkennen, dass er mehr war als der Mann, den ich mir zuvor vorgestellt hatte.

So wie er mich ansah, so voller Liebe, fühlte ich mich vollkommen und konnte immer mehr meine Schwester verstehen, die für dieses kleine Gefühl alles aufs Spiel gesetzt hatte.

Ihr Leben, ihre Zukunft. Ihr alles.

»Du siehst glücklich aus«, hauchte mir Ciaran gegen die Lippen. Nur wenige Zentimeter trennten unsere Lippen von einander und ich konnte dem Drang, die kleine Distanz zwischen uns zu überwinden, kaum widerstehen.

Das tat ich auch nicht.

Vorsichtig lehnte ich mich nach vorne. Noch ehe sich unsere Lippen berührten, spürte ich seinen warmen Atem auf meiner Haut. Ein Kribbeln zog sich über meine Arme, über meinen Rücken und in meine Magengegend.

Ich liebte diesen Mann.

Bei den Göttern, wie sehr ich ihn doch liebte.

»Das bin ich auch, mit dir an meiner Seite kann ich nur glücklich sein«, sagte ich leise und schenkte ihm ein weiteres kleines Lächeln. Er erwiderte es, lehnte sich nach vorne zu mir.

Voller Vorfreude tat ich es ihm gleich und schließlich berührten sich endlich unsere Lippen. Erst war es nur eine flüchtige Berührung, ein zarter Kuss, ehe die Berührung hart und fordernd wurde. Wild und zärtlich in einem.

Ciaran war alles, alles und doch nichts zugleich. Es war schwer, ihn mit einem Wort zu beschreiben. Ich konnte es nicht, denn alle Facetten an diesem Mann waren einzigartig.

Ein Keuchen drang zwischen meinen Lippen hervor, als ich erst jetzt bemerkte, dass sich meine Finger in seinem blonden Haar vergraben hatten.

Mit all der Selbstbeherrschung, die ich aufbringen konnte, löste ich mich von ihm und blickte ihm in die hellen Augen.

»Was tust du da?«, brummte er, lehnte sich weiter nach vorne und es kostete mich noch mehr Selbstbeherrschung, ihm auszuweichen und seinen Lippen zu entkommen.

Was ich eigentlich nicht wollte, denn ich würde nichts lieber tun, als erneut in einem Kuss zu versinken. Konnte man nach einem Mann süchtig werden?

Ja. Du bist süchtig nach diesem Mann.

Die kleine Stimme in meinem Kopf brachte mich für einen Moment zum Lächeln.

»Ich möchte, dass wir es offiziell machen. So wie wir es besprochen hatten. Treten wir jetzt vor Cathal, wie Layana und Malio es getan haben.« Wieso noch warten? Ich hatte so lange gewartet.

Ciaran setzte eine unzufriedene Miene auf, löste sich aber doch auch von mir und lehnte sich zurück. Bereits während dieser Bewegung sehnte ich mich nach seiner Berührung, nach seiner Wärme. Sehnte mich nach ihm. Ich biss mir auf die Unterlippe, um diesen Wunsch nicht zu äußern.

»Ich würde dich lieber küssen, bis wir einschlafen. Und noch länger.« Sein ehrliches Geständnis brachte mich zum Lächeln.

»Es gibt nichts, was ich lieber tun würde. Aber all das wird sich noch schöner anfühlen, wenn es erlaubt ist. Wenn wir hören, dass wir zueinander gehören. So wie wir es fühlen. Zumindest fühle ich es«, sagte ich mit leiser Stimme. Ciaran nickte.

»Und ich ebenso. Du bist die Frau, die eine, die es für mich gibt.«

»Dann lass es uns herausfinden. Lass uns herausfinden, ob die Götter es gut mit uns meinen.« Ciaran brummte und schenkte mir doch eines seiner atemraubenden Lächeln. Himmel, ich konnte verstehen, weshalb die Frauenwelt hinter ihm her gewesen war. Egal, ob es erlaubt gewesen war oder nicht.

Ciaran wirkte nicht erfreut.

»Ich möchte dich jetzt nicht gehen lassen.«

»Wir gehen gemeinsam. Du und ich«, hauchte ich ihm leise zu und schenkte ihm ein weiteres Strahlen. Er erwiderte es, hob die Hand und legte sie mir an die Wange.

»Ich liebe es, wenn du lächelst«, gestand er mir leise, was erneut tausend Schmetterlinge in meinem Bauch dazu brachte, wie wild mit den Flügeln zu schlagen.

Mein Lächeln wurde breiter. Einen Moment verharrten wir auf diese Art und Weise, ehe sich Ciaran doch von mir löste und sich erhob. Ich beobachtete, wie er mir die Hand entgegen hielt.

»Dann begleite mich.«

Schweigend griff ich nach seiner Hand, ließ mir von ihm aufhelfen und verhakte seine Finger mit meinen. Er schenkte mir ein Lächeln, das ich erwiderte und so verließen wir unser kleines Versteck, jenen Ort, von dem ich das Gefühl hatte, dass er noch besonders für uns werden würde.

***

Unsere Schritte hatten uns durch die Stadt getragen und schließlich zu jenem Haus geführt, in dem Cathal anzutreffen war.

»Vielleicht hätten wir einen Termin ausmachen sollen«, murmelte ich leise und erntete dafür einen langen Blick von Ciaran.

»Damit ich noch länger warten muss, dich küssen zu dürfen, ohne dass du in Schuldgefühlen zergehst? Nein. Wir holen uns seine Bestätigung und dann möchte ich, dass du die Nacht in meinen Armen verbringst. Und den kommenden Tag.« Die Art und Weise, wie er diese Worte wählte und aussprach, jagten einen heißen Schauer durch meinen Körper. Ich lächelte und nickte.

»Es gibt nichts, was ich lieber tun würde.«

Er lächelte.

»Dann haben wir alles geklärt.« Gemeinsam traten wir näher an die weiße Haustür, ehe Ciaran die Hand hob und mit sanften Schlägen an diese klopfte.

Mein Herz schlug mir bis zum Hals, als wir warteten. Jede Sekunde, die verging, verging quälend langsam und ungeduldig verlagerte ich mein Gewicht von einem Bein auf das andere.

»Er ist nicht hier.«

»Unsinn, das ist er doch immer. Und wenn nicht, dann warten wir hier. Ich gehe nicht weg, ehe ich nicht seine Antwort kenne.«

Leicht nickte ich und sah mich bereits die Nacht über hier auf den Treppen des Hauses verbringen, als ich Schritte im Inneren des Gebäudes vernahm. Sie kamen näher und schließlich wurde die schwere Tür mit einem lauten Ächzen geöffnet.

Hellgraue Augen glänzten in der Dunkelheit und das dunkelbraune Haar stand ihm zu Berge. Cathal sah müde aus, doch er wirkte weder überrascht noch verärgert über unseren Besuch.

Resigniert seufzte er.

»Normalerweise kommen Paare tagsüber zu mir.«

»Wir konnten nicht mehr warten.«

Ich konnte mir ein Lächeln nicht verkneifen.

»Wohl eher, du konntest nicht mehr warten«, korrigierte ich Ciaran und ignorierte den Blick, den er mir zuwarf.

»War es nicht deine Idee, hierherzukommen?«, fragte mich Ciaran und ich neigte den Kopf.

»Ja, aber ich habe nicht gesagt, dass wir es noch diese Nacht tun sollten.«

Cathal räusperte sich und zog unsere Aufmerksamkeit wieder auf sich.

»Wessen Idee es war, ist mir egal. Wollt ihr nun hereinkommen, oder kann ich wieder schlafen gehen?«, fragte er uns.

»Wir kommen nach drinnen«, beschloss Ciaran.

»Wenn es keine Umstände macht«, fügte ich hinzu. Cathal trat zur Seite und deutete uns, dass wir eintreten sollten. Ich umklammerte Ciarans Hand fester, als wir zusammen in das Haus gingen.

Es war schöner, als ich es mir vorgestellt hatte. Der Boden war hell ausgelegt mit Marmor und die Wände waren mit Gemälden aus der Menschenwelt verziert. Wahrscheinlich Mitbringsel von seiner Zeit unter ihnen.

»Dann kommt, das haben wir gleich erledigt. Ich hätte nicht gedacht, dass nach meiner Rückkehr so viele Banshees vor mich treten wollen.«

Damit hatte ich auch nicht gerechnet, doch es zeigte nur, dass es viele geheime Paare gegeben hatte, die wie meine Schwester gelebt hatten. Im Verborgenen.

»Ihr müsst euch nicht erklären oder entschuldigen. Das muss niemand vor mir. Na los.«

Wir folgten ihm durch das Haus und es überraschte mich, dass er uns über eine Wendeltreppe hinab in den Keller führte. Doch als wir unten ankamen, war ich noch überraschter. Ich hatte mit einem dunklen Keller gerechnet, doch der Raum, der uns empfing, war hell. Es war fast so, als wäre es hier Tag, während rund um uns die Nacht herrschte.

»Stellt euch in die Mitte des Raumes«, befahl Cathal uns. Ciaran drückte meine Hand und ich schenkte ihm ein aufmunterndes Lächeln, als wir gemeinsam nach vorne traten.

Cathal ging zu einem Regal, das an der Wand stand, und kam mit zwei Kristallen zurück.

»Rosenquarze. Sie verstärken Gefühle. Einer für jeden von euch, haltet sie in euren Händen. Den Rest erledige ich und die Magie.«

Er reichte uns zwei kleine Steine, die eine unebene Fläche hatten und eine ovale Form hatten. Der Stein in meiner Hand schimmerte rosa und fühlte sich angenehm warm in meiner Hand an. Ich lächelte.

»Ich möchte ihre Hand nicht loslassen«, erklärte Ciaran direkt, als sich Cathal uns gegenüber aufstellte. Erst jetzt fiel mir auf, dass ich den Stein instinktiv in jener Hand hielt, die nicht mit Ciarans fest umschlungen war. Ciaran hatte wohl dasselbe getan.

Unser Gegenüber lächelte.

»Das müsst ihr auch nicht. Keine Sorge.«

Er hob die Arme und die hellen Wände um uns herum färbten sich und spiegelten alle Farben des Regenbogens wieder. Rot, Orange, Gelb, Grün, Blau, Indigo, Violett. Sie alle schimmerten an der vorher weiß gewesenen Wand, verschwommen ineinander und bildeten neue Farben, ehe sie sich wieder trennten.

Ein wenig erinnerte mich dieses Farbspiel an die Nordlichter und ich beobachtete dieses Tun mit weit geöffneten Augen.

»Das ist wunderschön«, hauchte ich leise und war überrascht, als Cathal mir daraufhin ein Lächeln schenkte.

»Es ist jedes Mal einzigartig. Ich hatte in meiner Zeit bei den Menschen fast vergessen, welchen Anblick dieses kleine Ritual bietet.«

Ciaran schnaubte.

»Sind wir schon fertig?«, fragte er und Cathal grinste etwas.

»Ich habe noch nicht begonnen. Du bist wohl wirklich ungeduldig.« Ciaran brummte und ich sah ihm an, dass es ihm hier nicht gefiel. Obwohl wir nicht so viel Zeit miteinander verbracht hatten, hatte ich das Gefühl, ihn ewig zu kennen und las ihn wie ein Buch.

Ob ihm das bei mir auch möglich war? Das konnte doch nur ein gutes Zeichen sein, oder?

Das muss es.

Der Rosenquarz in meiner Hand wurde wärmer und wärmer und obwohl ich den Impuls verspürte, ihn loszulassen, tat ich das nicht. Im Gegenteil, ich umklammerte ihn, als hinge mein Leben davon ab.

Cathal atmete tief ein und aus, schloss die Augen und schließlich bewegten sich die Farben um uns herum schneller. Immer schneller und schneller. Manche Farben verblassten, andere wurden stärker.

Immer schneller und schneller drehte sich alles um uns. Ein ungutes Gefühl kroch meine Kehle hoch, als ich mich fester an Ciarans Hand klammerte.

Und dann blieb nur noch eine Farbe übrig: grün. Ich blinzelte.

»Ist das gut?«, fragte ich leise und betrachtete die Wände, die nun in sämtlichen Grüntönen schimmerten. Hoffnung keimte in mir. Grün war so eine positive Farbe. So viele gute Dinge waren Grün. Die Pflanzen, die Wiesen, die Täler. Alles war grün.

Doch Cathals Lächeln war erblasst, als er langsam den Kopf schüttelte.

»Nein. Das ist nicht gut.«

Meine Hoffnung wurde jäh zerschlagen und ich ließ Ciarans Hand los, was zur Folge hatte, dass Ciaran seine Hand nur noch fester um meine legte. Er drückte sie und ich warf ihm einen verwirrten Blick zu. Ciaran betrachtete Cathal mit zusammengekniffenen Augen.

»Wieso nicht?«

»Grün zeigt, dass eure Seelen einander freundlich gesinnt sind aber nicht, dass es Liebe zwischen euch geben soll und darf. Das ist nicht erlaubt. Ich kann euch den Segen nicht geben. Im Gegenteil. Ich muss euch verbieten, zusammen zu sein. So leid es mir auch tut. Es ist euch nicht erlaubt, euch zu lieben.«

Und damit zerstörte er meine Welt.

Kapitel 26

»Das kann nicht sein«, murmelte ich leise und warf Ciaran einen langen Blick zu. Dieser wirkte wütend und ballte die Hände zu Fäusten.

»Es tut mir leid. Es ist wie es ist, geht nun.«

»Ich werde das nicht akzeptieren! Das kannst du nicht von uns verlangen! Ich liebe diese Frau!«, brüllte Ciaran aus, doch Cathal schüttelte den Kopf.

»Ich habe gesprochen und morgen werde ich es dem Rat mitteilen und ihm bekanntgeben, dass es euch nicht erlaubt sein darf, zusammen zu sein. Es tut mir wirklich leid!«

»Ach, scheiß auf das, was du sagst! Wenn du denkst, ich höre auf dich, dann bist du auf dem Holzweg! Ich habe sie erst gefunden und du wirst sie mir nicht wegnehmen!«, tobte Ciaran.

Ich nahm alles nur gedämpft wahr und war zu sehr damit beschäftigt, meine Gefühle im Zaun zu halten.

»Kannst du es nicht nochmal versuchen? Vielleicht war es ein Fehler. Vielleicht hast du dich geirrt, bitte«, flehte ich leise, doch Cathal schüttelte den Kopf.

»Es tut mir leid, mein Kind, aber ich irre mich nie. Das habe ich nie getan und das werde ich auch niemals tun«, erklärte er mir leise und ich konnte in seiner Stimme das Bedauern hören, das er für uns übrig hatte.

»Diesen Teil meiner Gabe habe ich immer gehasst.«

»Du glaubst gar nicht, wie scheiß egal mir das gerade ist. Wie sehr es mir egal ist, was dir gefällt und was du hasst«, murrte Ciaran. Ich legte ihm eine Hand auf die Schulter und augenblicklich legte er seine Hand auf meine und umklammerte sie sanft.

»Lass uns gehen«, flüsterte ich, doch Ciaran schüttelte den Kopf.

»Bitte«, flehte ich und mein Blick traf seinen. Er wirkte wie ein gehetztes und verwundetes Tier. So viel Schmerz lag in seinen Augen und es war das, was ich ebenso in dem kläglichen Rest meiner Gefühle spürte.

Er lehnte sich zu mir hinab und lehnte seine Stirn an meine.

»Ich werde das nicht hinnehmen«, murmelte er, als ich langsam an ihm zog und ihn dazu brachte, mit mir von hier zu verschwinden. Cathal schwieg und doch spürte ich seine Blicke auf mir, als ich mit Ciaran nach oben ging und wortlos durch den Flur ging und die Haustür ansteuerte.

Als wir die Tür erreicht hatten, stoppte Ciaran plötzlich und drehte sich zu Cathal um, der uns gefolgt war.

»Hast du gehört? Ich werde deine Entscheidung nicht hinnehmen! Du hast nicht die Macht, sie mir zu nehmen.«

Doch wieder schwieg Cathal und ich zog Ciaran vorsichtig aus dem Haus. Die Tür fiel hinter uns ins Schloss und gemeinsam sackten wir zusammen und setzten uns auf die Treppen vor das Haus.

Obwohl ich mich innerlich zerrissen fühlte und das Gefühl hatte, als hätte mir Cathal das Herz aus dem Leib gerissen, versuchte ich stark zu sein. Was schwer war, denn kaum waren wir allein, liefen Tränen über meine Wangen. Ich schluchzte, als Ciaran mein Gesicht in seine Hände nahm und mir einen Kuss auf die Stirn hauchte.

»Ich liebe dich, Amaya. So sehr und ich werde für uns kämpfen, das verspreche ich dir hier und jetzt. Wir werden zusammen sein, denn niemand nimmt dich mir weg.« Er lehnte sich nach vorn und erneut spürte ich seinen Atem auf meiner Haut, ehe ich seine Lippen auf meinen spürte.

Sein Kuss war hart und voller Verzweiflung. Ich streckte die Arme nach ihm aus und küsste ihn ebenso, doch die kleine Stimme der Vernunft war stärker und so löste ich mich von ihm.

Das ist falsch.

In diesem Moment konnte mir nichts egaler sein und nun verstand ich Layana umso mehr, als sie damals gegangen war. Würde ich dasselbe tun? Jederzeit.

War es klug? Nein, auch wenn alles in mir danach schrie.

»Und ich liebe dich, Ciaran. Mehr als es Worte beschreiben könnten. Du bist mein alles.« Wieder liefen Tränen über meine Wangen, die Ciaran mit einer sanften Bewegung wegstrich.

Ein Piepen in meiner kleinen Umhängetasche brachte mich jedoch ins Hier und Jetzt zurück. Ich löste mich von Ciaran.

»Sieh nicht nach«, bat er mich und ich sah überrascht zu ihm.

»Das wird kaum eine Nachricht vom Rat sein, er wird es erst morgen bekanntgeben. Diese Nacht gehört noch uns.«

»Du sagst es. Sie gehört uns und bitte erlaube nicht, dass jemand uns diese Nacht nimmt«, flehte er leise und ich biss mir auf die Unterlippe, als das nächste Piepen folgte.

»Nur ein Blick, vielleicht ist es wichtig«, murmelte ich und griff doch in meine Tasche und zog mein Smartphone heraus. Ich wischte über den Display und schluckte.

»Auch diese Nacht ist uns nicht vergönnt, das ist Layana. Sie liegt in den Wehen. Das Kind kommt, es kommt jetzt. Wir müssen los. Oder eher... ich muss los«, korrigierte ich mich leise und sah entschuldigend in die blauen Augen Ciarans. Dieser nickte und lehnte sich zu mir und küsste mich erneut.

»Glaub ja nicht, dass ich mich daran halte, dass ich mich von dir fernhalten soll. Wir machen weiter wie bisher und außerdem bestehe ich darauf, dass wir diese Nacht nachholen.« Ich schenkte ihm ein Lächeln und erhob mich.

»Ich begleite dich. Das, was Cathal gesagt hat, ändert nichts an meinen Gefühlen für dich. Das sollst du wissen, Amaya.« Wieder nickte ich und wartete, bis Ciaran ebenfalls aufgestanden war, ehe wir gemeinsam zu Malios Haus aufbrachen.

Es war nicht weit von Cathals Haus entfernt, nur wenige Blocks weiter standen wir vor dem kleinen Gebäude, in dem Malio lebte.

»Sollen wir klopfen?«, fragte ich Ciaran, der jedoch bereits nach dem Türgriff gegriffen hatte und die Tür öffnete.

»Nein, sie wollen immerhin, dass wir kommen.«

»Sie wollen, dass ich komme und Layana beistehe«, erklärte ich ihm, doch er zuckte mit den Schultern.

»Ich bin, wo du bist. Daran musst du dich gewöhnen«, brummte er und schloss die Tür hinter uns.

Gemeinsam gingen wir über die Treppe nach oben, von wo aus wir bereits die ersten Geräusche vernehmen konnten. Kaum hatten wir die Treppen erklommen und die richtige Tür gefunden, tauschten Ciaran und ich einen langen Blick.

Dann klopften wir und betraten das Schlafzimmer, in welchem Layana und Malio bereits verweilten.

»Layana.« Besorgt trat ich näher an meine Schwester, die auf ihrem Bett leg, ihre Stirn war in Falten gelegt und Schweiß zeichnete sich auf dieser ab. Decken lagen über ihre Beine und doch wusste ich, dass sie darunter nichts trug. Weshalb auch?

Für das, was ihr bevorstand, brauchte sie keine Kleidung.

Ihre Augen waren schmerzerfüllt und der Blick leer. Doch als ihr Blick meinem begegnete, schien sich etwas in ihr zu regen.

Hoffnung?

»Wie geht es dir?«, fragte ich sie und griff nach jener Hand, die sie mir entgegen streckte. Malio saß an ihrer anderen Seite und umklammerte ihre Finger mit seinen beiden Händen, führte ihre Hand immer wieder an seine Lippen und küsste diese sanft.

Sie schenkte mir ein Lächeln.

»Ich habe das Gefühl, als stünde ich in Flammen. Alles tut weh, ich hätte es mir nicht so schmerzhaft vorgestellt.«

»Was hast du denn erwartet? Dass das ein Kinderspiel wird?« Ich drehte mich zu Ciaran um, der hinter mir stand und warf ihm einen bösen Blick zu.

»Halt die Klappe, deine Kommentare sind hier nicht angebracht.« Layana nickte und verzog das Gesicht, als wohl die nächste Wehe durch ihren Körper rollte. Sie hielt die Luft an, ehe sie tief in den Bauch atmete und sich für einige Sekunden konzentrierte.

Sekunden, in denen wir schwiegen und die wir ihr überließen, um mit dem Schmerz umzugehen.

»Amaya hat recht. Halt die Klappe. Wenn du das nicht kannst, dann verschwinde«, murmelte Layana. Malio, der bis jetzt nichts gesagt hatte, hob den Blick und ich zuckte zusammen. So böse hatte er noch nie ausgesehen und doch konnte ich ihn verstehen. Wenn er auch nur im geringsten denselben Wunsch verspürte, Layana zu schützen, dann entlud sich seine Wut gleich auf Ciaran.

Ich drehte mich zu ihm und schenkte ihm ein Lächeln.

»Geh raus. Wir holen dich, wenn wir dich brauchen.«

Malio nickte und es überraschte mich, dass Ciaran wirklich tat, worum ich ihn bat. Doch ich hatte ihn bereits anders kennengelernt.

Er war nicht nur der harte Kerl, den er immer spielte, er war mehr.

Und er wird niemals dir gehören.

Die kleine Stimme in meinem Kopf versetzte mir einen harten Stich, den ich jedoch ignorierte, als erneut Schmerzenslaute über Layanas Lippen traten. Ein leises Stöhnen gefolgt von einem Fluchen.

»Das ist deine Schuld. Hättest du mich nicht geschwängert...«, murmelte Layana und verzog erneut das Gesicht. Malio seufzte auf.

»Du wirst mir verzeihen, wenn du das Kind im Arm halten wirst.« Das würde sie bestimmt, doch ich hatte die ungute Vorahnung, dass es bis dahin noch ein weiter Weg werden würde.

Eine weitere Wehe rollte durch den Körper meiner Schwester, sie verkrampfte sich, legte das Kinn auf ihr Brustbein und schnaufte.

»Du schaffst das, du bist stark. Ich bin mir sicher, dass du es schaffst«, wiederholte ich leise, doch verstummte direkt, als mir Layana einen finsteren Blick zuwarf. Gut, Klappe halten.

Das konnte ich.

So nickte ich ihr stumm zu und umklammerte ihre Hand. Ich atmete mit ihr mit, verfiel in eine Art Hecheln, das doch keines war, als die Wehen in immer kürzeren Abständen kamen. Wie viel Zeit mittlerweile vergangen war, das wusste ich nicht.

Zeit hatte in diesem Moment keine Bedeutung. Obwohl Ciaran und ich nicht zusammengefunden hatten und das Band nicht geschlossen hatten, spürte ich seine Präsenz deutlich im Vorderzimmer. Als könnte ich seine schweren Schritte hören, wenn er von einer Seite des Raums zur anderen ging. Als würde ich seinen Atem fühlen und seine Nähe spüren.

Er wird niemals dir gehören.

Wie ein Mantra wiederholten meine Gedanken diese kleinen Worte immer und immer wieder und trieben damit kleine schmerzhafte Dornen in meine Seele. Als hätten sie Widerhaken verblieben sie, hafteten an Ort und Stelle und ließen sich nicht mehr verschieben.

Ein Schrei zerriss die Stille und ich schaffte es, mich doch wieder auf die Situation zu konzentrieren. Was nicht so einfach war.

Waren bereits Stunden vergangen? Oder fühlten es sich wie Stunden an? Mir war es gleich. Layana lag verschwitzt vor mir, umklammerte mit einer Hand meine Finger und mit der anderen Malios.

»Nicht mehr lange, Liebste.«

Nicht mehr lange? Woher wusste er das? Nachdem mir jegliches Zeitgefühl genommen worden war, wagte ich es nicht mehr, auch nur irgendetwas in Frage zu stellen oder solche Behauptungen aufzustellen.

»Du bekommst gerade das erste Kind seit vielen hundert Jahren. Es wird etwas Besonderes sein. Für uns alle. Aber noch mehr für uns. Es wird perfekt sein«, versprach Malio leise. Er sprach beinahe in einem Flüsterton, strich meiner Schwester liebevoll mit einer Hand über die Wange und wischte ihr den Schweiß von der Stirn.

Obwohl mein Herz noch immer so sehr schmerzte, wärmte mir dieser Anblick das Herz. Layana hatte so viel durchgestanden, um an diesem Punkt zu sein. Um mit Malio zusammen zu sein. Um mit ihm eine Familie zu gründen.

Auch Layana lächelte, verzog jedoch einen Moment später wieder das Gesicht.

»Es fühlt sich anders an«, wimmerte sie nach einigen Sekunden und sah zwischen uns hin und her.

»Wir sollten jemanden holen, der das hier schon mal gemacht hat«, warf ich ein, doch Layana schüttelte den Kopf.

»Nein. Ich will niemanden hier haben. Nur euch. Niemand hat sich um uns gekümmert, als ich gegangen bin, niemand hätte sich um das Kind Gedanken gemacht, wenn wir Cathal nicht gefunden hätten. So hat es niemand verdient, uns in diesem Moment beizuwohnen«, murmelte sie, verzog allerdings direkt wieder das Gesicht, als die nächste Wehe ihren Körper überrollte.

Malio löste sich von Layanas Hand, rutschte nach vorne und warf einen Blick zwischen ihre Beine. Mein Herz blieb stehen, als er mit ernster Miene zu uns sah.

»Ich sehe den Kopf.«

Dann war alles gut, oder? Verdammt, ich hatte mich noch nie mit Geburten auseinander gesetzt. Hätte ich gewusst, dass ich meinen Neffen oder meine Nichte empfangen musste, hätte ich darüber gelesen.

Aber diese Chance habe ich nicht gehabt.

So wie du keine Chance hast, das alles mit Ciaran zu erleben.

Verräterische kleine Stimme, ich verfluchte sie dafür, dass sie mir diesen Moment zerstören wollte und verbannte sie ganz nach hinten.

»Dann ist es gleich geschafft.«

Layana nickte und schrie auf, als die nächste Wehe sie überrollte. Die Abstände wurden immer kürzer und die Schmerzen schienen immer schlimmer zu werden.

Wieder ein Schrei, ich sah, wie sich ihr Körper verkrampfte. Ich sah, wie sie versuchte, das kleine Leben aus ihrem Körper zu schieben.

Und wieder.

Und wieder.

Und wieder.

Ein Schrei, der nicht von Layana stammte, sondern von einem kleinen Wesen. Ein Schrei, der in Weinen umschlug. Ich lächelte Layana an, deren Kopf nach hinten fiel. Ihre Haare klebten ihr an der Stirn und am Hals und doch lächelte sie. Eine Träne lief über ihre Wange, als auch sie nach vorn blickte. Vorsichtig bewegte Malio seine Arme und hob schließlich das kleine Wesen hoch.

Es sah ein wenig zerknautscht aus, war voller Blut und noch nass. Und doch schrie es kräftig, während es die Arme hin und her bewegte.

»Ein Mädchen. Unsere Tochter«, murmelte Malio leise.

Er durchtrennte die Nabelschnur mit einem kleinen Messer, ehe er Layana das kleine Mädchen reichte. Sie hatte die Arme bereits in dem Moment danach ausgestreckt, als er es hochgehoben hatte.

»Adeen.«

Ich lächelte und lehnte mich nach vorne, um meine Nichte zu begutachten. Sie war wunderschön, wie sie da in den Armen meiner Schwester lag. Sicher und geborgen. Die Finger waren ganz verschrumpelt, während aus dem kleinen Mund lautes Weinen drang.

Ein Weinen, das immer leiser wurde und schließlich gänzlich verstummte. Noch immer hielt das kleine Wesen seine Augen geschlossen, als es sich an Layana kuschelte.

»Sie ist wunderschön«, sagte ich leise und kam mir doch in diesem Moment wie ein Eindringling vor.

Mein Herz zersprang in zwei Teile. Ein Teil freute sich, als er sah, wie Malio meine Schwester hielt und seine Tochter begutachtete. Wie sie ihr Kind in den Armen hielten und auf dieser Welt willkommen hießen. Und ein anderer Teil? Ein anderer Teil wurde von Schmerz zerrissen, denn schließlich war mir das verwehrt.

Auch wenn ein anderer Mann möglicherweise der Richtige für mich war. Wenn jemand anderes an meine Seite gehörte. So wollte ich niemanden außer Ciaran. Niemand sonst.

»Danke. Danke, dass du dabei warst«, sagte Layana leise und lehnte sich an Malio. Ich erhob mich und lächelte.

»Ich lasse euch einen Moment allein. Dieser Moment sollte euch allein gehören.«

Layana nickte und ich nickte Malio kurz zu, ehe ich mich gänzlich von Layana löste und nach draußen ging.

Als die Tür hinter mir zufiel, fand ich mich Ciaran gegenüber vor. Seine hellen Augen betrachteten mich voller Sorge und ich lächelte.

»Es ist ein Mädchen. Sie heißt Adeen«, erklärte ich leise und lächelte. Die Sorgen fielen augenblicklich von ihm und Erleichterung zeichnete sich in seinem Gesicht ab.

Er sagte nichts, als er mich in seine Arme schloss. Instinktiv schmiegte ich mich an ihn und wusste doch, dass ich es nicht sollte.

Ich genoss die Berührung, seine Umarmung und mir war klar, dass es verboten war.

Dass es uns nicht erlaubt war. Doch in diesem Moment war es mir egal, denn gerade brauchte ich ihn.

Nur gerade? Eigentlich tat ich das immer. Ich brauchte Ciaran immer. Auch wenn es mir nicht erlaubt war.

»Amaya... ich will dich nicht loslassen«, gestand er mir mit leisen Worten und alles in mir wurde schwer.

»Und ich will nicht, dass du es tust«, erwiderte ich leise. So bewegte sich niemand von uns, niemand löste die kleine Berührung, die wir einander in diesem Moment schenkten.

Ich suhlte mich in seiner Umarmung, war nicht gewillt, ihn loszulassen, als ein schriller Schrei uns doch auseinanderfahren ließ.

Ohne nachzudenken, öffnete ich die Tür des Zimmers und hastete an das Bett meiner Schwester. Noch immer hielt sie das kleine Mädchen in ihren Händen, doch ihrem Lächeln war purem Entsetzen gewichen.

»Layana...«, setzte ich an, als sich diese zu mir drehte.

»Ihre Augen«, schluchzte Layana. Ciaran und ich näherten uns ihr langsam und ich blickte erneut zu meiner Nichte. Die Augen, die sie vorhin geschlossen hatte, waren nun weit aufgerissen und sie starrte uns entgegen.

Ob sie uns sehen konnte? Sahen Babys so weit? Ich wusste es nicht, doch das, was ich sah, ließ mein Blut gefrieren.

In Layanas Armen lag keine Banshee, ihre Augen waren nicht blau. Ihre Augen waren feuerrot.

Eine Korrigan.

Kapitel 27

»Das ist nicht möglich«, murmelte ich leise, als ich auf das Kind in Layanas Armen blickte. Meine Schwester war aufgelöst und Tränen liefen ihr über die Wange, während Malio neben ihr saß und das Kind betrachtete.

»Ist es nicht von mir?«, fragte Malio sie und Layana drehte den Kopf in seine Richtung.

»Bist du wahnsinnig? Natürlich ist es von dir! Was denkst du von mir!«, schrie sie laut auf und versuchte sich aufzusetzen, was ihr jedoch nur minder gut gelang.

»Layana«, murmelte ich und betrachtete weiterhin das kleine Mädchen in ihren Armen.

Adeen lag friedlich eingewickelt in ihrer Decke und hatte den Blick auf ihre Mutter gerichtet. Diese zog die Kleine schützend näher an sich.

»Das kann aber nicht sein. Cathal hatte uns versichert, dass wir zusammen gehören. Und dass unser Kind normal wäre!«

Ihre Stimme überschlug sich beinahe, während noch immer Tränen über ihre Wange liefen. Ich spürte Ciarans Hände auf meinen Schultern.

»Vielleicht hat er einen Fehler gemacht.«

Ich drehte mich sofort zu ihm um und sah in seine blauen Augen. Ich kniff sie zusammen und schüttelte den Kopf.

»Cathal hat noch nie einen Fehler gemacht.«

»Es gibt immer ein erstes Mal.«

»Aber weshalb sollte er sich geirrt haben?«

»Es muss nicht absichtlich passiert sein, aber es ist, wie es ist. Adeen ist keine Banshee. So viel steht fest.«

Wieder sah ich auf Adeen und biss mir auf die Unterlippe. Wenn Cathal sich hier schon geirrt hatte, hatte er sich dann vielleicht auch bei Ciaran und mir geirrt? War es möglich, dass wir doch zusammengehören konnten?

Ich betrachtete lange das Kind und wusste doch nicht, was ich sagen sollte.

»Sie ist perfekt, egal, was andere sagen. Für mich ist sie perfekt. Sie ist mein kleines Wunder«, murmelte Layana und zog das Kind noch näher an ihre Brust. Sofort schmiegte sich Adeen an Layana und schloss die feuerroten Augen. Es dauerte nur wenige Sekunden, ehe tiefe Atemzüge verrieten, dass sie eingeschlafen war.

»Das verstehe ich, aber ich habe Bedenken, was die anderen sagen werden.«

Malio stand auf und fuhr sich mit der Hand durch das Gesicht.

»Wir müssen sie verstecken, niemand darf sie sehen« murmelte er. Ciaran trat neben mir und schüttelte den Kopf.

»Das wird nicht gehen. Jeder weiß, dass ihr ein Kind erwartet.«

»Dann sagen wir eben, dass es gestorben ist.«

Ich biss mir auf die Unterlippe.

»Auch das wird nur vorübergehend etwas bringen. Ihr könntet sie nie aus dem Haus lassen und müsstet sie einsperren. So einsperren, dass niemand sie sehen kann.

Das wird nicht funktionieren. Außerdem wird man ihre Magie spüren können.«

»Was auch immer geschieht, ich werde sie beschützen«, murmelte Layana und strich mit der Hand vorsichtig über den Babykopf.

»Und wir werden dir dabei helfen.« Beunruhigt blickte ich auf das kleine Bündel in Layanas Armen. Sie drückte es beschützend an sich und schließlich reichte sie sie an Malio.

»Ich muss mich frisch machen.«

»Du hast eben erst ein Kind geboren, willst du dich nicht ausruhen?«, fragte ich sie leise. Doch sie schüttelte den Kopf und betrachtete mich ernst.

»Nein. Denn du weißt, dass jede Banshee im Umkreis von einer Meile gespürt hat, dass ich entbunden habe. Dass jemand Neues hier ist. Sie werden kommen, um Adeen zu sehen. Und ich muss fit genug sein, damit ich sie im Notfall beschützen kann«, murmelte Layana leise. Malio barg das kleine Mädchen in seinen Armen. Ich nickte und half Layana dabei, aufzustehen.

»Dann lass mich dir wenigstens helfen, wenn du dich schon nicht schonen möchtest.«

Sie hielt sich an meiner Hand fest, stemmte sich hoch und brauchte einen Moment, ehe sie sich in Bewegung setzte. Mit langsamen Schritten ging sie zum Badezimmer, das ich hinter ihr schloss.

Ich half ihr dabei, die Kleidung abzulegen und schließlich sah ich zu, wie sie sich wusch. Ganz allein und sie schaffte es. Sie brauchte nur ein wenig mehr Zeit als sonst.

»Hast du noch Schmerzen?«, fragte ich sie leise. Layana betrachtete einen Moment ihr Spiegelbild, ehe sie sich abtrocknete.

»Es ist nicht der Rede wert und nicht annähernd so schlimm, wie bereits zuvor. Adeens Geburt war um Welten schlimmer«, murmelte sie leise und wickelte das Handtuch um ihren Körper. Noch immer war ihr Bauch ausgebeult, auch wenn er deutlich kleiner als zuvor wirkte.

»Ich hole dir frische Kleidung«, schlug ich vor und Layana nickte. Sie lehnte sich an das Waschbecken, als ich aus dem Badezimmer schlüpfte und direkt ihren Schrank anvisierte, der im Nebenzimmer stand.

Wahllos griff ich nach etwas Unterwäsche und einem Kleid, ehe ich zu ihr zurückkam und ihr dabei half, sich anzuziehen. Viel Hilfe brauchte sie eigentlich nicht, nur ein wenig Halt, da sie noch recht wacklig auf den Beinen war.

Kurz kniff sie die Augen zusammen, dann atmete sie tief ein und aus.

»Du hast noch Schmerzen«, stellte ich fest.

»Aber deutlich schwächere.«

Ein Klopfen an der Tür hielt mich davor ab, weiter zu fragen. Ich drehte den Kopf zu Layana und ich sah die Panik in ihren Augen.

»Wie ich bereits sagte, Adeen ist nicht unbemerkt geblieben«, murmelte sie. Ich reichte ihr die Hand, um ihr wieder zu helfen, doch sie lehnte ab und ging mit hocherhobenem Kopf aus dem Badezimmer.

»Gib sie mir«, sagte sie leise zu Malio und setzte sich neben ihm.

Wieder ein Klopfen.

»Ist alles in Ordnung? Wir haben gespürt, dass du dein Kind geboren haben musst!«, hörte ich eine tiefe Stimme an der Tür. War das Bedran oder Peredur? Ich konnte beide Stimmen nicht auseinander halten.

»Ich öffne die Tür. Sie werden nicht weggehen, nicht einfach so«, murmelte Malio leise und stand auf.

»Bleib bei ihr, ich mache das«, schlug nun Ciaran vor. Ich stellte mich vor meine Schwester und meine Nichte, dann sah ich zu, wie Ciaran zur Tür schritt und diese öffnete.

»Es ist unhöflich, so schnell eine junge Mutter besuchen zu wollen«, sagte Ciaran direkt und versperrte die Tür.

»Es ist auch Brauch, das der Rat das Kind als Erstes begrüßt. Noch vor dem Rest der Gemeinde«, herrschte Drystan ihn an. Venia schlüpfte unter Ciarans Arm hindurch und ging auf uns zu.

Kurz sah ich zu Adeen, die selig in den Armen ihrer Mutter schlummerte. Ich betete zu den Göttern, dass sie nicht die Augen öffnen würde. Dass sie den Besuch verschlafen würde.

»Junge oder Mädchen?«, fragte Eleyne, die Venia gefolgt war. Beide Frauen standen nun vor meiner Schwester, die neben dem blutverschmierten Bett saß, in dem sie eben ihr erstes Kind geboren hatte. Doch dieser Umstand schien niemanden zu stören oder gar zu beeindrucken.

»Mädchen. Sie heißt Adeen«, erklärte Malio und legte den Arm vor seine Tochter, sodass sie vor Blicken geschützt war.

»Gratuliere. Es ist schön, dass die nächste Generation mit ihr beginnt!«, sagte Venia mit einem warmen Lächeln. Mittlerweile hatte Ciaran es aufgegeben, die Tür versperren zu wollen und so standen nun auch Drystan, Bedran und Peredur im Raum.

Bedran warf einen angewiderten Blick auf das befleckte Bett und Layana hob eine Augenbraue.

»Ich habe vor nicht mal einer Stunde ein Kind geboren, ich bin noch nicht zum Aufräumen gekommen«, zischte sie ihm zu, doch ihre Worte waren keine Entschuldigung.

Es war eine Tatsache und ich musste lächeln.

»Ihr hättet euch auch mehr Zeit lassen können.«

»Und diesen bedeuteten Moment verpassen? Nein. Das ist schon gut so, wie es ist«, murmelte Venia und lehnte sich nach vorne, um einen besseren Blick auf Adeen erhaschen zu können. Ciaran hatte sich uns mittlerweile wieder genähert, stand neben mir und betrachtete die Ratsmitglieder skeptisch.

»Nun habt ihr sie ja gesehen und könnt wieder gehen. Es ist unhöflich, eine junge Familie zu bedrängen!«, erklärte er laut und deutete auf die Tür.

Eleyne seufzte laut auf.

»Eigentlich haben sie recht. Wir haben getan, was wir tun mussten. Jetzt können wir auch wieder gehen.«

Doch dann nieste Adeen und im Augenwinkel sah ich, wie sie ihre Augen öffnete. Venia zog scharf die Luft ein.

»Eine Korrigan!«

Eleyne wich sofort zurück, während sich Bedrans Gesichtsausdruck verfinsterte.

»Wie lange wisst ihr es schon und warum habt ihr es verheimlicht?«

»Das Kind muss sterben, soviel steht fest«, warf nun Peredur ein. Ein Frösteln ging durch meinen Körper.

»Das ist ein Baby, sie tut niemandem weh!«, mischte ich mich ein.

»Noch nicht. Aber jedes Monster wird größer und irgendwann gefährlich. So wie auch sie. Noch ist sie vielleicht harmlos, doch das wird sich ändern. Je älter sie wird, desto gefährlicher für unsere Art wird sie werden.«

Ich schluckte.

»Das ist doch veraltet. Korrigans haben auch ein Recht auf Leben«, sagte ich leise. Drystan musterte mich lange.

»So? Sie saugen unsereins das Leben aus, was für uns Nahrung ist, ist für sie die Seele einer Banshee. Also, ist sie wirklich harmlos? Fütterst du sie freiwillig mit deiner Seele?«, fragte er mich direkt und ich schluckte.

Viel wusste ich über diese Wesen nicht, nur eben das, was man sich erzählte.

Dass sie sich von unseren Seelen ernährten und dass jeder Korrigan in seinem Leben fünf Seelen zu sich nehmen musste, um nicht selbst zu sterben.

»Dennoch. Sie ist ein Baby. Ihr könnt nicht den Tod eines Säuglings fordern!«, sagte ich laut. Bedran musterte mich ungeniert.

»Doch, das können wir und das tun wir. Und das werden wir auch!«

»Nein!«, mischte sich nun Layana ein.

»Lasst die Finger von meinem Kind! Niemand wird ihr etwas tun, niemand!«

Verzweiflung lag in ihrer Stimme und ich konnte sie verstehen. Auch wenn ich nicht wusste, wie es sich anfühlte, in ihrer Haut zu stecken, so musste es schrecklich sein, zu wissen, dass jemand den Tod des eigenen Kindes wollte.

»Ihr werdet sie nicht anrühren«, mischte sich nun Ciaran ein.

»Wie konnte das überhaupt passieren?«, wollte Eleyne wissen.

»Unsere Verbindung wurde von Cathal abgesegnet. Wir wissen es nicht.«

»Lasst uns doch ihn fragen, bevor ihr ein Kind verurteilt! Fragt ihn und stellt ihn an den Pranger, nicht Adeen!«, verlangte ich.

Ciaran nickte.

»Ja, wir sollten ihn wirklich befragen. Wenn uns jemand eine Antwort geben kann, dann er.«

Ich wechselte einen langen Blick mit Layana und nickte ihr zu.

»Und wir kommen mit. Ich möchte wissen, wieso er sich so geirrt hat«, murmelte ich. Und vielleicht, ja vielleicht, hatte er sich ja auch bei Ciaran und mir geirrt? Kurz sah ich zu ihm und konnte nicht verhindern, dass ein Hoffnungsschimmer in meiner Brust wuchs.

»Gut, aber dann klären wir es. Dort vor Ort!«, entschied Drystan und deutete Layana und Malio, dass sie aufstehen sollten.

»Und ihr begleitet uns. Wir lassen euch nicht aus den Augen.«

Kapitel 28

Ich kam mir vor, als wäre ich eine Schwerverbrecherin. Flankiert von Bedran und Peredur ging ich neben Ciaran und meiner Schwester mit langsamen Schritten über die Straße.

Neugierige Blicken folgten uns und einige tuschelten. Als Adeen auch draußen die Augen geöffnet hatte und die ersten bemerkt hatten, dass sie feuerrot waren, war Panik ausgebrochen. Kollektive Panik.

»Wie kann das sein?«

»Sie müssen gelogen haben!«

»Dabei haben sie uns versichert, dass er sie abgesegnet hat!«

Diese Sprüche und noch mehr hallten durch die leere Straße. Vereinzelt hatten sich Banshees dem Zug angeschlossen. Ich warf einen Blick zu Layana, die verzweifelt ihr Baby an ihre Brust drückte.

»Keine Angst, ihr wird nichts geschehen. Das schwöre ich dir«, murmelte ich leise und legte meinen Arm um meine Schwester.

Ängstlich sah sie zu mir und schluckte.

»Das hoffe ich.«

So gerne hätte ich mit ihr über mehr gesprochen. Über mich und Ciaran. Doch das war in Anbetracht dieser

Situation unwichtig. Es war unwichtig, dass wir nicht zusammen sein durften, wenn das Leben meiner Nichte auf dem Spiel stand.

»Du hast unser Wort, wir werden auf euch achten«, murmelte Ciaran. Ich spürte seine Hand auf meinen Oberarm und kurz trafen sich unsere Blicke.

Sehnsucht lag in seinen Augen und auch ein kleiner Funke Hoffnung. Fast so, als teilte er meine Gedanken. Denn wenn Cathal sich einmal geirrt hatte, hatte er das bei anderen ebenfalls?

Ich bemerkte nicht, dass wir sein Haus erreicht hatten. Erst, als ich beinahe gegen Venia gelaufen war, kam ich zum Stillstand. Cathal stand bereits vor seiner Tür und betrachtete unseren Aufzug gelangweilt.

»Was soll das?«

»Verrate du es uns. Dieses Kind ist nicht wie wir. Und doch hast du ihnen deinen Segen gegeben. Weshalb?«

Cathal betrachtete meine Schwester lange, die instinktiv ihr Kind fester an ihre Brust drückte. Adeen wimmerte und weinte, doch beruhigte sich unter dem Streicheln ihrer Mutter schnell wieder.

»Vermutlich habe ich einen Fehler gemacht. Ich habe diese Arbeiten lange nicht mehr verrichtet.«

»Du hast einen Fehler gemacht? Du hast dich noch nie geirrt!«, herrschte Eleyne ihn an und ich zuckte zusammen. So kannte ich sie gar nicht. So laut und bestimmend. Doch so ernst wie sie aussah, schien es ihr auch zu sein.

»Sag uns, weshalb du dich getäuscht hast.«

»Das kann ich nicht, denn ich weiß es nicht.«

Drystan und Bedran tauschten beunruhigte Blicke.

»Wenn du dich einmal geirrt hast, hast du es vermutlich auch bei anderen. Wem hast du noch deinen Segen gegeben?«, wollte Peredur direkt wissen, doch auf Cathals Lippen erschien lediglich ein Lächeln.

»Vielen. Ich habe mir nicht alle Namen gemerkt, da es nicht von Bedeutung ist. Seht in euren Aufzeichnungen nach, dann wisst ihr es«, erklärte er gelangweilt. Er war seltsam ruhig dafür, dass er hier gerade dabei war, durch die Mangel genommen zu werden.

Im Augenwinkel bemerkte ich, dass Rian und Tadhg ebenfalls dazu stießen. Sie flankierten Peredur und Bedran, die ihnen zunickten.

»Festnehmen.«

Venia deutete mit einem Finger auf Cathal.

»Nehmt ihn fest. Wir werden ihn verhören müssen«, erklärte sie. Tadhg nickte und trat näher an Cathal, der ihn unbeeindruckt musterte.

»Ich komme aber nicht mit euch mit.«

»Zu wählen, steht dir nicht mehr zu«, warf nun Venia ein. Doch Cathal musterte sie lange und schüttelte den Kopf.

»Er ist schuld an der ganzen Sache! Er hat schuld daran, dass Layana dieses Monster geboren hat!«, mischten sich nun jene Banshees ein, die sich unserem seltsamen Aufzug angeschlossen hatten und die doch keine Bedeutung hatten. Langsam drehte ich mich um und schluckte hart. Es waren doch mehrere hier. Viel mehr. Mehr als ich erwartet hatte und fast erinnerten sie mich an einen kleinen Aufstand.

Layana traten Tränen in die Augen.

»Sie ist kein Monster«, murmelte sie. Ich musterte meine Nichte, von der ich lediglich den Hinterkopf sehen konnte. Sie sah nicht aus wie ein Monster. Konnte sie eines sein? Doch dann bewegte sich das kleine Bündel in den Armen meiner Schwester, drehte den Kopf und wandte sich in meine Richtung. Adeen öffnete die Augen und musterte mich neugierig. Konnte sie schon sehen? War das möglich? Ich hatte doch keine Ahnung von Babys und doch hatte ich das Gefühl, als würde sie mir tief in die Seele sehen.

»Das ist sie nicht. Monster werden nicht geboren. Monster werden erschaffen.« Dessen war ich mir sicher und als ich in die Gesichter der anderen Banshees blickte, wurde mir klar, dass hier gerade nicht Adeen das Monster war. Obwohl sie eine Korrigan war, war sie nicht gefährlich. Doch die anderen waren es. Jene, die so waren wie wir.

»Tritt hinter mich«, murmelte ich und schob meine Schwester hinter meinen Rücken. Ciaran trat sofort an meine Seite und warf mir einen Blick zu, der jeden Widerstand in mir zum Schmelzen brachte.

»Bringt das Kind um! Es ist ein Dämon!«, forderte jemand mit lauter Stimme. Eine Frau, die ich nur vom Sehen kannte. Wut brannte in mir hoch.

»Das ist es nicht! Es ist ein Baby. Ein unschuldiges Kind, das eben erst geboren worden ist und im Gegensatz zu allen hier noch nie etwas falsch gemacht hat!«, sagte ich laut.

»Gib es uns!«, forderte ein anderer Mann. Ich drängte Layana zurück, die jedoch sofort einen Schritt auf mich zumachte. Ich drehte mich um und schluckte. Wir waren eingekesselt. Hinter uns der Rat, vor uns die tobende Meute.

»Ich habe nicht vor, mich festnehmen zu lassen. Und ich stehe zu dem, was ich gesagt habe. Die Verbindungen, die ich geschlossen habe, sind richtig. Wer sollte es besser wissen als ich?«, fragte Cathal die Menge und ein Schauer lief über meinen Rücken.

»Wenn du diese Gabe nicht mehr besitzt, kann sich jeder einen Seher nennen!«, mischte sich Eleyne ein.

»Wie auch immer, das Kind! Es kann nicht hier sein! Es ist zu gefährlich«, sprach ein Mann, der auf uns zutrat.

»Nein. Geh zurück«, forderte ich den Mann auf und trat einen Schritt auf ihn zu. Der Mann ballte seine Hände zu Fäusten, während ich ihn genau musterte. Er war nur etwas größer als ich und doch deutlich kräftiger. Ich hatte ihn schon öfters gesehen, er verbrachte viel Zeit mit Tadhg und Rian. Meine Kehle wurde trocken. Wenn er viel Zeit mit ihnen verbrachte, dann war er bestimmt auch stark.

»Was glaubst du eigentlich, was du da tust?«, fragte mich Ciaran leise, als er neben mich trat und sich vor mich schob.

»Ich brauche deinen Schutz nicht!«, herrschte ich ihn an. Der Mann vor mir brach in schallendes Gelächter aus.

»Versteck dich nur hinter ihm! Doch das wird euch auch nichts bringen!« Ich schluckte und trat neben Ciaran, was diesen dazu veranlasste, mir einen bösen Blick zuzuwerfen.

»Misch dich nicht wieder in einen Kampf ein. Ich schaffe das. Lass mich dich beschützen, erlaube es mir«, murmelte er leise. Kurz wechselte ich einen Blick mit ihm und schluckte.

»Nur, wenn du auch auf dich aufpasst.« Ich war hitzköpfig aber nicht dumm. Dieser Kerl hier war stärker als ich und ich bezweifelte, dass ich auch nur den Hauch einer Chance gegen ihn hatte.

Ciaran trat nach vorne und stellte sich vor mich, während ich Layana mit meinem Körper abschirmte.

»Gib uns einfach das Kind.« Diese Stimme, sie kam mir schrecklich bekannt vor. Ich erstarrte, als ich Rian sah, der auf uns zuging. Sofort drehte ich mich so, dass ich Layana vor ihm schützte.

Er war selbstsicher und starrte uns an.

»Nein!«

»Es ist für alle das beste«, sagte er emotionslos, doch ich schüttelte den Kopf.

»Für alle? Auch für Adeen? Was ist für sie das beste?«, fragte ich ihn. Er hatte uns mittlerweile erreicht. Ich streckte meine Hände zur Seite und versuchte, mich breiter zu machen, als ich war. Im Augenwinkel bemerkte ich, dass Ciaran versuchte, den fremden Mann zurückzudrängen.

»Natürlich. Sie ist eine Fehlbildung der Natur und muss eliminiert werden«, erklärte er mit kalter Stimme. So wie ich ihn eben kannte – kalt und herzlos.

Besaß er überhaupt ein Herz? Ich biss mir auf die Unterlippe und verwünschte meinen Cousin, der so anders war als wir.

»Da ist Adeen bestimmt anderer Meinung. Jedes Kind hat ein Recht auf Leben. Auch sie. Sollen wir dich dann als Nächstes auslöschen, weil du nicht in die Gesellschaft passt? Weil du ein Eigenbrötler bist, der aus der Norm fällt?«, fragte ich ihn direkt.

»Das ist etwas anderes!«

»Ist es nicht! Du und Adeen, ihr seid gleich. Im Grunde genommen unterscheidet ihr euch nicht. Nur, dass du geduldet bist. Mehr nicht! Aber wirst du geliebt? Wirst du gemocht? Es gibt niemanden, der für dich einstehen würde! Weil du für niemanden einstehst! Ich dachte, dass du anders bist. Ich hatte Hoffnung in dich, aber du bist wohl genauso, wie es alle sagen!« Tränen brannten in meinen Augen. Rian schwieg und so blickte ich kurz zu Ciaran.

Ciaran und der andere Mann hatten eine Prügelei begonnen und ich stellte mit Entsetzen fest, dass das der Startschuss war, auf den die Menge gewartet hatte. Sie setzte sich in Bewegung und ich schrie auf, als ich Layana zurückdrängte. Es war mir egal, dass sie Venia zu Boden stieß und dass sie Bedran rammte. Das war mir alles egal. Panisch drehte ich mich zu Layana, in deren Gesicht blanke Angst geschrieben stand.

»Ins Haus!«, trieb ich sie an, doch sie war wie erstarrt.

»Layana!«

Noch immer bewegte sie sich nicht.

»Layana!«, wiederholte ich ihren Namen und sie blinzelte, ehe sie mich ausdruckslos ansah. Als hätte sie eben erst realisiert, dass ich sie angesprochen hatte.

»Ins Haus! Los!«, sagte ich erneut und folgte ihr, als sie nach hinten stolperte, sich umdrehte und zum Haus lief. Doch dann hielt ich inne, sah zur Seite und suchte den Platz nach Ciaran ab. Erleichtert stellte ich fest, dass er die Oberhand hatte und sein Gegenüber auf den Boden drückte.

Er nickte mir zu, rappelte sich auf und setzte sich in Bewegung. Ich wartete, bis er mich erreicht hatte, doch mit ihm kamen auch die anderen Banshees.

»Amaya!«, Layanas Schrei veranlasste mich dazu, mich umzudrehen. Mit weit aufgerissenen Augen sah ich, dass Rian sie erreicht hatte.

»Nein! Nimm die Finger von ihr!«, schrie ich und drehte mich am Stand. Ich hechtete nach vorne, obwohl ein Teil von mir wusste, dass ich nichts gegen meinen Cousin ausrichten konnte. Es war seine Bestimmung, stärker zu sein als andere. Damit er Seelen und Unruhestifter in Schach halten konnte. Und ich? Ich war nutzlos.

Tränen brannten in meinen Augen, als ich sie endlich erreicht hatte. Er hielt den Oberarm meiner Schwester fest und drückt zu, während er zu mir sah.

Doch dann weitete er die Augen, zog Layana und Adeen hinter sich. Ich blinzelte und im nächsten Augenblick steckte ein Messer in seiner Brust.

Verwirrt drehte ich mich um und sah direkt in die Augen einer jungen Frau, die noch immer in der Wurfposition verharrte.

Ohne es mitzubekommen, hatte ich sie erreicht und kniete mich sofort neben Rian, während Layana von Cathal ins Haus gezogen wurde.

»Rian! Was soll das?«, fragte ich ihn. Er zog das Messer aus seiner Brust und augenblicklich lief Blut hinterher. Mir wurde übel. Instinktiv versuchte ich meine Hand auf die Wunde zu drücken, doch Rian schüttelte den Kopf. Um uns herum liefen Banshees umher, stürmten nach vorne und doch schienen sie von uns keine Notiz zu nehmen.

»Nein. Es ist gut. Lass es gut sein. Ich habe es für Layana getan. Und für dich. Ich bin nicht so ein Monster, wie du immer dachtest. Ich bin mehr. Mehr als das.«

»Du bist Familie«, sagte ich leise und nahm seine Hand. Er drückte sie sanft und ließ sie sofort wieder los. Blut lief über sein Hemd, aus seinem Mund und er hustete. Ich schluckte.

»Du wirst wieder. Wir heilen«, sagte ich leise, doch Rian schüttelte den Kopf.

»Wir sind zwar unsterblich, aber wir können getötet werden. Das weißt du doch, das wissen alle. Nur, weil es so gut wie nie passiert, heißt es nicht, dass es nicht möglich ist«, murmelte er leise.

Die ersten Tränen liefen über meine Wange.

»Ich heile zu langsam.«

»Dann helfe ich dir«, sagte ich und legte meine Hände um seine Faust.

»Sieh nach Layana. Vielleicht sehen wir uns eines Tages wieder.«

»Amaya.« Es war Ciaran, der mich zurückzog und nach hinten riss. Gerade rechtzeitig, denn der nächste Schwall an Leuten fiel über uns herein. Manche machten sich die Mühe, Rian auszuweichen. Manche liefen über ihn, während seine Augen zufielen. Starb er? Sah so sterben aus? Ich wusste, wie Seelen aussahen, die zu uns kamen. Doch wie sie starben? Ich war nicht bei ihnen. Nicht wie Ciaran oder Layana.

Ich schluchzte, drehte mich zur Seite und legte für einen Moment meinen Kopf an seine Brust. Nur einen Moment.

Ich brauche nur ein paar Sekunden. Dann kann ich wieder funktionieren.

Dieses Mantra wiederholte ich in meinem Kopf. Ich spürte Ciarans starke Arme, die mich umschlangen und mich an ihn drückten. Er selbst hatte sich soweit an die Hausmauer zurück geschoben, wie es ihm möglich war.

»Ich muss zu Layana«, sagte ich, doch Ciaran schüttelte den Kopf.

»Sie ist fort. So wie Malio, Cathal und Adeen.«

Kapitel 29

Instinktiv riss ich meine Augen auf.

»Was meinst du damit? Sie sind fort? Weg? So wie schon einmal?«, fragte ich nach und Ciaran nickte.

»Als du bei Rian warst, war ich im Haus. Sie sind nicht mehr dort, es war leer. Und die Ratsmitglieder waren bewusstlos am Boden. Ich weiß nicht, was dort passiert ist, aber sie sind fort.«

Ich schluckte den dicken Kloß in meinem Hals hinunter. Instinktiv fuhr ich mir durch die Haare.

Der Aufruhr um uns herum, den bekam ich gar nicht mehr mit. Ich bemerkte nichts mehr. Der Lärm um uns herum, das Schreien.

Nichts. Alles war weg.

»Lass uns gehen«, murmelte ich. Ich vermied es, über meine Schulter zu sehen. Ich vermied es, Rian anzusehen. Alles wurde zu viel, alles wurde viel zu viel.

»Sie sind fort!«

»Was ist geschehen?«

»Venia! Eleyne!«

Ich hörte auch wie die Namen der anderen Ratsmitglieder gerufen wurden und krallte meine Finger in Ciarans Shirt.

»Komm«, murmelte er und legte den Arm um mich.

»Was glaubt ihr, wohin ihr gehen könnt? Wo ist deine Schwester? Wo ist das Balg?«

Ich drehte mich zur Seite und sah direkt in die Augen von Tadhg. Streng musterte er mich, als er schließlich nach meinem Oberarm griff. Er drückte zu und es schmerzte. Ich kniff die Augen zusammen und versuchte mich loszureißen. Doch vergebens.

»Lass sie los! Nimm deine dreckigen Finger von ihr!«, tobte Ciaran. Doch noch ehe er nach mir greifen konnte, wurde auch er gepackt. Von einem weiteren Ordner. Ulik, ich kannte ihn vom Sehen. Er war ein guter Freund von Rian gewesen.

Rian.

Mein Blick huschte zu der Stelle, an der noch immer sein lebloser Körper lag. Waren wir so einfach zu töten? Waren wir so sterblich, obwohl wir unsterblich waren?

Doch noch nie hatte es dieses Ausmaß an Gewalt in unserem Volk gegeben.

»Das ist deine Schuld. Deine und die deiner Schwester. Dafür wirst du büßen!«, zischte Tadhg, der meinem Blick mit seinem gefolgt war. Ein unangenehmes Kribbeln durchzog meinen Körper, als ich den Blick abwandte.

»Ich war es nicht, die das Messer warf. Und ich bin nicht über ihn gelaufen, als wäre er nichts weiter als Dreck«, murmelte ich. Aber ich musste nicht in die Gesichter seiner Freunde sehen, um zu wissen, dass sie mir nicht glaubten.

Sie brauchten einen Schuldigen und der war ich. Vielleicht auch Ciaran, aber wohl hauptsächlich ich.

»Halt deine Klappe, sei einfach still. Ich möchte nichts mehr von dir hören«, zischte mir Tadhg zu.

Mittlerweile war der Lärm weniger geworden, eine unbehagliche Stille breitete sich über uns aus. Ich zog die Luft ein, als Drystan und Bedran aus dem Haus traten. Ihnen folgten mehrere Banshees, die sich vor Cathals Haus versammelten. Ich sah zu Boden, als sie Rians Körper auswichen.

»Das hier ist nur die Schuld von Cathal. Er hat uns in diese Lage gebracht. Wer weiß, wie viele der Verbindungen, die er geschlossen hat, echt sind.«

»Sie sind alle weg. Habt ihr das nicht gespürt? Die Magie?«, mischte sich Arnemetia ein. Es überraschte mich, dass sie hier war und doch auch wieder nicht.

Ich versuchte in ihre Augen zu sehen, doch sie wich meinem Blick aus.

»Hier war so viel los, ich habe gar nichts gespürt«, brummte Ulik und Tadhg nickte neben ihm.

»Sie hat recht, alle weg. Alle, über die er gerichtet hat, sind fort. Sie sind mit ihm gegangen. Und noch mehr. Er hat viel mehr Banshees mit sich genommen, als er jemals hierher hätte bringen können«, sagte jemand anderes.

»Das ist eure schuld«, knurrte Tadhg neben mir. Ich biss mir auf die Unterlippe.

»Ich habe keinen Kampf begonnen. Ich habe keinen Aufruhr gestartet.«

»Lass sie in Ruhe, wenn du einen Schuldigen brauchst, dann nimm nicht jemanden, der nichts dafür kann«, mischte sich Ciaran an.

Drystan hob die Hand und alle Anwesenden verstummten.

»Wir laufen auf Sparflamme. Wer entbehrlich ist, bricht in die Menschenwelt auf. Bedran wird sich um die Einteilung kümmern, wer von euch sich um die Seelen der Verstorbenen kümmern wird und wer uns bei der Suche nach Cathal helfen wird.«

Tadhg verstärkte seinen Griff und ich verzog das Gesicht.

»Und was sollen wir mit denen hier machen? Sie haben ihnen helfen wollen.« Denen.

Am liebsten hätte ich ihm vor die Füße gespuckt, doch ein kleiner Teil von mir sagte mir, dass ich das besser lassen sollte.

»Wichtig scheinen sie nicht zu sein, denn er hat sie hier zurückgelassen«, sagte Bedran und blickte zu Drystan. Dieser neigte den Kopf und dachte einen Moment nach.

»Ins Verlies. Wir kümmern uns um sie, wenn wir die Zeit dafür haben. Tadhg, Ulik – bringt sie dorthin. Jetzt sofort.« Dann drehte sich Drystan zu Rians leblosen Körper. Ich wollte nicht hinsehen, ich konnte nicht hinsehen und kniff die Augen zusammen.

»Seine Familie soll ihn wegbringen und bestatten. Er hat unserem Volk große Ehre erwiesen. Wir werden ein Denkmal für ihn errichten.«

Und damit drehte sich Drystan weg, als wäre nichts gewesen. Als wäre hier nicht eben jemand von uns gestorben. Als wäre ihm alles egal.

Am liebsten hätte ich mich übergeben.

***

Ich war noch nie in den Kerkern unserer Welt gewesen. Oder eher unserer Stadt. Dass sich diese unter jenem Gebäude befanden, in dem wir unsere Arbeiten verrichteten, das war mir bekannt. Auch war mir bekannt, dass man, wenn man einmal hier unten war, nur recht selten wieder herausdurfte.

Meine Zelle war anders als ich es erwartet hatte. Sie war nicht besonders geräumig, doch ich hatte ein Bett, einen Stuhl und einen Tisch. Es lagen sogar ein paar Bücher auf dem Tisch, eines von ihnen hatte ein paar Lesezeichen. Wer wohl vor mir hier gewesen war? Die Wände waren dick und undurchsichtig. Nur dort, wo die Tür war, waren Gitterstäbe.

Licht gab es hier wenig, ein paar schwebende Kerzen erhellten den Raum und spendeten doch nur so viel Licht wie es nötig war.

»Ciaran?«, fragte ich leise und ging auf die Gitterstäbe zu. Ich wusste nicht, ob ich bereits Stunden oder erst Minuten hier war. Tadhg hatte mich in diese Zelle geworfen, die Tür hinter sich zugezogen und war gegangen. Genauso wie Ulik, der Ciaran eine Zelle weiter geschleppt hatte.

»Amaya.«

Ciarans Stimme ließ mich etwas lächeln. Er war mein Lichtblick in der Dunkelheit. So viel stand fest.

»Wie geht es dir?«

Einen Moment dachte ich über seine Frage nach, ehe ich mich an die Gitterstäbe setzte und mich an diese lehnte. Ich konnte ihn zwar nicht sehen, aber so fühlte ich mich ihm am nächsten.

»Um ehrlich zu sein ging es mir schon mal besser. Das alles ist ziemlich verworren und ich verstehe es nicht«, gab ich leise zu. Ciaran lachte und ich musste etwas lächeln.

»Ich verstehe es ebenfalls nicht. Denkst du, er hat sich auch bei uns geirrt?«

»Er irrt sich eigentlich nie.«

»Bei Layana und Malio hat er es offensichtlich getan«, warf Ciaran ein und ich seufzte.

»Ja. Aber das ist nicht die Norm.«

»Das sollten wir auch nicht sein.«

»Ich wünschte, es wäre so. Aber ich habe keine Kraft, um zu hoffen. Ich kann das nicht. Nicht nochmal«, gestand ich leise. Mein Blick war auf meine Füße geheftet und ich ließ die Schultern hängen.

»Es hat beim ersten Mal zu wehgetan«, fügte ich hinzu. Stille herrschte, ehe ich hörte, dass er sich räusperte.

»Das hat es, aber ich werde niemals aufhören, zu hoffen. Auf uns zu hoffen. Ich kann fühlen, dass du und ich zusammen gehören.«

»Ich hoffe so sehr, dass du recht hast.«

»Eigentlich solltest du wissen, dass ich das immer habe. Ich habe immer recht«, sagte er und ich hatte das Gefühl, als könnte ich ihn in seiner Stimme grinsen hören.

»Nicht immer«, konterte ich.

»Du wirst noch lernen, dass ich es habe. Wir sollten uns ausruhen, egal, was auf uns zukommt, es wird anstrengend werden.«

»Da hast du recht«, pflichtete ich ihm bei, doch konnte ich hier etwas Schlaf finden? Ich war mir nicht sicher. Und eigentlich, ja, eigentlich würde ich viel lieber in seinen Armen liegen, als hier allein in dieser kalten Zelle.

***

Irgendwie hatte ich doch einschlafen können. Doch ob ich nur für ein paar Minuten weggeschlummert war, oder ob es sich doch um Stunden gehandelt hatte, das wusste ich nicht. Müde blinzelte ich und rieb mir die Augen, als ich etwas hörte. Ich drehte mich um und sah zu den Gitterstäben.

»Amaya«, setzte Ciaran an, doch ich antwortete nicht. Hatte ich eben Schritte gehört? Ich lehnte mich nach vorne und versuchte irgendwie einen Blick zu erhaschen, doch das war nicht möglich.

Hätte ich eigentlich wissen sollen.

»Da kommt jemand«, fügte er hinzu und mein Herz raste. Ich stand auf und wartete. Kam der Rat, um über uns zu richten? Oder hatten sie anderes zu tun? Instinktiv biss ich mir auf die Unterlippe, doch dann hörte ich Ciaran erleichtert ausatmen.

»Es ist nur Owen.«

»Deine Begrüßung könnte herzlicher sein«, hörte ich ihn brummen. Auch durch mich fuhr eine Welle der Erleichterung.

»Nimm es nicht persönlich, aber nach den letzten Wochen und Monaten rechnet man mit dem Schlimmsten«, sagte Ciaran. Ich nickte, obwohl das niemand sehen konnte.

»Ich musste mit euch sprechen«, setzte er an. Neugierig hörte ich zu.

»Was ist draußen passiert?«

»Da bricht gerade das pure Chaos aus. Der Seelenbetrieb läuft auf Sparflamme und wer nicht eingesetzt ist, befindet sich in der Menschenwelt und sucht nach Cathal.«

»Warum bist du hier?«, fragte ich. Diese Schilderung überraschte mich nicht minder. Immerhin hatte Drystan so etwas angekündigt.

»Weil ich hoffe, dass ihr meinen Bruder vor den anderen findet.« Ich nickte. Malio. Owens jüngerer Bruder. Anders als Layana und ich hatten die Brüder dieselbe Gabe geerbt, beide waren Seelenseher.

»Wir können sie auch nicht finden, dafür bräuchten wir wieder diese Druidin.« Und selbst wenn sie ihre Kräfte noch hätte, dorthin brächten mich keine zehn Pferde mehr. Allein der Gedanke an Cayla reichte aus, um mein Blut zum Kochen zu bringen.

»Wie meinst du das?«, fragte Owen und ich schluckte. Bisher hatte ich das Geheimnis um das Amulett behüten können. Doch jetzt? Eigentlich war es auch schon egal. Und Owen und wir wollten dasselbe, oder nicht?

»Wir haben die Kette der Morrigan gefunden. Sie hat uns letztendlich zu Cathal, Layana und Malio geführt. Aber ihre Energie aufzuladen dauert und wir haben dieses Mal keine Möglichkeit, den Vorgang zu beschleunigen«, fasste Ciaran mit kurzen Worten zusammen.

»Interessant. Das Amulett, das verlorene Dinge aufspürt. Es soll über mehr Kräfte verfügen, als wir wissen. Die

Aufzeichnungen sind alt und diejenigen, die die alten Schriften lesen konnten, sind bereits nicht mehr unter uns«, klugscheißerte Owen.

»Ja, interessant. Nur weiß ich nicht, ob wir dafür Zeit haben«, murmelte ich.

»Wir haben ohnehin nichts zu tun. Wir sitzen hier fest, nicht wahr?«, meinte Ciaran und ich seufzte auf.

»Stimmt auch wieder.«

»Ich wollte euch befreien.« Damit hatte Owen nun wieder meine ganze Aufmerksamkeit.

»Kannst du das denn? Tadhg und Ulik haben uns hier hereingeworfen. Und wenn sie herausfinden, dass du uns wieder befreist, könnte das schlimme Konsequenzen für dich haben«, warf Ciaran ein. Ich nickte. Könnte ich mir sparen, da das niemand sah, aber ich tat es dennoch.

»Das ist zu gefährlich.«

»Ich tue es trotzdem. Der Rest der Banshees hat den Verstand verloren und mir würde niemand einfallen, dem ich sonst das Leben meines Bruders anvertrauen würde. Er hält viel von euch.«

»Ich kenne ihn kaum«, warf ich ein.

»Du bist die Schwester der Frau, die er liebt. Das reicht für ihn. Und wenn es für ihn reicht, dann reicht es auch für mich«, erklärte uns Owen.

Ich hörte, wie sich Gitterstäbe öffneten und ich mein Körper begann zu kribbeln. Anders als bei den Menschen brauchten unsere Zellen keine Schlüssel. Es reichte aus, sie mit Magie zu versiegeln. Man schloss und öffnete die Türen mit Magie.

Ciaran und Owen traten an meine Zelle und ich beobachtete, wie Owen die Hand auf die Vorrichtung legte und einen Wimpernschlag später schoben sich die Stäbe zur Seite und ich trat aus der Zelle.

Ciaran zog mich in seine Arme und drückte mich fest an sich. Ich flüchtete in seine Umarmung, lehnte den Kopf an seinen Körper und erlaubte es mir, diese kurze Nähe zuzulassen, nachdem sich meine Seele gesehnt hatte.

Owen räusperte sich.

»Ihr solltet gehen, bevor jemand bemerkt, dass ihr weg seid.«

»Komm mit uns«, sagte ich zu Owen, doch er schüttelte sofort den Kopf.

»Ich und die Anderswelt verlassen? Nein, das ist nichts für mich. Ich werde zurück zu meinen Arbeiten gehen, die Seelen brauchen mich und ich bin schon zu lange weg.«

Ich sah lange zu Owen und nickte ihm zu.

»Danke. Pass auf dich auf.« Langsam löste ich mich von Ciaran und musterte Malios Bruder lange. Ernsthaftigkeit legte sich um seine Gesichtszüge, während er zwischen Ciaran und mir hin und her sah. Owen sah mir tief in die Augen.

»Bringt mir Malio zurück. Das ist alles, was für mich wichtig ist.«

Kapitel 30

Mein Blick lag auf Ciaran, ehe ich mich wieder Owen zuwendete. Dieser musterte uns lange und stieß einen langen Seufzer aus.

»Ich habe euch seit ein paar Wochen nicht mehr gesehen. Ihr wisst nicht, wie ihr die Zellen verlassen konntet«, sagte er und ich nickte langsam. Mir war klar, dass wir ihn im Falle des Falles schützen mussten.

»Klar. Geh, wir kommen bald zurück«, sagte Ciaran und nickte Owen zu. Dieser erwiderte diesen Gruß, ehe er sich im Gang kurz umsah, sich umdrehte und mit schnellen Schritten in jene Richtung ging, aus der er wohl gekommen war.

Ich sah ihm lange nach, doch Ciarans Berührung veranlasste mich dazu, mich ihm wieder zuzudrehen.

»Und jetzt?«, fragte ich leise. Ciaran zuckte mit den Schultern.

»Jetzt gehen wir, bevor uns hier draußen jemand erwischt. Auch wenn ich nicht glaube, dass irgendjemand kommt und nach uns sieht«, murmelte er. Ich nickte zustimmend.

»Und wohin?«

»In die Menschenwelt«, beantwortete er meine Frage, doch ich runzelte die Stirn.

»Nein, wohin in die Menschenwelt. Sie ist groß, mindestens so groß wie unsere Welt. Aber irgendwo müssen wir ja anfangen.«

»Wir werden dort starten, wo wir Cathal und Layana gefunden haben«, sagte Ciaran. Ich bezweifelte, dass sie sich dort noch aufhielten. Doch welche Wahl hatten wir schon? Eine Suche nach ihnen war wie die Suche nach der Nadel im Heuhaufen. Ich trat einen Schritt zurück, als Ciaran mit ausgestreckten Händen das Portal öffnete und sich zu mir umdrehte.

»Nimm meine Hand, wir gehen zusammen.«

Ohne etwas darauf zu sagen, reichte ich ihm meine linke Hand. Sofort umschlossen seine Finger die meinigen und ohne nachzudenken durchschritten wir das Portal.

Einen Wimpernschlag später normalisierte sich die Energie um uns herum und als ich einen kurzen Blick über meine Schulter warf, stellte ich fest, dass das Portal verschwunden war. Die Lagerhalle lag genauso einsam und verlassen vor uns, wie wir sie schon einmal vorgefunden hatten.

»Denkst du wirklich, dass sie hierhin zurückgekommen sind?«, fragte ich skeptisch und konzentrierte mich. Doch dieses Mal spürte ich das zarte Ziehen der Magie nicht, hier lag nichts in der Luft.

»Wenn sie wirklich hier sind, dann verbergen sie sich gut«, sagte ich und trat näher an die Wände. Cathal hatte hinter diesen Wänden schon einmal eine Zwischenwelt erschaffen, in der er sich versteckte. Das konnte er bestimmt auch ein zweites Mal machen.

»Er ist nicht allein. So viel Magie kann man nicht spurlos verbergen. Das ist nicht möglich, nicht mal für ihn«, sagte er und ich runzelte die Stirn.

»Warum ist er eigentlich so stark? Andere Banshees können es auch nicht. Du kannst es nicht und ich auch nicht«, schlussfolgerte ich und warf ihm einen langen Seitenblick zu. Oder verheimlichte er mir etwas? Das wäre schließlich nicht das erste Mal gewesen.

»Ich weiß es nicht.«

Eine ehrliche Antwort, die uns auch nicht weiter brachte. Ciaran warf einen Blick nach oben in die erste Etage und deutete mir, dass er sich oben umsehen würde. Ich blieb unten zurück und sah mich aufmerksam um. Hier hatte sich nichts verändert.

Die Wände waren noch immer genauso trostlos und grau, ebenso wie sich hier nichts befand. Nicht mal ein Stuhl oder ein Tisch, kein Karton, keine Schränke. Nichts. Hier war es wirklich verdammt leer.

»Hier oben ist auch nichts«, sagte Ciaran, als er nach etlichen Minuten wieder über die Metallstufen zu mir hinunter kam.

»Vielleicht spüren wir es auch nicht mehr, weil das Amulett nicht funktioniert«, murmelte ich. Vorsichtig zog ich die Kette aus meinem hohen Ausschnitt heraus und betrachtete den grünen Anhänger missmutig.

Dieses Ding half uns auch nicht weiter.

»Cathal hat mir erzählt, dass Morrigan unserem Volk diese Kette als Geschenk gemacht hatte. Angeblich war sie eine von uns und hat uns unsere Fähigkeit, mit unserer Stimme viel ausrichten zu können, damit geschenkt.«

»Das stimmt.«

Ich erschrak und drehte mich zur Seite. Garrick stand neben uns und blickte ernst zu uns hoch. Wo war er eben hergekommen?

»Ist eine alte Geschichte, auch unter uns Leprechauen. Aber die Banshees haben ihre Geschichte schon längst vergessen.«

»Wir müssen die Menschen nicht mehr vor ihrem Ableben warnen«, sagte ich. Denn das war der Hauptgrund für unsere Wehklagen gewesen. Wir konnten uns mit unserer Stimme auch verteidigen, indem wir Glas zerbrechen konnten, doch das brachte uns nichts. Immerhin waren die Banshees noch nie in einem Krieg der Anderswelt verwickelt gewesen.

Wir hatten unsere eigenen Aufgaben, denen wir nachgehen mussten.

»Als Morrigan starb, hatte sie mit ihrem letzten Schrei das Amulett zum Glühen gebracht. Doch welche Fähigkeit sie ihm damit verliehen hat, das ist nicht bekannt. Seither sind die Banshees verstummt.«

Ich nickte. Davon hatte ich gehört.

»Was tust du überhaupt hier?«, fragte Ciaran ihn und ich blinzelte. Diese Frage hatte ich ganz vergessen.

»Euch helfen. Ich habe hier in den letzten Tagen mehr von euch gesehen, als es mir gefällt. Und Todesfeen sind nicht gerade meine Lieblingswesen, das müsst ihr wissen.«

»Charmant wie eh und je«, stellte Ciaran fest. Garrick schnaubte.

»Auf dich könnte ich sowieso verzichten.«

»Hast du Layana gesehen?«, unterbrach ich den Streit mit einer Frage, die mir auf der Zunge lag. Doch der Leprechaun schüttelte den Kopf.

»Nein. Nur etliche, die nach ihr fragen. Du bist nicht die erste. Stimmt es, dass sie eine Korrigan zur Welt gebracht hat?«, wollte er wissen. Sofort schrillten in meinem Kopf alle möglichen Alarmglocken.

Ich kniff die Augen zusammen.

»Ich habe ihr versprochen, dieses Kind mit meinem Leben zu beschützen«, murmelte ich. Doch Garrick winkte ab.

»Das war nicht die Frage. Ich will wissen, ob die Gerüchte stimmen«, sagte er und blickte mich direkt mit seinen hellen Augen an. Es war mir fast, als könnte er direkt in meine Seele sehen.

Ich seufzte auf.

»Es stimmt. Aber weshalb es passiert ist, das ist unbekannt.«

»Naja, sie hat ein Kind mit jemandem bekommen, dessen Seele nicht zu ihr gehört hat. Das weißt du ja eigentlich«, klärte er mich auf. Ich verdrehte die Augen.

»Ja, das weiß ich. Aber Cathal hat ihnen versichert, dass das nicht der Fall sein sollte. Er hat ihnen gesagt, dass ihre Verbindung richtig sei«, gestand ich ihm und Garrick musterte mich lange.

Dann zuckte er mit den Schultern.

»Dann hat er wohl einen Fehler gemacht. Macht jeder mal. Wie auch immer«, sagte er und ich räusperte mich.

»Und du willst uns helfen, Cathal zu finden?«, fragte Ciaran ihn. Er war neben mich getreten und ich spürte seine

Hüfte, die meine berührte. Ein Schauer jagte über meinen Rücken und ich lächelte. Garrick beobachtete uns angewidert.

»Habt es also auch endlich geschafft und verstanden, dass ihr auf einander steht. Das habe ich in dem Moment gemerkt, als ihr durch die Tür gekommen seid«, meckerte er uns an. Ich verdrehte die Augen.

»Lass uns lieber über das sprechen, weshalb du hier bist«, wendete ich ein. Es fühlte sich seltsam an, mit einem Leprechaun über unser Liebesleben zu sprechen. Wobei Liebesleben übertrieben war – hatten wir überhaupt eines? Ich warf Ciaran einen langen Blick zu, doch dieser ließ Garrick nicht aus den Augen.

»Wie willst du uns helfen?«, fragte er nun wieder. Garrick schnaubte.

»Ich habe keine zweite Kette, falls du das meinst.«

»Das war nicht die Frage«, erwiderte Ciaran. Garrick zuckte mit den Schultern.

»Ich habe eure Energie gespürt und sofort erkannt. Also bin ich euch gefolgt.«

Ein ungutes Gefühl überkam mich.

»Also könnten auch die anderen spüren, dass wir hier sind«, fasste ich zusammen und sah hoch zu Ciaran.

»Wenn du uns spüren kannst, kannst du dann auch Layana spüren?«, fragte ich direkt nach. Garrick neigte den Kopf.

»Nein. Das habe ich aber auch nicht, als ihr sie das erste Mal gesucht habt.«

Mist.

»Also befinden sie sich wieder in einer eigenen Zwischenwelt«, mutmaßte Ciaran. Ich nickte. Natürlich taten sie das – ansonsten wären sie wohl schon längst gefunden worden.

»Wir sollten woanders weitersprechen, bevor ihr noch andere Banshees herlockt«, schlug Garrick vor.

»Da hast du recht. Nur weil sie unsere Magie nicht direkt erkennen können, können sie uns dennoch folgen.« Mein Kopf schwirrte.

»Und wo könnten sie sich aufhalten? Ohne das Amulett können wir sie kein zweites Mal finden und dieses Mal können wir nicht darauf hoffen, dass eine liebeskranke Druidin uns hilft«, murmelte ich und dachte kurz an Cayla. Mir wurde übel, als ich an ihren Kuss mit Ciaran dachte und schob diese Erinnerung schnell zur Seite. Ciaran drückte sanft meine Hand.

»Wir fangen mit ein paar Stätten an, an denen Druiden Magie gewirkt haben. Magische Orte ziehen unsereins an«, schlug Ciaran vor und ich nickte.

»Dann sollten wir bei Stonehenge beginnen.«

Kapitel 31

Überrascht sah ich zwischen Garrick und Ciaran hin und her.

»Dort war ich tatsächlich noch nie.«

»Du warst auch bis vor kurzem noch nicht in der Menschenwelt«, stellte Garrick schamlos fest. Mit heißen Wangen schwieg ich. Da hatte er leider recht und doch hatte man selbst in der Anderswelt von diesem Ort gehört. Er sollte voller Magie sein und vor etlichen Jahren hatten die Götter dort ihr Portal in die Menschenwelt. Als man sie noch gesehen hatte, selbst uns blieben sie verborgen.

Ciaran griff nach meiner Hand, drückte diese sanft und sah mir tief in die Augen.

»Mir wäre eigentlich wohler, wenn du hier bleiben würdest«, sagte er. Verwirrt hob ich eine Augenbraue.

»Und wieso?«

»Es könnte gefährlich sein. Stonehenge zieht alle möglichen Kreaturen an. Nicht nur unsereins«, erklärte er leise. Ich sah, wie Garrick neben uns die Augen verdrehte.

»Ihr geht mir jetzt schon auf die Nerven.« Ich seufzte auf.

»Das war nicht unsere Absicht«, beteuerte ich und sah zu Garrick. Dann blickte ich zu Ciaran.

»Sie sollte wirklich hier bleiben.« Es überraschte mich, dass sich auch Garrick auf Ciarans Seite geschlagen hatte.

»Und wieso? Ich bin nicht so nutzlos, wie ihr vielleicht denkt! Ich kann genauso gut helfen!«, beharrte ich und verschränkte die Arme vor der Brust.

»Mir wäre wohler, wenn du hier sein würdest«, sagte Ciaran und blickte zu Garrick.

Dieser nickte.

»Mir ebenso. Layana bringt mich um, wenn ich ihre Schwester in Gefahr bringe«, sagte Garrick. Wann genau hatte er sich auf Ciarans Seite geschlagen und wieso auf einmal?

»Das alles ändert aber nichts daran, dass ihr zwei gehörige Nervensägen seid. Eigentlich hatte ich gehofft, dass das aufhört, wenn ihr einander findet. Aber da habe ich wohl falsch gedacht«, brummte Garrick und schnaufte laut. Der rothaarige Leprechaun verschränkte die Arme vor der Brust.

»Ich bleibe garantiert nicht hier, wenn ihr nach Stonehenge geht. Mal abgesehen davon, dass ich nicht in Sicherheit gebracht werden muss, wollte ich Stonehenge schon immer einmal sehen!«, sagte ich. Dann drehte ich mich zu Ciaran.

Ciaran war deutlich auf meine Sicherheit versessen, was einerseits zwar nett war, aber andererseits konnte ich auf mich selbst aufpassen.

Hatte ich das noch nicht genug unter Beweis gestellt?

»Bitte. Lass mich nicht zurück«, flehte ich leise und legte meine linke Hand auf seine Brust. Ich spürte, wie sein Widerstand langsam bröckelte und als ich mich auf die Zehenspitzen stellte und ihm einen Kuss auf die Wange hauchte, seufzte er ergeben.

»Dein Ernst? So schnell knickst du ein?«, fragte Garrick uns bestürzt, doch Ciaran hob zur Verteidigung die Hände.

»Amaya kommt mit uns. Dort kann ich wenigstens ein Auge auf sie haben.«

»Das könntest du aber bereuen, wenn es gefährlich wird. Lassen wir sie hier«, brummte Garrick und ich rollte mit den Augen. Ciaran konnte ich vielleicht bezirzen, doch Garrick? Da hatte ich keine Chance.

»Zwei Stimmen gegen eine, du wurdest überstimmt!«, behauptete ich und Garrick schnaufte laut.

Ich sah hoch zu Ciaran und hauchte ein »Danke« in seine Richtung.

Mit ausgestreckten Händen musterte Garrick uns und erst jetzt bemerkte ich, dass er bereits ein Portal eröffnet hatte. Dieses zeigte direkt auf einen der riesigen Steine, die Stonehenge bildeten.

Voller Vorfreude ging ich einen Schritt nach vorne und zog Ciaran mit mir mit.

»Komm, ich möchte die Steine sehen. Ich habe schon so viel über sie gelesen!«, sagte ich laut und schenkte ihm ein Lächeln. Unsicher erwiderte Ciaran es. Wieder rollte Garrick mit den Augen und war der Erste, der durch das Portal schritt. Ohne zu zögern folgte ich ihm und war überrascht, als Wind mir durch die Haare fuhr und sie hin und her wehte. Ich ließ Ciarans Hand los und schob sie hinter mein Ohr.

»Wow«, murmelte ich und sah mich staunend um. Wir waren in der Mitte des Gebildes herausgekommen. Ich drehte mich einmal um meine eigene Achse und prägte mir jeden der Steine direkt ein.

»Das ist atemberaubend«, murmelte ich und drehte mich noch einmal.

»Ja, ich bin gerne hier.« Ich nickte, das konnte ich wirklich nachvollziehen. Auch Garrick musste diese Verbindung zu dem Ort spüren, der vor Magie geradezu strotzte.

»Die Götter waren zu gnädig zu den Menschen«, murmelte Ciaran. Er schob die Hände in die Hosentaschen und beobachtete mich dabei, wie ich mich genau umsah.

»Findest du? Sie waren großzügig«, erwiderte ich. Jeder wusste, dass die Götter dieses Gebilde errichtet hatten, als sie diese Welt zum ersten Mal betraten. Als Schnittpunkt zu unserer Welt hatten sie die Steine nicht beseitigt, so wie sie es an vielen Orten der Welt getan hatten.

»Nein, zu gnädig. Wenn du mehr Zeit hier in dieser Welt verbringen würdest, würdest du verstehen, weshalb selbst wir uns in die Anderswelt zurückgezogen haben und sie ihr eigenes Ding machen lassen«, erklärte er mir leise. Ich nickte und sah zu Garrick, als dieser sich räusperte.

»Habt ihr euch genug unterhalten? Wir haben eine Mission! Und ihr steht nur da und schwatzt!«

»Niemand hat dich eingeladen, du hast von selbst beschlossen, dich uns anzuschließen«, schoss Ciaran dagegen.

»Da hat er leider nicht ganz unrecht. Aber ich weiß, was du meinst.«

Garrick verdrehte die Augen.

»Schön. Aber vom Stehen und Sightseeing machen kommen wir nicht weiter.«

Langsam nickte ich, zog es jedoch vor, nichts mehr zu sagen. Stattdessen blickte ich mich nochmals um, doch dieses Mal fokussierte ich mich auf andere Dinge.

Statt mir die verschiedenen Steingebilde anzusehen, versuchte ich nun die Magie dahinter zu erkennen. Sie lag in der Luft, zweifelsohne. Ich spürte jede Pore von mir auf sie reagieren, mein ganzer Körper kribbelte und selbst das Amulett um meinen Hals wurde heiß. Doch als ich meine Hand um es legte, spürte ich nichts weiter als den Stein, den ich sonst ertastete, wenn ich es berührte.

»Das hier ist Zeitverschwendung, wir werden keine Spuren finden«, brummte Ciaran und trat einen Schritt von mir weg.

Erst jetzt fiel mir etwas auf und eine Gänsehaut jagte über meinen Körper.

»Ich dachte, dieser Ort ist immer von Menschen besucht«, murmelte ich leise und sah mich erneut um. Sie konnten uns zwar nicht sehen, doch andersherum war das durchaus möglich. Menschen hatten nicht die Kraft, sich vor uns zu verbergen. Hatten sie nie und würden sie auch nicht haben.

»Eigentlich schon. Es ist nur selten so, dass hier niemand ist«, pflichtete Ciaran bei. Auch er sah sich beunruhigt um.

»Nun, nachts kommt das durchaus vor«, meinte Garrick. Verwirrt sah ich zu ihm.

»Aber es ist nicht Nacht. Die Sonne neigt sich zwar langsam dem Horizont zu, doch sie scheint noch hell und kräftig.«

Ciaran trat neben mich und griff nach meiner Hand. Ohne dass ich wusste, wie mir geschah, zog er mich hinter sich.

»Hast du uns eine Falle gestellt?«, fragte er Garrick mit fast atemloser Stimme. Es war nur ein Flüstern, das vom Wind aufgenommen wurde und über den Hügel getragen wurde.

Mein Körper versteifte sich.

»Das würde er niemals tun. Er ist ein Freund von Layana«, murmelte ich. Instinktiv drückte ich Ciarans Hand, doch er sah nicht minder so optimistisch aus, wie ich es gerne sein wollte.

»Du musst dich irren, Ciaran.«

Garrick betrachtete uns und seufzte.

»Ich habe dir doch gesagt, dass du sie nicht mitnehmen sollst. Und wegen Ellie habe ich noch eine Rechnung mit dir offen gehabt, Banshee«, brummte Garrick in unsere Richtung. Er fixierte Ciaran ernst und ein Schauer jagte über meinen Rücken.

»Du hast uns wirklich reingelegt«, stellte ich leise fest. Hatte sich die Luft um uns verändert? Ciaran schob mich noch weiter hinter sich, doch ich hatte die Befürchtung, dass uns das nicht helfen würde.

»Das geht nicht gegen dich, Amaya. Du bist wirklich in Ordnung.«

»Und wir waren so dumm und haben dir vertraut«, murmelte ich und konnte nicht verhindern, dass sich Tränen in meinen Augen sammelten.

»Ich dachte, du wärst unser Freund! Und Layanas!«

Garrick schüttelte wild den Kopf.

»Das bin ich auch. Aber mit diesem Abschaum möchte ich nichts zu tun haben und wenn du klug bist, Amaya, dann gehst du jetzt und führst ein Leben ohne ihn. Er bringt nur Leid. Er bricht nur Herzen und deines ist das nächste!« Heiße Tränen brannten in meinen Augen, als ich wild entschlossen den Kopf schüttelte.

Selbst wenn ich wollte, ich konnte nicht gehen. Hatte Garrick schon vergessen, dass ich mir die Fähigkeit, wie man ein Portal öffnet, nicht beigebracht hatte?

Ich hätte sie mir in der Zeit aneignen sollen, in der ich auf Layana, Cathal und Ciaran gewartet hatte.

»Aber ich liebe ihn. Ich gehe nicht«, murmelte ich leise und beobachtete, wie Garrick mit dem Kopf schüttelte. Er ging langsam zurück und senkte das Haupt.

Ich zuckte zusammen, als ich Schatten an den Steinen entlanghuschen sah. Was passierte hier? Panik ergriff mich und ich rückte näher an Ciaran heran.

»Die Schatten«, murmelte ich leise und sah dann wieder zu Garrick.

»Du kannst mit mir kommen«, sagte dieser. Ein Portal erschien hinter ihm und er ging langsam rückwärts. Dieser Feigling haute ab.

Er hatte uns in Schwierigkeiten gebracht und verzog sich nun.

»Nein. Ich bleibe. Und das, was du hier getan hast, das werde ich dir niemals verzeihen! Niemals!«, sagte ich laut und fuhr mir mit den Händen über die Augen. Garrick senkte den Kopf.

»Damit kann ich leben, denn jetzt bin mit diesem Arschloch wenigstens quitt«, murmelte er und deutete auf Ciaran.

Dann trat er einen weiteren Schritt zurück, durchquerte das Portal, das sich direkt nach ihm schloss.

Er ließ uns allein und die Schatten vermehrten sich von einer Sekunde auf die andere.

Sie bedeckten die Steine des Gebildes und ich schluckte.

»Lass uns verschwinden«, murmelte ich leise und wandte mich zu Ciaran. Doch es war zu spät. Als er die Hand ausstreckte, stürzten die Schatten auf ihn zu und ich schrie auf, als sie auch mich bedeckten und in völlige Dunkelheit hüllten.

Kapitel 32

Alles um mich herum war schwarz. Ich sah nichts, weder die Hand vor meinen Augen noch irgendeinen Lichtpartikel. Alles war düster und als ich mich versuchte, zu bewegen, bemerkte ich, dass ich es nicht konnte. Nur meine Augen konnte ich öffnen und schließen, doch das brachte keinen Effekt, da ich mich in völliger Dunkelheit befand.

Ich versuchte die Lippen zu bewegen, doch auch das gelang mir nicht. Wie lange war ich schon in diesem Zustand? Tränen sammelten sich in meinen Augen und ich schloss die Augen, als mich eine Welle der Müdigkeit überrollte.

Ich war so müde. Müde zu leben, müde weiterhin meine Schwester zu suchen. Das Leben ließ mich ermüden.

***

Wieder öffnete ich die Augen und bemerkte, dass sich die Dunkelheit langsam lichtete. Einzelne Lichter waren zu erkennen und dann, einen Moment später, ließ mich los, was auch immer mich umklammert gehalten hatte.

Augenblicklich konnte ich mich wieder bewegen. Leben kehrte wieder in meine steifen Glieder zurück und das Licht war wieder völlig um mich. Ich erkannte Personen, die mich musterten und sofort drehte ich meinen Kopf zur Seite, suchte nach Ciaran. Doch ich sah ihn nicht. Stattdessen lehnten mir fremde Personen über mich und musterten mich.

»Du hast dieses Mal die richtige Frau gebracht«, hörte ich eine mir bekannte Stimme sagen. Ich blinzelte und richtete mich auf. Erst jetzt bemerkte ich, dass ich tatsächlich auf dem Boden gelegen hatte.

»Was ist hier los?«, fragte ich und setzte mich auf. Niemand hielt mich zurück und die Personen wichen eher zurück. Es waren eine Frau und drei Männer, die allesamt feuerrote Augen hatten. Ein ungutes Gefühl überkam mich. Das waren keine Banshees, vor mir standen Korrigans.

»Ihr verschreckt mir Amaya ja noch. Dabei haben wir ihr so viel zu verdanken. Ihr und diesem Jungen«, hörte ich die mir bekannte Stimme wieder sagen.

Nun traten zwei Männer zur Seite und als ich Cathal bemerkte, der auf mich zuging, zog ich scharf die Luft ein.

»Cathal?«, fragte ich leise und Hoffnung schwang in meiner Stimme mit.

»Wie er leibt und lebt. Wir haben dich gefunden.«

»Eigentlich hatten wir nach dir gesucht. Nach dir und den anderen«, murmelte ich leise. Ich musterte die Wesen neben ihm erneut, doch obwohl er sich in ihrer unmittelbaren Nähe befand, wich er nicht zurück.

»Wo ist Ciaran? Und wo ist Layana?«, wollte ich direkt wissen.

»Ciaran? Den hätte ich fast vergessen.« Er wandte sich an die Frau und erst jetzt fiel mir auf, dass sie äußerst hübsch war. Sie hatte dunkelbraunes Haar, das ihr in dicken Locken über den Rücken fiel. Es war so lang, dass es ihr bis zu den Hüften reichte.

»Briana, bring ihn hierher. Vielleicht ist sie ruhiger, wenn er bei ihr ist. Ich brauche hier keinen Aufstand«, sagte er und deutete der Frau, dass sie gehen sollte. Ich biss mir auf die Unterlippe.

»Und Layana?«

»Ist hier bei den anderen, die sich mir angeschlossen hatten. Du solltest allerdings wissen, dass hier die Zeit noch schneller vergeht, als du es gedacht hättest. Deine Nichte ist bereits mehrere Monate alt«, erklärte er mir. Ich blinzelte.

»Wieso?«, fragte ich und er musste breit grinsen.

»Nun ja, das war notwendig. Ich habe mehrere Schwangere hier und ich wollte die Sache etwas beschleunigen, wenn du verstehst, was ich meine.«

»Du meinst, wenn sie dich finden«, sagte ich und stand nun völlig auf. Ich sah zu ihm hinab, doch er zuckte mit den Schultern.

»Das werden sie nicht. Ich habe mir große Mühe gegeben, dass wir hier nicht gefunden werden. Das kann ich dir versichern«, brummte er.

»Amaya! Da bist du ja!«

Ciaran hatte mich gesehen, bevor ich ihn entdeckt hatte. Sofort ging ich auf ihn zu und schlang meine Arme um ihn. Er zog mich an sich und strich mir über den Rücken.

»Geht es dir gut?«, fragte er mich leise und sah mir tief in die Augen. Ich erwiderte diesen Blick und für einen kurzen Moment gab es nur ihn und mich. Sonst niemanden.

»Ja, jetzt geht es mir wieder gut. Jetzt bin ich bei dir«, sagte ich leise und wandte mich wieder Cathal zu.

»Ich möchte meine Schwester sehen!«, sagte ich mit bestimmter Stimme.

Die Frau neben ihm kicherte.

»Was du willst, ist uns hier allen egal. Das kann ich dir gleich vorab verraten!«

Ich kniff die Augen zusammen.

»Mit dir spreche ich aber nicht«, sagte ich zu der Frau, die er mit Briana angesprochen hatte. Die Braunhaarige zuckte mit den Schultern.

»Ist mir auch egal.«

»Wieso sind sie hier?«, fragte Ciaran und deutete auf die Korrigan. Er sprach aus, was ich wissen wollte und doch nicht gefragt hatte, da andere Dinge von höherer Priorität für mich waren.

Wie sein Wohl und das meiner Schwester.

»Weil auch sie Wesen sind, die man anhören sollte und die missverstanden sind.«

»Was meinst du?«, fragte Ciaran ihn leise. Ein ungutes Gefühl machte sich in meiner Brust breit.

»Du lässt Frauen absichtlich diese Kinder bekommen«, stellte ich mit brüchiger Stimme fest.

Cathal grinste breit.

»Endlich hat jemand von euch verstanden, was wirklich geschieht.«

»Wieso?«, fragte Ciaran leise.

Cathal zuckte mit den Schultern.

»Wieso nicht? Das ist hier eher die Frage«, konterte er.

Ciaran drückte meine Hand sanft und ich schluckte.

»Also schließt du absichtlich falsche Bündnisse.« Alles in meinem Kopf drehte sich. Also war es wirklich möglich, dass Ciaran und ich zusammengehörten? Ich biss mir auf die Unterlippe.

»Wo ist Layana?«, wollte ich wissen. Ich musste sehen, dass es ihr gut ging. Ich musste wissen, dass ihr nichts geschehen war. Und dass es meiner Nichte an nichts fehlte.

»Du wirst sie noch früh genug sehen.« Täuschte ich mich, oder war seine Stimme anders? Ich runzelte die Stirn.

»Sag uns, was hier gespielt wird!«, fuhr Ciaran ihn an. Cathals Lächeln erstarb, als er sich näher zu uns lehnte.

Er schien nachzudenken und runzelte die Stirn. Dann wurde mir eines klar.

»Du bist nicht Cathal.«

Ciarans Kopf drehte sich schnell zu mir und er hob eine Augenbraue. Doch als er und ich zu Cathal blickten, brach dieser in Gelächter aus.

»Du bist tatsächlich die erste, die das bemerkt. Glückwunsch. Damit bist du schlauer als der Rest eurer Sippschaft.«

Mir wurde flau im Magen und ich spürte, wie Ciaran mich erneut hinter sich zog. Die Korrigans uns gegenüber betrachteten mich interessiert.

»Wer bist du?«, fragte ich leise. Meine Stimme war kaum noch ein Flüstern und ich wusste nicht, ob ich für die Antwort bereit war. Es gab einige Namen, die ich in diesem Kontext wirklich nicht hören wollte. Denn obwohl es lange keinen Krieg mehr gegeben hatte, war auch die Anderswelt nicht frei von Unruhestiftern.

»Ratet.«

Ich schluckte und schüttelte den Kopf.

»Sag es uns einfach«, murmelte ich und das Grinsen auf seinem Gesicht wurde breiter. Und dann veränderte sich seine Gestalt. Er wuchs und schob sich auseinander, wurde breiter und muskulöser. Wurde größer, bis er so groß wie Ciaran wurde. Seine Haare verdunkelten sich und färbten sich in einen tiefen Schwarzton. Und dann änderten sich die Augen, färbten sich rot und sahen doch anders aus als die Augen der Korrigan.

Seine Gesichtszüge änderten sich, die Nase wurde länger, die Lippen schmaler und der freundliche Ausdruck verschwand jäh, als dunkle Bartstoppeln aus seinem Kinn sprossen.

Als diese Veränderung abgeschlossen war, stand er uns schweigend gegenüber.

»Wer bist du?«, fragte ich wieder. Meine Gefühle fuhren Achterbahn, gingen auf und ab. Alles an ihm wirkte richtig und doch auch gleichzeitig falsch.

»Diese Frage zeigt nur, dass euer Volk nicht mehr über jene spricht, die verschwunden sind.«

Ich schwieg und sah ihn erwartungsvoll an.

»Shay. Mein Name ist Shay und Aine war meine Mutter.«

Meine Augen weiteten sich bei seinen Worten und auch Ciaran versteifte sich neben mir.

»Niemand weiß, was aus ihr geworden ist. Ihre Geschichte ist nur eine Legende, eine Schauergeschichte, die wir erzählen, um uns davor zu warnen, Verbindungen zu treffen, die nicht getroffen werden dürfen«, murmelte ich leise.

Konnte er die Wahrheit erzählen?

»Ihr erinnert euch nicht an sie, weil ihr es nicht wert seid. Meine Mutter konnte diesem Kerker entfliehen und hat mich im Schutz von den Druiden unserer Familie in der Menschenwelt aufgezogen. Als ich erwachsen wurde, starb sie an gebrochenem Herzen. Auch dieses Schicksal ist für Banshees wohl möglich.«

Alles drehte sich in mir. Konnte es sein? Wenn es der Wahrheit entsprach, dann war Shay das, was er hier herangezüchtet hatte.

Ein Korrigan.

Er grinste uns an und betrachtete mich aufmerksam.

»Du bist nicht dumm, du scheinst zu verstehen, was hier vor sich geht.«

»Du wolltest Rache«, zählte Ciaran eins und eins zusammen. Shay neigte den Kopf und schnaufte.

»Und die werde ich bekommen. Denn unsereins kann nicht nur geboren, sondern auch erschaffen werden. Oder verwandelt. Nennt es, wie ihr wollt.«

Ich biss mir auf meine Unterlippe.

»Wenn du uns auslöschst, dann kümmert sich niemand mehr um die Seelen der Verstorbenen.« Und dann würde die Menschenwelt von noch mehr Poltergeister heimgesucht werden, als es ohnehin schon geschah. Diese flinken kleinen Seelen, die uns entkommen waren, hingen sehr an ihrer menschlichen Herkunft und suchten die Lebenden lange heim. Bis wir sie fanden und dorthin brachten, wo sie hingehörten.

»Die Menschen sind mir egal. Das einzige, das mir noch egal ist, ist euer Volk. Das Volk meiner Mutter. Das sie zum

Sterben verurteilt hatte, indem sie sie von meinem Vater getrennt hatte.«

Ich schluckte.

»Du solltest das alles überdenken. Das ist es nicht wert«, murmelte ich. Ciaran drückte mich fest an sich.

»Aber in einem Punkt habe ich nicht gelogen - ich habe wirklich dasselbe Talent wie er. Das wurde mir in die Wiege gelegt.« Ich runzelte die Stirn.

»Meinst du-?«, setzte ich an, als das breite Grinsen auf Shays Gesicht noch breiter wurde.

»Dass Cathal mein Vater ist? Ja. Das ist das, worauf ich hinaus wollte.«

Kapitel 33

Ich öffnete den Mund und schloss ihn direkt wieder. Was sollte ich sagen? Überfordert blickte ich zu Ciaran, der ebenfalls in ein Schweigen verfallen war.

»Das ist unmöglich. Jeder weiß, dass Cathal keine Kinder hatte.«

Shay lachte auf und fuhr sich mit den Fingern durch sein dichtes, schwarzes Haar. Dann ging er auf uns zu und sah mir tief in die Augen.

»Ist das so? Ich habe ihn gesehen. Ich habe mit ihm gesprochen und ihn Vater genannt. Und meine Mutter hat nicht gelogen, als sie mir von ihm erzählte.«

Mir schwirrte der Kopf. Instinktiv drückte ich Ciarans Hand fester und presste die Lippen fest aufeinander.

»Warum ist das dann niemandem bekannt?«, fragte Ciaran nun. Ich war froh, dass er das Gespräch übernahm, denn mir fehlten hierbei wahrlich die Worte. Shay neigte den Kopf auf die andere Seite.

»Weil er vor eurem Volk niemals davon gesprochen hat. Was hätte er auch sagen sollen? ,Ich bin in eine Frau verliebt, deren Seele nicht zu mir gehört und doch habe ich mich nicht von ihr fernhalten können?‘ Hätte er das sagen sollen? Nein, das hat er nicht getan. Er hat geschwiegen. Löblich war es nicht, es war feige. Und schlussendlich hat es meine Mutter umgebracht«, knurrte Shay. Ich konnte das alles nicht glauben.

»Niemand hat gewusst, was mit Aine geschehen ist.«

»Euer Volk versteckt sich immer nur hinter alten Geschichten und hinter Erzählungen. Und ihr habt aufgehört, zu leben. Was macht ihr den ganzen Tag? Arbeiten? Euch um die Seelen der verstorbenen Menschen kümmern?«

Ich streckte den Rücken durch.

»Das ist es, was wir sind. Das ist unsere Aufgabe.«

»Blödsinn. Das ist das kranke Erbe, das euch die Götter, das euch Morrigan, hinterlassen hat. Es ist eure eigene Schuld, dass ihr alles um euch herum vergesst. Oder bekommt ihr mit, wie die Welt sich dreht? Wie sich die Menschen ändern? Wie sich andere Völker ändern? Alle Wesen passen sich besser an, als es die Banshees tun. Und deshalb ist es Zeit, dass wir euch austauschen. Das ist schon so lange überfällig.«

Wusste dieser Mann eigentlich, dass er sich völlig krank anhörte? Ich schluckte hart.

»Du hegst nur diesen Groll, weil es für Korrigans in unserer Mitte keinen Platz gibt«, stellte Ciaran fest. Shays Lächeln verblasste augenblicklich und er kniff die Augen wütend zusammen. Seine Hände ballten sich zu Fäusten, als er einen Schritt auf uns zumachte.

»Und das findest du gut? Ist es das, was du möchtest? Dass ihr unter euch bleibt?«

Ciaran zuckte neben mir mit den Schultern.

»Das hat jahrelang gut funktioniert. Wieso sollten wir es ändern? Außerdem weiß jeder, dass Korrigans nicht unter

Banshees leben können. Ihr ernährt euch von Lebensenergie – vorzugsweise von unserer Lebensenergie. Ein Schaf wird seinen Platz auch nicht in einem Wolfsrudel suchen«, sagte er. Shay schnaufte laut auf.

»Wenn man möchte, gibt es für alles eine Lösung. Auch dafür.«

»Deine Art bringt der unseren den Tod. Das ist es, was man uns erzählt«, warf ich ein. Und ich hatte keine Lust, herauszufinden, ob das wirklich der Wahrheit entsprach oder nicht. Auf diese Erfahrung konnte ich wirklich getrost verzichten. Shay neigte den Kopf.

»Und wie viele Korrigans kennst du, auf die das zutrifft?«

Ich schwieg. Denn ich kannte niemanden - bis Adeen. Shay nickte siegessicher.

»Das dachte ich mir schon. Keinen einzigen kennst du und das sagt alles über euch aus. Ihr bildet euch ein Urteil, ohne wirklich urteilen zu können. Ihr seid Dreck und Abschaum. Aber wir sind nicht so wie ihr«, stellte er fest.

Hellhörig neigte ich den Kopf.

»Was meinst du?«

»Ihr habt uns ausgeschlossen und für den Feind erklärt. Um euch zu zeigen, dass wir besser sind, werden wir euch bei uns aufnehmen.« Ein Frösteln machte sich auf meinen Unterarmen breit. Dieser Mann war wirklich wahnsinnig.

»Keine Banshee wird freiwillig unter euch leben«, prophezeite Ciaran ihm. Shay grinste wieder breit.

»Das weiß ich. Und deshalb bringen wir euch in Ordnung. Und machen euch zu dem, was wir sind.«

Ich riss die Augen auf.

»So etwas ist nicht möglich. Man kann nicht ändern, als was man geboren wurde!«

»Mit Magie kann man alles verändern. Siehst du Briana? Erkennst du sie gar nicht?«, fragte er mich und ich kniff die Augen zusammen. Mein Blick richtete sich wieder auf die Dunkelhaarige, die einen Schritt nach vorne gemacht hatte. Belustigt betrachtete sie mich.

»Du... du bist doch Roisins Schwester«, murmelte ich. Jetzt, als man mich darauf angesprochen hatte, fiel mir die Ähnlichkeit wirklich auf. Briana gluckste.

»Ja, ich bin nur deutlich jünger als sie. Und viel hübscher«, stellte sie fest.

Du hast eingebildet vergessen, fügte ich in meinen Gedanken hinzu, doch das behielt ich lieber für mich.

Ich schluckte.

»Wie hast du das gemacht?«, fragte ich Shay ungeniert. Dieser musterte mich neugierig.

»Interessiert, dich uns anzuschließen?«, stellte er eine Gegenfrage. Ich schüttelte den Kopf. Briana hatte ich zwar nur ab und an gesehen, aber diese Ausstrahlung, die sie jetzt hatte, die hatte ich nie an ihr wahrgenommen. Es war, als hätte man ihr Wesen verändert. In all seinen Grundzügen.

»Ich passe.«

»Ich ebenso«, warf Ciaran ein. Er drückte meine Hand und zog mich dichter an sich.

»Schade. Aber ich werde euch noch dazu bringen, dass ihr euch für meine Seite entscheidet.«

Wieder kniff ich die Augen zusammen.

»Diese Leute hier, sie haben sich bestimmt nicht freiwillig für dich entschieden.« Belustigt hob Shay eine Augenbraue.

»Doch, das haben sie. Denn das ist der Haken an meiner Magie – die Verwandlung muss wirklich gewollt sein. Ansonsten funktioniert es nicht. Ihr könnt also davon ausgehen, dass sämtliche Korrigans hier sich mir aus freien Stücken angeschlossen haben.«

Instinktiv sah ich hoch zu Ciaran, der jedoch den Blick nicht von Shay nahm.

»Du hast übrigens etwas, das auch mir gehört«, sagte dieser nun und trat nahe an uns heran. Er stellte sich direkt vor mich, weshalb Ciaran mich erneut versuchte, hinter sich zu ziehen. Doch Shay packte mich am Oberarm und drückte zu. Schmerz schoss aus der Stelle, die er berührt hatte, und ich hielt still.

»Lass mich los!«, sagte ich, doch hatte keine Hoffnung, dass er das wirklich tat.

»Wenn du ihr auch nur ein Haar krümmst-«, drohte Ciaran, doch Shay ließ ihn mit nur einem Blick verstummen.

»Was dann? Du wagst es, mir zu drohen? Das wagst du?«, herrschte er ihn an. Ich schluckte hart.

Mit der freien Hand fasste mir Shay an den Hals und riss mir mit einem Ruck die Silberkette mit Morrigans Anhänger herunter. Kaum hatte er das Amulett in seiner Hand, ließ er mich los und schubste mich ein paar Schritte zurück.

»Denkt ihr wirklich, ich weiß nicht, dass ihr das hier habt? So dumm bin ich nicht«, herrschte er uns an. Ich neigte den Kopf.

»Und was willst du damit? Es bringt dich zu Sachen oder Personen, die du suchst oder verloren hast. Das hat doch keinen Nutzen für dich!«

»Und wieder kennt ihr eure eigene Geschichte nicht. Wusstet ihr nicht, dass die Kette der Morrigan das einzige Artefakt ist, das eine Korrigan zurück in eine Banshee verwandeln kann? Hat euch das auch niemand gesagt? Euer Volk ist wirklich dumm geworden. Oder war es das schon immer?«

Blut rauschte in meinen Ohren, doch ich schwieg.

»Euer Schweigen deute ich wohl richtig. Ihr hattet keine Ahnung, dass euer einziger Trumpf schon die ganze Zeit über um deinen Hals gebaumelt hat. Das spricht für sich.«

Er schüttelte den Kopf und schnaubte laut auf.

»Und du hast sie mir gebracht. Das hat deine Schwester nicht zustande gebracht.«

»Garrick war ihr etwas schuldig, sie hätte es auch selbst einfordern können«, brummte Ciaran schlecht gelaunt. Ich spürte seine Hände auf meinen Schultern und den leichten Druck, den seine Berührung ausübte.

»Hat sie aber nicht. Sie hat sich geweigert, wieder zu gehen. Aber wie es sich herausgestellt hat, hast du die Kette bei dir gehabt.«

Ich schluckte wieder.

»Wieso hat Garrick uns zu dir gebracht?«, wollte ich wissen. Dass es sich bei den Schatten, die ich in Stonehenge gesehen hatte, um Korrigans gehandelt hatte, war mittlerweile klar. Ich wusste kaum etwas über deren Fähigkeiten, aber es überraschte mich nicht, dass sie mit der Dunkelheit zu tun hatten.

»Ich habe ihm versprochen, dass er seine Rache an Ciaran bekommt. Er ist nicht gut auf dich zu sprechen, seit du ihm sein Mädchen ausgespannt hast«, sagte er mit einem breiten Grinsen im Gesicht.

»Und seine Rache war ihm alles wert. Dafür hat er mir sogar sämtliches Gold, das sich in seinem Besitz befindet, versprochen.«

Ich riss die Augen auf. Leprechaun waren verdammt versessen auf ihren Besitz und sie gaben nichts davon freiwillig her. Er musste Ciaran wirklich aus tiefster Seele hassen.

»Doch genug davon.« Shay betrachtete das Amulett in seinen Händen und ich keuchte auf, als dunkle Schatten aus seinen Fingerspitzen traten. Sie schlangen sich um das Amulett, hüllten es ein und schließlich machte Shay eine Faust. Die Schatten taten es ihm gleich und im nächsten Moment hörte ich ein Knacksen.

Dann öffnete er die Faust wieder und ließ die Einzelteile des Amuletts auf den Boden fallen.

»Und damit hätte ich auch dieses mögliche Hindernis aus dem Weg geschafft.«

Er hatte es zerstört. Einfach so. Ich blinzelte.

»Wie?«, fragte ich ihn und wusste nicht, wohin mit all meinen Emotionen, die durch meinen Körper schossen.

»Weil ich verdammt stark bin und es schon immer war. Nur hat das niemand sehen wollen.«

Damit wandte er sich ab und deutete auf Briana.

»Sperrt sie ein, morgen werden sie ihr Ende finden. Außer, sie kommen vorher zur Vernunft. Du weißt, wohin du sie bringen sollst«, erklärte er. Briana ging einen Schritt auf uns zu.

»Warte! Eines muss ich noch wissen«, brach es aus Ciaran heraus und Shay blieb tatsächlich stehen und sah uns über seine Schulter hinweg gelangweilt an.

»Gehören unsere Seelen zueinander?«, fragte er, was mir schon lange auf der Zunge lag.

»Ja. Aber ich habe euch abgelehnt, da diese Verbindung für meine Zwecke nicht wichtig war. Jetzt könnt ihr entweder mit diesem Wissen weiterleben, oder sterben.«

Kapitel 34

Alles um mich herum drehte sich. Er hatte das Amulett zerstört, einfach so, und Garrick hatte uns willentlich ausgeliefert. Auch einfach so. Alles war einfach so geschehen.

Brianas festen Griff um meine Schulter spürte ich kaum. Ciaran wurde von den Männern in die Mitte genommen und sie setzten sich vor Briana in Bewegung.

Wir gehörten zusammen, wir hatten tatsächlich das Recht, zusammen zu sein. Nur brachte uns das alles reichlich wenig, denn entweder würden wir sterben, oder wir stimmten zu, dass man uns ebenfalls zu Korrigans machte.

Ich für meinen Teil ging lieber in den Tod, als mich verwandeln zu lassen.

»Amaya.« Ich sah auf, als Ciaran mich ansprach. Er versuchte, über die Schulter hinweg zu mir zu sehen. Doch es gelang ihm nicht, denn der Mann zu seiner Rechten zog ihn grob wieder nach vorne.

»Es wird alles gut werden. Das verspreche ich dir! Alles wird gut.«

Doch daran konnte ich gerade nicht glauben. Schweigend stolperte ich hinter ihm her und bemerkte nur im Augenwinkel, dass sie uns durch ein kleines Tal führte, in dem Hütten standen. Keine großen Häuser, wie wir sie kannten. Man sah ihnen an, dass sie nur schnell errichtet worden waren, ohne auf Schönheit oder dergleichen zu achten.

Praktisch musste es wohl sein und sie hatten keine Zeit gehabt, die verschiedenen Holzhütten individuell zu gestalten.

»Wohin bringst du meine Schwester?« Überrascht sah ich zu meiner linken Seite und zuckte zusammen, als ich Layana erkannte. Sie stand mit Adeen auf dem Arm am Wegesrand und beobachtete uns.

»Shay sagt, sie werden eingesperrt. Morgen müssen sie wählen«, fasste Briana knapp zusammen.

»Meine Schwester sperrst du nicht ein. Sie bleibt bei mir.«

Ich sah zwischen Briana und Layana hin und her. Ich erkannte meine Schwester kaum wieder. Ihre Augen leuchteten feuerrot und ihre Haut wirkte blasser als sonst. Auch das Haar hing stumpf hinab und das schwarze Kleid, das sie trug, half nicht dabei, dass sie lebendiger aussah.

Im Gegenteil.

»Shay hat aber gesagt, dass ich sie einsperren soll.«

»Ist mir egal. Sie ist meine Schwester und sie bleibt bei mir. Kannst ihm ja sagen, dass ich die Verantwortung übernehme. Und jetzt lass sie los.« Wieder sah Briana zwischen uns hin und her. Zu meiner Überraschung zuckte sie mit den Schultern und schob mich in Layanas Richtung.

Ciarans Begleiter hatten sich von der Unterbrechung nicht beeindrucken lassen. Sie gingen weiter und ich sah, wie sie Ciaran grob mit sich zogen. Dieser drehte sich immer wieder zu mir um.

Kurz nickte ich ihm zu und hoffte, dass er verstand, was ich ihm sagen wollte. Er sollte sich keine Sorgen machen.

»Amaya!«, rief er noch, doch dann wurde er brutal weitergeschliffen.

»Wie auch immer. Für das, was kommt, übernehme ich keine Haftung. Sie ist jetzt dein Problem.« Na sehr nett aber auch. Mit zusammengekniffenen Augen beobachtete ich, wie Briana beschleunigte und hinter den Männern herlief, die Ciaran fortbrachten.

Es gefiel mir nicht, von ihm getrennt zu sein, doch ich musste auch mit meiner Schwester sprechen.

»Du bist hier. Das überrascht mich, damit hätte ich nicht gerechnet«, sagte Layana zu mir und deutete mir, dass ich ihr folgen sollte. Noch einmal sah ich Ciaran hinterher, nickte dann aber und folgte meiner jüngeren Schwester schweren Herzens. Sie führte mich über einen kleinen Weg in die nächststehende Hütte, deren Tür offenstand.

»Malio ist bei einer Versammlung.«

Wieder nickte ich und trat ein, als sie mir deutete, dass ich dies tun sollte. Kurz sah ich mich um und stellte fest, dass hier wirklich nur das Nötigste zu finden war. Eine Kochstelle, zwei Stühle, ein Tisch und ein großes Bett. Auf dem Boden lagen eine alte Stoffpuppe und ein kleiner Holzball.

Mein Blick glitt zu Adeen, die mich neugierig musterte.

»Das ist deine Tante. Tante Amaya.« Das Mädchen beobachtete mich skeptisch, klammerte sich dann aber an Layana fest und quietschte laut auf.

»Du bist anders«, sagte ich nach einer kleinen Weile der Stille, in der Layana das Mädchen auf den Boden gelegt hatte. Das Kind begann, auf den Ball zu zu krabbeln und rollte ihn hin und her. Rollte er davon, folgte Adeen ihm mit einem freudigen Quietschen. Ich lächelte und setzte mich, als Layana auf die Stühle deutete.

»Ich musste es tun. Das war der einzige Weg, meine Tochter zu schützen. Und es ist nicht so schlimm, wie man es sich vorstellt. Es fühlt sich eigentlich nicht anders an als zuvor«, murmelte sie. Im Augenwinkel beobachtete sie ihre Tochter dabei, wie sie spielte.

Ein dicker Kloß bildete sich in meinem Hals.

»Es hätte eine andere Möglichkeit gegeben.« Eine, die um meinen Hals gehangen hatte und die durch zerstört geworden war. Es quälte mich, dass ich davon nicht früher gewusst hatte, denn das hätte Layana und Adeen dieses Schicksal erspart. Doch meine Schwester winkte ab.

»Es ist aber jetzt so, wie es ist. Und es ist gut so.«

Ich schwieg und tat es meiner Schwester gleich und beobachtete Adeen.

»Morgen stellen sie uns vor die Wahl. Entweder der Tod oder die Verwandlung.« Layana sah auf, doch sie wirkte nicht überrascht.

»Ihr könnt bei uns wohnen. Wir werden euch ein Bett ins Nebenzimmer stellen. Eigentlich sollte es Adeens Zimmer werden, doch sie braucht noch kein eigenes.« Ich biss mir auf die Unterlippe.

»Ich werde mich nicht für dieses Leben entscheiden«, flüsterte ich. Layana sah überrascht zu mir.

»Was?«

Ich nickte.

»Mein Entschluss steht fest und egal, was auch geschieht, ich möchte es nicht. Ich möchte bleiben, wer ich bin. Und wenn das bedeutet, dass ich sterben werde, dann werde ich das auch tun. Und es gibt nichts, was mich umstimmen kann und wird«, sagte ich leise. Layana biss sich auf die Unterlippe.

»Dieses Ende möchte ich nicht für dich.«

»Ich habe es mir auch nicht ausgesucht, aber es ist meine Wahl und die hast du zu akzeptieren.«

Layana stand auf und hob Adeen hoch, die mittlerweile zu dem Tisch gerobbt war und sie mit den Händen immer wieder berührt hatte.

»Dann wirst du deine Nichte nicht aufwachsen sehen.«

Mein Herz wurde schwer, als ich das kleine Mädchen musterte. Layana setzte Adeen auf ihren Schoß, woraufhin sie sofort begann, mit den Händen auf den Tisch zu klopfen. Mit jedem Schlag und jedem daraus entstehendem Geräusch gluckste sie.

»Möchtest du sie halten?«, fragte mich Layana nach einer Weile, als ich nichts mehr auf ihre Aussage gesagt hatte.

Wieder sah ich zu meiner Nichte, die mich anstrahlte und quietschte. Ich lächelte.

»Ja, das möchte ich gerne.« Layana hob sie hoch und ich streckte die Arme nach ihr aus. Sie war leichter als ich gedacht hatte und vorsichtig setzte ich sie auf meinen Schoß.

Adeen quietschte, drehte den Kopf und sah zu mir hoch. Mit einem Strahlen kreischte sie wieder auf, hob die Hand und berührte meine Wange, ehe sie in diese kniff und Laute von sich gab, die ich nicht nachmachen konnte.

Im Augenwinkel sah ich, wie Layana lächelte.

»Sie mag dich.«

»Ich mag sie auch. Sie ist die beste Nichte, die man sich wünschen könnte«, murmelte ich leise und bewegte meine Finger über die Tischplatte. Adeen beobachtete sie fasziniert und griff nach meinen Händen. Mein Blick huschte zu Layana und ich seufzte auf. Sie war nicht mehr wie meine Schwester, sie war anders. Und die Herzlichkeit, die ich immer so sehr an ihr geliebt hatte, die war verschwunden.

***

Ich hatte in dieser Nacht kaum ein Auge zugemacht. Malio war recht spät gekommen, als Adeen und Layana bereits geschlafen hatten und auch ich tat so, als schliefe ich.

Ich wollte nicht mehr sprechen und ich wollte weiteren Konfrontationen aus dem Weg gehen. Außerdem hatte ich gemerkt, wie sehr sich meine Schwester verändert hatte. Wie erst hatte sich wohl Malio verändert?

Es war Adeen, die ihre Eltern am nächsten Morgen mit einem lauten Quietschen weckte. Layana hatte darauf bestanden, dass ich ebenfalls bei ihnen im Bett schlafen sollte und so lag ich an der Bettkante, während neben mir Layana lag und links neben ihr Malio. Adeen kletterte euphorisch über uns und tatschte jedem von uns ins Gesicht.

»Es ist spät. Wir sollten gehen. Shay hat uns gestern angehalten, dass sich alle noch vor dem Sonnenaufgang am Platz versammeln sollen«, sagte Malio. Kein Guten Morgen, kein Hallo. Nichts kam von ihm, nur dieser Befehl, den er weitertrug.

Layana nickte.

»Ja. Ich mache Adeen frisch und dann gehen wir«, sagte sie. Ich setzte mich mittlerweile auf und beobachtete sie dabei, wie sie Adeen eine frische Stoffwindel anlegte.

»Ciaran und du, ihr sollt euch heute entscheiden«, brummte Malio neben mir. Ich nickte und vermied es, in seine roten Augen zu sehen.

»Ich weiß.«

»Und?«

Überrascht sah ich zu ihm.

»Was und?«, wiederholte ich seine Frage.

»Was wirst du wählen?«

»Den Tod.« Meine Antwort kam, ohne dass ich lange nachdenken musste. Ich wusste, was ich noch vom Leben erwarten konnte und mit jeder Minute, die ich mehr mit Layana verbrachte, wurde mir klar, dass ich so ein Leben nicht wollte.

»Das wird Layana das Herz brechen.«

Schuldbewusst senkte ich den Blick.

»Darauf kann ich keine Rücksicht nehmen. Es ist meine Entscheidung und jeder darf diese für sich selbst treffen«, murmelte ich. Layana trat zu uns und richtete Adeen in ihren Armen.

»Wir sollten losgehen. Sonst kommen wir zu spät.«

Ein dicker Kloß bildete sich in meinem Hals, als ich aufstand. Doch noch bevor ich Layana nach draußen folgen konnte, versperrte mir Malio den Weg.

»Warte. Das hier ist auch Pflicht«, murmelte er. Er griff nach Fesseln, die auf dem Tisch lagen und ohne auf mein Einverständnis zu warten, legte er mir diese um die Arme.

»Shay hat sie mir für dich mitgegeben. Als Gefangene darfst du dich ohne sie nicht unter uns bewegen«, murmelte er. Dann zog er mich mit sich und ich betrat wieder den schmalen Weg. Layana wartete auf uns und ihr Gesicht verdunkelte sich, als sie auf die Fesseln blickte.

»Überdenke deine Wahl nochmal«, bat mich Layana. Sie reichte Adeen an Malio und schritt neben mir her. Wir waren nicht die einzigen, die auf dem Weg zu dem Platz waren. Andere Korrigans waren ebenfalls unterwegs und ich vermied es, in die Augen der Wesen zu sehen. Es bereitete mir eine Heidenangst.

»Das möchte ich nicht.«

Layana blieb stehen und ich tat es ihr gleich.

»Wieso bist du so verdammt stur? Ich will nur dein bestes! Du bist egoistisch, wenn du dich so entscheidest!«

»Und du warst egoistisch, als ich dich schon zweimal in der Menschenwelt suchen musste! Du hast auch nie an mich gedacht! Nicht einmal! Ich habe mir immer Sorgen um dich gemacht und alles getan, damit du zurückkommst! Also wirf mir so etwas nicht vor!«

Layana zuckte unter meinen Worten zusammen, presste die Lippen aufeinander und drehte sich um. Mit schnellen Schritten folgte sie Malio und ich tat es ihr gleich.

Doch ich konnte Layana nicht folgen, denn während sie den Weg zur Tribüne wählte, wurde ich von einem Mann abgefangen. Layana stoppte.

»Was soll das?«

»Sie wird befragt. Und das vor allen.« Layana presste die Lippen fest zusammen und ihr Blick fiel auf mich.

»Ich bleibe bei ihr.«

Der Mann zuckte mit den Schultern und deutete mir, dass ich ihm folgen sollte.

»Geh lieber zu Malio und deiner Tochter«, brummte ich schlecht gelaunt. Meine Emotionen fuhren Achterbahnen und langsam kroch die Angst meine Adern hoch.

Ciaran war bereits hergebracht worden und mein Herz schlug schneller.

»Amaya«, begrüßte er mich, doch er konnte nicht zu mir kommen. Erst jetzt fiel mir auf, dass seine Fesseln mit einer Vorrichtung im Boden befestigt worden waren. Würden sie das mit mir auch tun?

»Layana«, hörte ich ihn sagen, doch meine Schwester hatte für ihn lediglich ein Nicken übrig.

Mein Blick fiel auf Ciaran und ich war erleichtert, dass er unverletzt war. Zwar sah er aus, als hätte er ebenso wenig Schlaf gefunden wie ich, doch ansonsten schien es ihm an nichts zu fehlen. Sein Blick traf den meinen und eine Sehnsucht lag in ihm. Eine Sehnsucht, die ich erwiderte, denn ich würde alles dafür geben, wenn ich ihn jetzt umarmen könnte.

Ich sah hoch und stellte fest, dass Shay und seine Anhänger schon hier waren. Die Korrigans, die ansonsten anwesend waren, unterhielten sich in gedämpften Stimmen.

Ich sah mich um, es mussten mindestens vier dutzend hier sein.

Layana blieb neben dem Wachmann stehen und verschränkte die Arme vor der Brust, als Shay sich erhob. Augenblicklich verstummte das Murmeln und alle Aufmerksamkeit richtete sich auf ihn.

»Meine Freunde, wir haben uns heute hier versammelt, um diese zwei Banshees zu befragen. Wie es der Brauch ist, müssen sie ihr Schicksal selbst wählen.«

Dann sah er uns direkt an und blickte erst zu mir und dann zu Ciaran.

»Ciaran, Amaya. Seelenbesorger und Seelenrichterin. Wählt ihr den Tod durch die Bestie oder ein Leben unter uns?«

Mein Blick fiel auf Ciaran, der mich ebenso lange ansah. Wir wechselten einen Blick und mir wurde klar, dass er das hier ebenso wenig wählen konnte, wie ich. Wer wären wir, wenn wir Korrigans werden würden? Wie würde er uns verändern?

Ich biss mir auf die Unterlippe.

»Den Tod«, sagte ich und Ciaran nickte.

»Auch ich wähle die Bestie«, murmelte Ciaran nun mit fester Stimme. Shay schnaubte.

»So sei es!«

Ein Murmeln ging durch die Menge, vermengt mit einem Schluchzen. Ich sah zur Seite, als Layana auf uns zu trat.

»Bitte! Meine Schwester weiß nicht, was sie wählt! Sie gehört zu mir! Gebt ihr mehr Zeit, gebt ihr Zeit, nachzudenken! Bitte, Shay! Bitte!«, flehte sie.

Tränen rollten über ihre Wangen und ich schluckte. Shay seufzte fast schon genervt auf.

»Bitte, gebt ihr noch mehr Zeit, um sich für das Richtige zu entscheiden!«

Sie fiel auf die Knie und Shay betrachtete uns lange, dann grinste er.

»Nun gut. Dann darf sie zusehen, wie er stirbt.«

Kapitel 35

Diese Aussage traf mich härter, als ich es gedacht hatte. Ich hatte das Gefühl, als würde das Blut in meinen Adern gefrieren.

»Nein«, murmelte ich und schüttelte den Kopf, als der Mann auf mich zutrat und mich von Ciaran wegzog.

Doch egal, was ich sagte, sie zogen mich weiter. Layana ging auf Shay zu, dankte ihm überschwänglich, doch das alles nahm ich nur vage wahr.

»Ciaran!«, rief ich verzweifelt. Auch er riss an seinen Fesseln, doch es brachte nichts. Sie trennten uns noch weiter. Während sie mich auf die Tribüne schleiften, wurde er auf den Rasen inmitten der Versammlung geführt. Erst jetzt bemerkte ich, dass es hier ein paar kleinere Tribünen gab und Korrigans, die sich einfach so in einem Kreis um das restliche Feld versammelt hatten. Tränen liefen über meine Wangen, als ich auf meinen neuen Platz geschoben wurde. Layana trat neben mich.

»Wieso hast du das getan? Er ist dein bester Freund! Wieso hast du nur für mich gesprochen?«, sagte ich verzweifelt.

»Du bist meine Schwester und er hätte es mir nicht verziehen, wenn ich nicht versucht hätte, dir zu helfen. Und jetzt sei still und sei lieber froh, dass ich dir geholfen habe!«

Verzweifelt beobachtete ich, wie sie Ciaran inmitten der Meute führten. Doch ich konnte nicht zusehen, wie sie ihn töteten. Ich konnte und wollte seinen Tod nicht sehen, ohne etwas tun zu können.

»Nein!«

Mein Schrei hallte über den weiten Platz und nicht wenige Anwesenden blickten zu mir herüber. Doch das war mir egal. Ich riss an meinen Armfesseln, doch sie lockerten sich nicht. Layana, die neben mir stand, musterte mich ausdruckslos.

»Lass das sein«, sagte sie mit einer Kälte in der Stimme, die ich von ihr nicht kannte. Das hier war nicht mehr sie, das war nicht mehr meine Schwester. Das hatte ich bereits in dem Moment gesehen, als sie mich mit ihren feuerroten Augen angesehen hatte.

Sie war eine von ihnen und sie hatte sich ihnen angeschlossen.

Ich schüttelte den Kopf.

»Sie werden ihn umbringen!«

»Sei lieber froh, dass du hier bist und nicht an seiner Stelle! Du kannst mir dankbar sein, dass ich um dein Leben gebettelt habe!«, fuhr sie mich an. Doch damit erreichte sie nichts bei mir. Heiße Tränen liefen über meine Wangen, während ich erneut an meinen Fesseln riss und zerrte. Doch alles, was ich damit erreichte, war, dass mir die Seile fester ins Fleisch schnitten.

Doch ich begrüßte den Schmerz, den er lenkte mich von dem seelischen Schmerz ab.

»Nein!«, wieder kreischte ich laut auf. Mein Blick haftete auf Ciaran. Ein großgewachsener Mann mit breiten

Schultern band seine Hände los, doch das quittierte die Menge lediglich mit einem Lachen.

Niemand glaubte wohl, dass er sich zur Wehr setzen konnte. Niemand schien ihm das zuzutrauen. Sie hatten von einer Bestie gesprochen und ich wusste, welche Bestie sie meinen mussten. Einem riesigen Wesen, das die Seelen fraß und sich von Lebensenergie ernährte. Wie es die Korrigans zu tun pflegten.

»Das ist dein bester Freund! Wie kannst du hier stehen und nichts tun?«, fragte ich meine Schwester verzweifelt, doch sie sagte nichts. Sie blickte einen Moment zu Malio, der dieselben kalten, feuerroten Augen hatte wie sie. Auf seinem Arm saß meine Nichte, die sich neugierig in der Menge umsah.

Ich konnte meine Augen nicht von Ciaran nehmen. Mittlerweile hatte der Mann ihn völlig losgebunden und allein in der Mitte gelassen. Der runde Platz, auf dem er sich befand, erinnerte mich an eine Zirkusmanege. Doch ich war mir sicher, dass diese Vorstellung alles andere als schön werden würde. Mein Herz raste wie verrückt und schlug kräftig gegen meine Brust.

Ich musste etwas tun, ich musste etwas unternehmen. Die Menge zu unserer rechten teilte sich und ein riesiges Wesen durchschritt den für es freigemachten Weg. Es war mehr als doppelt so groß wie eine Banshee und hatte langes, zotteliges, schwarzes Fell. Seine Klauen waren riesig und die scharfen Krallen konnte ich selbst aus dieser Entfernung noch gut erkennen.

Das Wesen öffnete sein Maul und präsentierte seine scharfen Reißzähne. Sie wirkten riesig, fast so groß wie unser gesamter Arm. Dann knurrte das Wesen und eine Panik ergriff mich, die ich in dieser Form noch nicht kennengelernt hatte.

»Es wird mit jedem Wesen, das es verschlingt, stärker«, hörte ich Layana neben mir sprechen. Mir rutschte das Herz in die Hose.

»Hat es schon mal verloren?«

»Nein, noch nie. Sieh es dir an, es ist riesig und perfekt. Und je stärker es wird, desto mehr wird es uns dabei helfen, die Anderswelt zu übernehmen.«

Ich wusste nicht, welcher Wahnsinn aus meiner Schwester sprach. Aber eines wusste ich genau: Ciaran hatte keine Chance. Das Wesen stellte sich zu ihm in den Kreis, Ciaran stolperte zurück. Ich sah, dass sein Blick nach oben ging und die Menge absuchte.

Suchte er nach mir? Ich lehnte mich nach vorne. Er sollte nicht auf die Menge achten, sondern auf das Wesen.

Wieder knurrte es und gerade, als sich unsere Blicke endlich trafen, wandte er sich einen Wimpernschlag später wieder ab. Sah wieder zu seinem Gegenüber, der mit den scharfen Krallen über den Boden schabte. Als ob es diese wetzen würde.

Als ob es noch schärfere Krallen brauchen würde.

Dann plötzlich stieß sich das Wesen vom Boden ab, machte einen Satz nach vorne und stürzte sich mit einem Brüllen auf Ciaran.

Ich schrie auf und dieser Schrei war anders. Er ging durch Mark und Bein und tat selbst mir in den Ohren weh. Die Personen neben mir zuckten zusammen, hielten sich die

Ohren zu und selbst die Bestie, die sich eben noch auf Ciaran stürzen wollte, hielt inne und jaulte.

Ich hatte zum ersten Mal im Leben wie eine richtige Banshee geschrien. Jetzt wusste ich, was alle meinten, wenn sie von der Kraft unserer Stimme sprachen. Wir hatten es zwar verlernt, aber tief in uns war die Fähigkeit noch vorhanden. Der Kampf pausierte, noch ehe er richtig begonnen hatte und mein Herz raste, was auch dem Schrei aus meiner Kehle geschuldet war.

»Shay! Bitte! Lass mich mit ihm kämpfen!«, flehte ich und nutzte die Stille der Menge aus. Shays Blick fiel auf mich und er neigte den Kopf, ehe er mich lange musterte.

Er überlegte und dann knurrte die Bestie wieder.

»Du meinst wohl, dass du mit ihm sterben möchtest?«, spottete Shay über mich und ich schluckte. Wollte ich das? Kurz sah ich auf die Bestie, gegen die wir auch zu zweit nicht die Spur einer Chance hatten.

Ja, ich möchte bei ihm sein.

»Das ist mein Wunsch. Besitzt du den Hauch eines Herzens, dann gewährst du ihn mir!«, bat ich ihn und Shay lachte. Dann winkte er ab.

»Deine Schwester hat dein Leben erst vor wenigen Minuten verlängert und du wirfst dieses Geschenk weg?«

»Das ist meine Entscheidung und wenn er hier stirbt, werde ich mich euch umso weniger anschließen! Das schwöre ich dir bei den Göttern!« Verzweiflung schmückte meine Stimme, während Shay mich lange musterte. Dann schnaufte er.

»Führt sie nach unten. Für dieses Theater habe ich keine Nerven mehr. Wenn du das Geschenk deiner Schwester so mit den Füßen trittst, dann hast du unter uns keinen Platz.« Mein Herz sackte nach unten, als der Mann, der rechts neben mir stand, nach meinem Oberarm griff. Layana drehte sich zu mir.

»Was tust du da? Ich habe dein Leben gerettet!«

»Nein, du hast mich verdammt. Ich entscheide selbst über mein Schicksal.«

Der Mann zog an mir und ich setzte mich in Bewegung. Mit bleiernen Schritten ging ich nach unten, die Korrigans machten mir kommentarlos Platz. Unten angekommen hielt ich still, als man mir die Fesseln ebenso abnahm wie Ciaran. Dieser sah mich ausdruckslos an.

»Das ist nicht das, was ich für dich wollte«, murmelte er mir zu, als der Mann sich wieder von mir entfernte. Ich lockerte meine Handgelenke.

»Ich entscheide selbst für mich. Und ich habe mich für dich entschieden.«

Ciaran griff nach meiner Hand, doch mein Blick lag auf der Bestie. Belustigt beobachtete sie uns und scharrte erneut mit den Krallen auf dem Boden.

Ich entschied, den Augenblick zu nutzen und drehte mich zu Ciaran. Mit einer Intensität griff ich mit beiden Händen nach seinem Gesicht, zog ihn zu mir hinab und küsste ihn mit einer Leidenschaft, die ich noch nie zuvor gespürt hatte. All die Emotionen, die mich durchströmten, legte ich in diesen Kuss.

Liebe, Leidenschaft, Angst, Wut und Trauer. Alles lag so nahe beieinander. Genauso wie das Ende. Doch wenn ich starb, dann mit ihm.

Ich spürte seine Arme, die mich an sich zogen und seine Lippen, die sich verzweifelt gegen meine pressten. Eine Träne sammelte sich in meinem Augenwinkel, ehe erneut das Brüllen der Bestie erklang.

Wir lösten uns von einander, die Bestie setzte zum Sprung an und sprang auf uns zu. Ciaran sprang nach links und ich sprang nach rechts, so konnten wir ihr ausweichen. Mit einer Wucht, die ich so noch nie erlebt hatte, kam sie auf dem Boden auf.

Alles vibrierte und ich spürte es bis tief in meine Knochen. Dann biss ich mir auf die Unterlippe und drehte mich zur Seite. Das riesige Wesen sah hin und her, wusste wohl nicht, wen es angreifen sollte. Es wandte sich Ciaran zu, holte mit der riesigen Tatze aus und schlug zu. Doch Ciaran war schneller, er duckte sich unter dem Wesen weg und stolperte zurück.

Instinktiv griff ich nach unten, ertastete ein paar Steine und schmiss sie in die Richtung der Bestie. Ich traf sie am Hinterteil, an jener Stelle, aus der der riesige Schwanz trat.

Unbeeindruckt schlug sie erneut nach Ciaran, der erneut auswich und sich auf die Seite rollte. Wieder schmiss ich einen Stein, doch entweder spürte das Wesen es kaum, oder es war nicht schmerzhaft für es.

Ich schaffte es nicht, seine Aufmerksamkeit zu erregen. Wie wild versuchte die Bestie, Ciaran zu erwischen. Doch das konnte ich nicht zulassen.

Das wollte ich nicht zulassen.

So hechtete ich nach vorne, bekam den langen, buschigen Schwanz zu fassen und wurde von dessen Bewegung nach oben geschleudert.

Ich kreischte auf, als ich auf dem Rücken des Wesens landete. Erst jetzt sah ich im Augenwinkel, dass Ciaran an der Schulter erwischt worden war. Ein großer Schnitt, aus dem rotes Blut quoll, zeichnete sich auf seinem Shirt ab. Er wurde bleich, als er mir in die Augen sah. Ich hielt mich am Fell des Wesens fest und versuchte, nicht hinunter zu fallen.

Doch es bewegte sich wild hin und her, brüllte aggressiv und doch konnte ich nicht abgeschüttelt werden. Zwar wurde ich hin und her geschleudert und riss der Bestie dabei mehrere Haarbüschel aus, doch ich hielt mich oben. Denn ich wusste, würde ich fallen, wäre das mein Ende.

»Amaya, pass auf!«

Ciaran schrie mir zu und doch war ich nicht schnell genug. Die Bestie hatte sich zur Seite fallen lassen und ich schrie, als ihr Gewicht auf meinen rechten Arm drückte. Instinktiv ließ ich los und die Bestie sprang mit einem Satz von mir weg. Mit einer Hand konnte ich mich nicht mehr halten, das wusste ich.

»Lass sie in Ruhe!«

Ciaran stellte sich vor mich, als das Wesen sich vor uns aufbaute. Es öffnete das Maul und präsentierte erneut die langen, spitzen Zähne. Speichel wurde in unsere Richtung geschleudert, doch das war unser kleinstes Problem. Ciaran stand vor mir, doch das konnte ich nicht zulassen.

Das wollte ich nicht zulassen.

Ich stand auf, schob mich neben ihn und schlang die Arme um seine Mitte.

»Zusammen?«, fragte ich leise, denn ich wusste, dass wir nicht gewinnen konnten. Ciarans Arme schlossen sich um mich.

»Zusammen«, murmelte er. Erneut brüllte die Bestie und ich schloss die Augen.

Kapitel 36

Ciaran hielt mich fest an sich gedrückt, während sich meine Finger in seinem Shirt vergruben. Meine Augen hielt ich geschlossen und ich wagte es nicht mehr zu atmen.

Erneut ließ ein Brüllen mich erschaudern und ich spürte, dass Ciaran mich noch fester an sich presste. Sein Herz schlug gleichmäßig mit meinem im Takt und einen Moment lang war das alles, was ich hörte.

Nichts folgte daraufhin. War das bereits das Ende gewesen? Waren wir bereits gestorben? Ich schob meinen Kopf etwas zurück und wagte es, die Augen zu öffnen. Dabei legte ich meinen Kopf in den Nacken und sah hoch zu Ciaran. Er hatte seine Augen noch fest aufeinandergepresst und verharrte noch in derselben Schockstarre, die auch mich erfasst gehabt hatte.

Mit langsamen Bewegungen drehte ich mich zur Seite und erstarrte, als ich direkt in das riesige linke Auge der Bestie blickte.

Doch anders als zuvor wirkte sie zahm und ruhig und die Augen, die Augen des Wesens, leuchteten silbern.

»Ciaran«, murmelte ich leise, auch wenn ich nicht wusste, ob ich mir das Atmen erlauben konnte oder nicht. Ciaran lockerte langsam den Griff, doch zog sofort scharf die Luft ein, als er den riesigen Kopf direkt neben uns vernahm.

»Was?«, fragte er leise und erhob sich vorsichtig. Ich tat es ihm gleich, doch irgendetwas sagte mir, dass von diesem Wesen gerade keine Gefahr ausging.

»Jetzt mach schon!«, brüllte Shay uns entgegen und ich war mir sicher, dass diese Worte weder Ciaran noch mir gegolten hatten. Sie waren an die Bestie gerichtet, die nun wie versteinert vor uns stand.

Doch kaum legte sich die Stille über die Menge, kam wieder Bewegung in das große Wesen neben uns. Es schüttelte sich und drehte den Kopf so, dass es hoch in den Himmel sah. Dann brüllte es erneut auf, stieß sich mit den Vorderpfoten ab und richtete sich auf. Ich stolperte zurück, als ein Leuchten von ihm ausging. Die Form änderte sich, es wurde kleiner. Der Schwanz verschwand, die Klauen bildeten sich zurück und schließlich war auch kaum noch Fell zu sehen. Als das Leuchten nachließ, stand ein Mann vor uns.

Ein Mann, von dem ich geglaubt hatte, er wäre gestorben.

Cathal.

Ich blinzelte und sah ihn überfordert an. Auch Ciaran neben mir wusste nicht, wie er richtig reagieren sollte.

Vorsichtig sah ich hoch in die Menge und stellte fest, dass die Überraschung nicht nur uns gegolten hatte. Auch die anderen anwesenden Korrigan hier waren sichtlich überfordert.

»Was soll das? Ich habe dir nicht erlaubt, dich zurück zu verwandeln!«, schrie Shay. Mit wenigen Schritten schob er sich durch die Menge und betrat den Kampfplatz, auf dem wir so eben noch um unser Leben gekämpft hatten.

Ich spürte, dass mein Arm bereits dabei war, zu heilen.

»Mein Sohn, ich werde diese Banshees nicht umbringen«, erklärte Cathal mit festen Worten. Shays Gesicht nahm eine rote Farbe an und ich schluckte. Hatte Shay gewusst, dass es sich bei dieser Bestie um seinen Vater gehandelt hatte?

»Und wieso nicht? Weil sie einander lieben? Das tun hier viele. Was ist der Unterschied zwischen einer reinen Liebe und jener, die von den Korrigans gefunden wurde?«, fragte er ihn.

Ciaran zog mich sanft zurück und langsam gingen wir rückwärts und versuchten so aus der Schusslinie zu gelangen.

Cathal seufzte.

»Jede Seele besitzt ein Gegenstück und nur mit dem richtigen Gegenstück kann die Linie der Banshees weiter fortbestehen.«

»Und deshalb mussten wir alle verbannt werden? Musste Mutter deshalb sterben?«, herrschte er Cathal an. Doch dieser zeigte erneut keinerlei Emotion.

»Ich habe lange genug um deine Mutter getrauert. Es reicht für mehrere Leben. Dass ich sie liebte ist eine andere Sache und betrifft nur sie und mich«, murmelte er gut hörbar.

»Sie starb an gebrochenem Herzen«, fügte Shay hinzu.

»Ja. Und ich habe meine Gefühle mit ihrem Tod verschlossen. Aber das Versprechen, dass ich immer für dich da sein werde und dass ich dir helfen werde, dass du alles erreichen kannst, was du dir wünschst, das habe ich bereits erfüllt. Ich kann nicht dein Leben lang dein Diener sein.«

Verwirrt blinzelte ich und schluckte. Shay stampfte wütend mit dem Fuß auf den Boden auf. Damit erinnerte er mich an ein trotziges Kleinkind. Doch waren wir in der Gegenwart unserer Eltern nicht alle irgendwie Kinder?

»Deinetwegen habe ich keine Mutter mehr! Du bist mir alles schuldig.« Cathal betrachtete seinen Sohn müde und mit einer Spur Traurigkeit.

»Das weiß ich, mein Kind. Dennoch möchte ich nicht, dass du dieses Leben hier so weiterlebst. Die Welt hat mehr für dich, als du denkst. Und es gibt mehr als Tod und Rache.«

»Und das sagst du jetzt, weil du diese zwei gesehen hast? Du hast schon viele Banshees getötet. Oder andere Wesen, die weitaus gefährlicher waren als sie es je sein könnten!«, sagte Shay wütend. Doch Cathal hatte für seinen Sohn lediglich ein trauriges Lächeln übrig.

»Nun ja, das mag wohl sein. Aber ich trenne reine Liebe nicht.«

Ich blinzelte. Hatte er somit eben bestätigt, was ich doch so lange erhofft und insgeheim vermutet hatte? Instinktiv sah ich zu Ciaran hoch, der mir seine Hand auf die Schulter legte.

Mein Blick traf Cathals und er nickte mir sanft zu, ehe er sich wieder an seinen Sohn wandte.

»Und du weißt, dass das schon immer über meine Prinzipien ging. Ich habe viel geduldet, aber das hier, das hat mich wachgerüttelt. So kann es nicht weitergehen. So kannst du dein Leben nicht fortführen. Dieses Leben hätte

Aine niemals für dich gewollt«, murmelte Cathal mit leiser Stimme.

»Das alles muss nicht sein. Drystan ist streng, aber bestimmt finden wir eine Lösung.«

»Nein!«

Shays Worte waren schnell ausgesprochen und er hatte nicht einmal über meine Aussage nachgedacht. Doch er schüttelte entschlossen den Kopf.

»Diese Leute folgen mir. Sie wollen eine Änderung, ebenso wie ich sie herbeisehne. Und das ist nicht möglich, wenn die Welt, so wie sie jetzt ist, bestehen bleibt. Alles muss sich ändern. Alles muss neu angeordnet werden, damit auch wir einen Platz in dieser Welt bekommen.«

Ciaran schluckte.

»Bestimmt können wir eine Einigung finden«, fügte er hinzu. Doch wieder schüttelte Shay den Kopf.

»Eine Einigung? Mit diesen Banshees? Ich glaube, ihr kennt eure Welt deutlich schlechter als ich dachte. Da gibt es keinen Weg, keine Einigung. Wir werden unseren Weg weiter bestreiten, egal, was ihr sagt. Und ob du uns hilfst oder nicht, das ist uns ebenfalls gleich. Wir sind Banshees überlegen. Waren wir schon immer und werden wir immer sein. Denn wir sind die einzigen Wesen, die sie fürchten!«, erklärte Shay mit lauter Stimme.

»Spürst du das auch?«, fragte mich Ciaran leise. Ich sah überrascht zu ihm hoch und streckte meine magischen Fühler aus, doch seine waren deutlich feiner als meine.

»Sie kommen. Dein Schrei hat die Banshees hierhergeführt.«

Als er es ausgesprochen hatte, bemerkte ich es auch. Dieses zarte Flirren der Magie, das immer näher und näher kam. Shay brüllte laut auf.

»Sollen sie nur kommen! Dann werden wir sie mit einem Schlag auslöschen! Und dann werden wir endlich ihren Platz einnehmen und den Platz bekommen, der uns zusteht!«, beharrte er und wandte sich an die Menge.

»Macht euch bereit. Zwar hatte ich nicht gedacht, dass der Tag der Tage heute sein wird, aber es ist unumgänglich. Heute entscheidet sich unser Schicksal und das unserer Kinder!«, bestimmte er mit lauter Stimme. Die Menge fiel in seine Worte mit Jubel ein.

Cathal schüttelte den Kopf.

»Dieser Kampf kann von beiden Seiten nicht gewonnen werden. Denn das Licht braucht Schatten und Schatten kann nicht ohne Licht existieren«, murmelte er leise und betrachtete seinen Sohn traurig.

»Ich hatte gehofft, er wäre mehr wie ich. Er wäre besser als das, was die Welt aus ihm gemacht hat«, erzählte er uns. Ich schluckte. Für eine Märchenstunde war gerade der denkbar schlechteste Zeitpunkt.

»Aber man kann sie retten. Die Korrigans. Ein freiwilliges Opfer kann unreines Blut rein werden lassen. Dafür ist viel Magie nötig und ein Herzenswunsch, den man nur einmal in seinem Leben empfindet«, fügte Cathal leise hinzu. Ich runzelte die Stirn.

Sprach er mit uns oder mit sich selbst? Ich wagte es nicht, nachzufragen.

Dann blinzelte Cathal und wandte sich Ciaran und mir zu.

»Ich bin bereit, dieses Opfer für meinen Sohn zu sein. Versprecht mir, dass ihr ihn zu einer Banshee macht. Dass er einen Platz im Leben bekommt. Denn wer nichts zu tun hat, der kann zweifellos gefährlich werden«, murmelte Cathal weiter. Ciaran nickte neben mir.

»Das versprechen wir dir.«

Cathal nickte und wandte sich mir zu.

»Streck deine Hand aus. Was du gleich erhältst, wird alles ändern. Es kann dunkel zu hell werden lassen und umgekehrt. Hüte es mit allem, was dir heilig ist«, murmelte er. Ich nickte.

»Das werde ich. Ich schwöre.« Ich hatte keine Ahnung, wie man sich in dieser Situation verhielt. Vorsichtig streckte ich meine Hand aus.

Mein Blick war auf Cathal gerichtet, der tief ein und aus atmete. Um uns herum war Panik ausgebrochen und die verschiedenen Männer und Frauen hetzten hin und her und versuchten, die Grenzen ihrer eigenen Welt so gut wie nur möglich zu schützen.

Shay hatte sich uns bereits entfernt und ich konnte beobachteten, wie er Befehle gab. Wahrscheinlich zum Angriff oder zum Sichern der anderen Korrigans.

Plötzlich streckte Cathal seine Hand aus und trieb diese mit einer schnellen Bewegung in seinen Brustkorb. Dieser hob und senkte sich rasch, doch als er die Hand wieder herauszog, umklammerte er sein schlagendes Herz. Dann begann er zu zucken und das letzte, was er tat, war, mir das Herz in die Hände zu legen.

Ich hatte ihm dabei helfen müssen, denn ich hatte versuchen müssen, zu verhindern, dass er gänzlich zur Seite kippen würde.

»Cathal!«, murmelte ich, doch sein Körper fiel. Angewidert betrachtete ich das noch immer schlagende Herz auf meiner Handfläche.

»Und was sollen wir jetzt damit?«, fragte mich Ciaran mit einem Seufzen.

»Es wird heiß«, murmelte ich, während ich noch immer auf Ciaran blickte.

Cathals Körper lag auf dem Boden und in seiner Brust klaffte ein riesiges Loch, aus dem dunkelrotes Blut sickerte.

Mir wurde übel und so versuchte ich, diesen Blick auszublenden.

»Was meinst du damit?«

»Dass es wärmer wird. Ich kann es spüren«, sagte ich leise. Doch nicht nur die Temperatur hatte sich verändert, auch die Form und Farbe änderte sich langsam. Es wurde kleiner, immer kleiner, bis schlussendlich nur noch ein grüner, ovaler Stein übrig blieb, der an einer silbernen Kette baumelte.

Sofort legte ich die Kette um.

»Das ist nicht Morrigans Halskette, oder?«, fragte mich Ciaran verwirrt. Ich schüttelte den Kopf.

»Nein. Die Magie ist anders. Das hier ist etwas völlig Neues«, murmelte ich und blickte nochmal kurz zu Cathal.

Er hatte uns gerettet.

»Hörst du das?«

Ohrenbetäubender Lärm schwirrte von einer Sekunde auf die andere auf uns zu. Magie war auf den Weg hierher, viel Magie.

Und dann bröckelte plötzlich der Himmel und ein Riss zog sich über den Himmel von Shays erschaffenen Welt.

Doch was anschließend kam, war schlimmer als alles, was ich mir je erträumen ließ. Unzählige Banshees strömten auf uns zu, alle aus Portalen, die aufgrund des Risses gebildet werden konnten. Dank der Beschädigung konnten sie wohl auch die Magie dieses Ortes klar und deutlich spüren. Die ersten Korrigans liefen auf die Banshees zu, die sich mit lautem Kreischen auf sie stürzten.

Es schien, als hätte nicht nur ich unsere innere Stimme wiedergefunden.

Kapitel 37

Ich bemerkte nur vage, was geschah. Rund um uns herum brach Chaos aus und das Amulett, das ich mit meiner linken Hand umklammert hielt, wog schwer.

»Was sollen wir tun?«, fragte ich leise und war nicht fähig, mich zu bewegen. Was konnten wir tun? Was wäre möglich? Instinktiv hob ich den Kopf und sah mich nach meiner Schwester um, doch ich konnte sie nirgendwo erkennen.

Das Schreien der Banshees hallte über das Feld und mir wurde übel.

»Sie werden sich umbringen«, murmelte ich leise. Denn das war das, was uns allen bevorstand – weder akzeptierten die Korrigans uns, noch würden wir ihnen eine Chance geben, unter uns zu leben.

Das war ein Spießrutenlauf und es konnte nur einen Sieger geben. Doch auf welcher Seite standen wir?

Würden wir leben oder sterben? Mein Mund wurde trocken, als ich mich langsam aufrichtete.

Ich drehte das Amulett zwischen meinen Fingern. Cathal hatte mir ein Geschenk gemacht, uns allen. Es gab eine Möglichkeit, eine Eventualität, in der niemand sterben musste. In der wir alle leben konnten. Doch ich wusste nicht, wie ich das Amulett einsetzen konnte. Das hatte mir Cathal nicht verraten, als er sich das Leben nahm.

Ich schluckte hart.

»Wie funktioniert es?«, fragte ich und war noch immer nicht fähig, mich zu bewegen. Doch der Kampf kam immer näher und niemand nahm von uns Notiz. Sie alle waren zu sehr mit sich selbst beschäftigt, oder damit, ihr eigenes Leben zu verteidigen oder jemanden das seine zu nehmen.

»Das müssen wir ausprobieren. Kannst du es an Layana testen?«, fragte mich Ciaran. Das war eine gute Idee, denn ich ging davon aus, dass sie mir nicht an die Kehle gehen wollte, wie der Rest ihres nun neuen Volkes.

»Wo ist sie?«

»Sie muss mit Adeen gegangen sein. Weißt du noch, wo ihre Hütte ist? Du warst doch bei ihr, oder? Zu mir haben sie dich nicht mehr gebracht«, sagte Ciaran und ich dachte nach.

»Ich weiß nicht, ob ich mich an den Weg erinnere«, gestand ich ihm leise. Denn ich hatte etwas anderes im Kopf gehabt, als mich Layana heute Morgen hierher geführt hatte. Die Sonne ging langsam auf, man sah, dass sich der Himmel langsam lichtete.

Ich biss mir auf die Unterlippe.

»Wir suchen sie!« Ciaran stand auf und zog mich mit sich. Mit einem Schwung war ich auf den Beinen und sah mich einen Moment um und versuchte, zumindest die Richtung richtig deuten zu können.

»Ihr werdet nirgendwohin gehen!«

Ich zuckte zusammen, als Shay sich uns schräg gegenüber aufstellte. Blut klebte an seiner Wange, auf seinem T-Shirt und ich wollte nicht wissen, von wem es stammte.

»Das alles ist eure schuld! Wenn ihr meinen Vater nicht dazu gebracht hättet, das zu tun, dann wären die Banshees nicht hier. Und dann würden wir sie nicht töten müssen«, erklärte er mir ruhig und ging auf mich zu. Ich stolperte zurück, als er die Hand nach mir ausstreckte.

»Gib es mir.«

»Nein!«

Denn ich wusste, würde ich das Amulett abgeben, dann wäre alles verloren. Das war unsere einzige Hoffnung. Unser einziger Hoffnungsschimmer. Ciaran stellte sich vor mich.

»Geh Layana suchen«, murmelte er, ohne mich anzusehen. Er hatte seinen Blick auf Ciaran gerichtet, der ihn lange betrachtete und schließlich lachte.

»Du glaubst doch nicht wirklich, dass sie an mir vorbeikommt?«, spottete er über Ciaran. Dieser biss sich in die Unterlippe.

»Außerdem hast du keine Waffen. Während ich die hier habe.«

Er deutete auf ein paar Dolche, die er um seine Hüfte hängen hatte. Dann lächelte er.

»Wusstet ihr, dass Dolche getränkt mit dem Blut eines Korrigan tödlich für euch sein können?«, fragte er uns.

Ich runzelte die Stirn.

»Das glaube ich nicht.«

»Wir können es ausprobieren.«

»Nein! Darauf verzichte ich!«, erwiderte ich direkt darauf und stellte mich neben Ciaran. Es gab keine andere

Wahl, wir mussten uns ihm gemeinsam stellen. Nichts anderes ergab Sinn.

Ciaran griff nach meiner Hand und drückte sie sanft.

Shay begann zu lachen.

»Herzallerliebst. Es wird mich freuen, wenn du siehst, dass ich sie ausgelöscht habe«, sagte er zu Ciaran und dann stürzte er auf uns zu. Ich blinzelte, als er sich plötzlich in Luft auflöste und im nächsten Moment war da wieder nichts als Dunkelheit um mich. Ich spürte einen tiefen Schmerz und ein Pochen in meiner linken Seite, als die Dunkelheit mich wieder verließ. Ich keuchte auf und sackte zusammen. Instinktiv legte ich die linke Hand auf meine Seite und spürte eine warme Flüssigkeit.

Blut.

Metallischer Geschmack machte sich in meinem Mund breit und ich sah auf. Shay stand uns wieder gegenüber und drehte den Dolch in seinen Fingern.

Ciaran neben mir wurde bleich.

»Kennt ihr russisches Roulette? Ein Spiel der Sterblichen«, fragte er uns gut gelaunt. Für ihn war das alles nur ein Spiel, doch nicht für uns. Nicht für mich.

Ich kniff die Augen zusammen und schüttelte den Kopf.

»Das ist ein Spiel der Menschen. Mit einem Revolver. Man legt nur eine Patrone ein und schießt sich selbst in den Kopf. Entweder stirbt man oder man lebt. Das spielen wir jetzt auch. Manche meiner Dolche habe ich in meinem Blut gebadet und manche nicht. Doch welche sind es? Das weiß niemand. Nicht einmal ich.« Shay betrachtete uns belustigt. Er spielte mit uns wie ein Löwe mit seiner Beute.

Für ihn waren wir nichts anderes als das. Und er war wahnsinnig geworden.

»Du bist krank.«

»Und du bald tot«, konterte Shay Ciaran und dann löste er sich wieder auf. Ich schrie auf, als ich einen Schnitt in meiner Schulter spürte, als ich wieder von Dunkelheit umhüllt wurde.

Shay kam vor mir zum Stehen und lachte.

»Wieder der falsche Dolch. Wie schade. Oder eher welch Glück, das liegt bei dir«, sagte er grinsend. Ich hustete und dachte nach. Wie konnte ich ihn erwischen? Wie konnte ich das Amulett nutzen?

Gerne hätte ich mehr Zeit, doch als die Schatten erneut an Shay zerrten, wusste ich, dass ich genau das nicht hatte.

Er löste sich wieder auf, doch dieses Mal war ich vorbereitet. Ich spürte einen scharfen Schmerz in meinem Bauch und gleichzeitig griff ich mit einer Hand nach dem Schatten um mich und mit der anderen Hand umklammerte ich das Amulett. Die Dunkelheit wurde augenblicklich aufgerissen, doch es war anders.

Sie ließ mich nicht von sich aus los, es war, als könnte ich sie zurückdrängen. Als würde ich sie verscheuchen. Ich atmete schwer, als der Schatten vor mir zu einem Mann wurde und mich die blutroten Augen von Shay direkt ansahen.

Ich presste meine Finger noch fester um seine Schulter, denn das war es, was ich zu fassen bekommen hatte.

Eine Hitze ging durch meine Hand, als Shays Körper zu glühen begann.

Er schrie auf und versuchte sich von mir loszureißen, doch es war, als wäre ich an ihm festgewachsen. Als wäre ich ein Teil von ihm, das er nicht entfernen konnte. Und dann veränderten sich seine Augen.

Sie wurden farblos und blieben weiß ohne Iriden zurück, ehe sie sich erneut färbten und mit einer grünen Farbe zurückkehrten.

Er blinzelte und ich sah, dass er erneut nach der Magie der Schatten greifen wollte, doch nichts geschah.

Ich ließ ihn los, stolperte zurück und fiel auf den Boden, als Shay die Hände an seine Ohren legte und plötzlich einen markerschütternden Schrei von sich gab.

Ich hatte mein Versprechen eingehalten. Schwach lächelte ich und blinzelte, als Shay die Hände von seinen Ohren nahm.

»Was war das?«

»Was?«

»Ich habe eine alte Frau gesehen. Sie starb.« Ciaran kniete neben mir und ich lächelte.

»Dann bist du ein Seelenseher. Du siehst den Tod der Menschen. Denn als einer von uns, hast du solche Kräfte«, murmelte ich leise und merkte, wie sich die Ränder meines Sichtfeldes schwarz färbten.

»Amaya«, murmelte Ciaran und ich legte meine Hand auf seine Schulter. Shay vor uns schluckte.

»Alles fühlt sich anders an.«

Ich nickte.

»Ich habe es an Layana gesehen. Sie war wie verändert. Malio ebenfalls. Korrigans haben ein anderes Wesen als Banshees. Das ist eben so.«

Shay richtete sich auf und drehte sich zur Seite. Ich blinzelte und drängte die Ohnmacht zurück, während ich meinen Körper erlaubte, die Wunden zu heilen, die ihm zugefügt worden waren.

»Was habe ich getan?«, murmelte er leise.

»Du kannst es stoppen. Und du weißt das. Was du falsch gemacht hast, kannst du wieder in Ordnung bringen«, murmelte Ciaran und sah zu mir. Dann deutete er auf die Kette.

»Das Herz meines Vaters«, murmelte Shay und streckte die Hände danach aus. Doch ich umklammerte das Amulett noch immer fest mit meinen Fingern.

»Ich werde es nicht vernichten. Ich schwöre es dir«, sagte er leise.

Er sah mir tief in die Augen und ich haderte mit mir. Ihm hatte nie jemand vertraut. Und jetzt? Jetzt machte ich denselben Fehler wie diejenigen, wegen denen wir diesen unnötigen Kampf führten?

Ich wollte anders sein. Nicht besser, aber anders. So nahm ich die Kette von meinem Hals und reichte sie ihm.

»Ich vertraue dir. Lass es mich nicht bereuen«, murmelte ich leise und lehnte mich an Ciaran. Shay legte sich die Kette um den Hals und schloss die Augen. Ein grünes Leuchten ging von ihm aus und wie eine Welle überschwemmte das Leuchten das Feld. Der Krach der Kämpfe erstarb augenblicklich. Ciaran neben mir richtete sich auf und ich zog mich an ihm hoch.

»Ist es vorbei?«, fragte ich leise und sah mich um. Die Kämpfe, die um uns herum getobt hatten und die ich nicht wahrgenommen hatte, waren unterbrochen. Personen standen sich gegenüber und schließlich fielen sich die ersten in die Arme.

Erleichterung durchströmte mich, doch sofort darauf folgte ein scharfer Schmerz in meiner Schulter. Ich legte die Hand auf diese, noch immer war sie nass von frischem Blut.

»Amaya?«, fragte Ciaran leise, doch die Ohnmacht, die ich so erfolgreich zurückgedrängt hatte, die umfing mich nun mit gnadenloser Härte und zog mich mit sich.

Kapitel 38

Ciaran

Wie betäubt sah ich zu, wie Amaya das Gleichgewicht verlor und zur Seite fiel. Instinktiv griff ich nach vorne und fing sie auf. Gemeinsam mit ihr ging ich zu Boden.

»Was ist mit ihr?«, schrie ich Shay entgegen, der noch immer dieses seltsame grüne Leuchten verströmte. Dieses verblasste langsam und zog sich in das Amulett zurück, das um seinen Hals hing.

»Der Dolch. Einer davon war vergiftet«, murmelte er leise. Betroffenheit lag in seiner Stimme. Am liebsten hätte ich ihn umgebracht.

Mit meinen eigenen Händen. Doch ich tat es nicht, ich konnte und wollte mich nicht von ihr fortbewegen.

»Amaya«, murmelte ich leise. Wir hatten es geschafft und jetzt? Ich wollte nicht zulassen, dass die Götter sie mir entrissen. Ich wollte dieses Schicksal nicht akzeptieren. Wir waren unfreiwillig in dieses Abenteuer gerutscht und hatten mehr bewirkt, als wir jemals wollten.

Und nun? Nun, wo wir so vieles verändert hatten, sollte es vorbei sein? Nein.

Das konnte und wollte ich nicht hinnehmen.

Ich presste die Lippen zusammen.

»Wir müssen sie retten«, murmelte ich. Shay ging neben mir in die Knie und ich spürte seine Hand auf meiner Schulter. Ich schüttelte sie wild ab.

»Es gibt keine Rettung. Sie hat Gift in ihrem Körper. In Korriganblut getränkte Dolche bringen Banshees den Tod«, murmelte er leise. Doch ich schüttelte den Kopf.

»Das kann und werde ich nicht akzeptieren!«

»Aber es gibt keine andere Wahl!«

Wieso hatte ich ihr nicht mehr geholfen? Doch als Shay wie ein Schatten über sie hergefallen war, waren all meine Bemühungen umsonst gewesen. Hatte sie überhaupt gesehen, dass ich an den Schatten gezerrt hatte?

Wohl nicht und doch hatte ich ihr helfen wollen.

»Das ist nicht fair. Tu etwas«, murmelte er.

»Ciaran!«

Layanas Stimme weckte etwas in mir. Amaya hatte so vieles für ihre Schwester getan und alles versucht, um sie wieder zurück zu bekommen und nun? Nun sollten sie wieder getrennt werden?

Ich hob den Blick und sah, wie Layana mit Adeen auf dem Arm neben Malio herlief. Sie kamen auf uns zu und als Layana sah, dass ich neben Amaya hockte, drückte sie Malio das Kind in die Arme. Sie lief schneller und fiel neben mir auf die Knie.

»Ein vergifteter Dolch«, sagte ich, noch bevor sie Fragen stellen konnte. Layana wurde bleich.

Malio hatte uns eingeholt und betrachtete uns. Adeen war auf seinem Arm und auch ihre Augen waren nun genauso blau wie die von Layana.

»Gib ihr das Amulett«, sagte Malio ruhig und ich sah auf.

»Wieso?«

»Versucht es. Vielleicht hilft es euch. Schaden wird es wohl nicht«, murmelte er leise und Layana nickte.

»Ja. Es hat schließlich alle zurückverwandelt. Vielleicht kann es auch sie retten«, murmelte sie leise und ich wandte mich an Shay.

»Gib es ihr.«

Shay hielt inne und schluckte.

»Das ist das Herz meines Vaters«, murmelte er, doch ich kannte keine Gnade für ihn.

»Wenn du die Kette nicht sofort hergibst, nehme ich sie mir. Und das wird nicht angenehm für dich!«, herrschte ich ihn an und streckte die Hände aus. Shay wurde bleich, nahm dann aber doch das Amulett ab.

Er reichte es mir und ich legte es vorsichtig um Amayas Hals. Dabei hob ich ihren Kopf sanft hoch.

»Ich tue das für sie. Weil sie mir geholfen hat. Sie hat mir vertraut.«

»Dann kannst du dich ja jetzt revanchieren«, murmelte ich leise und sah zu Amaya.

»Woher wusstet ihr, dass es die Kette war?«

Layana griff nach Amayas Hand und drückte sie. Sie sah mich nicht an.

»Wir haben gesehen, wie Cathals Herz zu dieser Kette wurde. Und wir haben eins und eins zusammengezählt. Sie war genauso grün wie das Licht, das uns umfangen hatte«, sagte sie leise.

»Oder war es nicht das Amulett?«

Ich nickte.

»Doch, das war es.«

Ich konnte meinen Blick nicht von Amaya nehmen, die regungslos vor uns lag. Die Wunde an ihrem Bauch und ihrer Seite hatte sich bereits geschlossen, doch jene an ihrer Schulter nicht.

Ich nahm ihre andere Hand und drückte sie. Schweigend betrachtete ich sie, doch dann schloss sich auch diese Wunde ganz langsam.

Es war langsamer als sonst, langsamer als die restlichen Wunden an ihrem Körper. Doch sie heilte und ich sah, wie ihre Augen sich unter den Lidern bewegten. Erleichterung durchströmte meinen Körper.

»Amaya«, murmelte ich, als sie langsam die Augen öffnete und sich aufrichtete.

Es gab kein Wort, das beschreiben konnte, wie ich mich in diesem Moment fühlte. Nichts kam dem am nächsten.

Ich zog sie hoch, zog sie in meine Arme und drückte sie eng an mich, ehe ich meine Lippen auf ihre legte und sie voller Sehnsucht küsste. Langsam löste sie sich von mir, was mir nicht gefiel. Ich wollte ihre Lippen länger auf meinen spüren, ich wollte sie nicht loslassen.

Ich wollte nicht, dass sich je wieder ein Zentimeter ihres Körpers von meinem entfernte.

»Ich liebe dich.«

»Und ich liebe dich, Ciaran. So sehr«, hauchte sie leise und drückte meine Hand sanft.

»Es tut mir leid«, platzte es aus Layana heraus. Sie ließ sich nach vorne fallen und fiel Amaya um den Hals. Ich sah, wie sie lächelte.

»Es ist okay, aber mach das nie wieder.«

Layana lächelte und drückte Amaya fest an sich.

»Nie wieder. Das verspreche ich dir. Lass uns nachhause gehen.«

Epilog

Amaya

Mit einem leichten Lächeln auf den Lippen ging ich über den Gang des Seelenbüros. Wochen waren vergangen, in denen die Normalität wieder eingezogen war. Sämtliche Korrigans hatten sich zurück in Banshees verwandelt und hatten uns zurück in die Anderswelt begleitet.

Einige Banshees hatten das Aufeinandertreffen mit unseren Todfeinden nicht überlebt, darunter waren Tadhg und sämtliche Ratsmitglieder. Ein neuer Rat hatte sich aus fünf Banshees gebildet, unter ihnen befanden sich auch Ciaran und Malios Bruder Owen.

Das Amulett musste ich nach wie vor tragen, denn es hatte sich herausgestellt, dass die Wunde des vergifteten Dolchs sofort wieder zu wirken begann, wenn ich es ablegte. So war es mein ständiger Begleiter. Shay hatte sich damit abgefunden, dass ich das Herz seines Vaters um den Hals trug und außerdem hatte dieser es mir auch hinterlassen.

Es gehörte also auch mir, oder nicht?

»Da bist du ja.«

Ciaran begrüßte mich mit einem sanften Lächeln auf den Lippen. Er wartete in meinem Büro auf mich. Mit einem Nicken trat ich näher zu ihm.

338

»Ich musste noch eine Seele in den Himmel bringen. War die Sitzung erfolgreich?«, fragte ich leise und stahl mir einen sanften Kuss von seinen Lippen. Er lächelte und zog mich mit einer liebevollen Geste näher an sich heran. Ich schmiegte mich fest in seine Arme, als ich sein Nicken spürte.

»Ja. Shay wird nichts vorgeworfen, wenn er sich ab jetzt an die Regeln hält. Und wir werden einige Denkstätten für die Gefallenen errichten.« Ich nickte sanft.

Bei der letzten Versammlung war ich geladen worden und musste versprechen, dass ich Kinder, die als Korrigans geboren werden, mit dem Amulett in Banshees verwandeln werde. Doch dieser Schwur war für mich selbstverständlich gewesen.

Mit einem leichten Lächeln sah ich zu ihm hoch und küsste ihn erneut.

»Bist du fertig für heute?«, fragte er mich leise und spielte sanft mit meinen Haaren. Ich lächelte.

»Ja, wir können gehen. Layana wird auf uns warten. Und ich kann es kaum erwarten, offiziell Adeens Patin zu werden«, sagte ich leise.

Ciaran lächelte, nickte und küsste erneut meine Lippen. Seine Lippen schmeckten süß und ich war süchtig nach der Liebe, die er mir täglich schenkte.

»Ich würde das alles immer wieder mit dir erleben.«
Und ich würde alles mit ihm erleben. Ohne Ausnahme.

Ende

Danksagung

Ein Buch wird zwar allein geschrieben, aber es arbeiten doch mehr Menschen daran, als man meinen möchte. Ich möchte mich bei meinen Helferlein bedanken, die mir unter die Arme gegriffen haben und dazu beigetragen haben, dass diese Geschichte so geworden ist.

Zuallererst möchte ich mich bei Yvonne für ihr Lektorat bedanken. Danke, dass du dich dieser Geschichte angenommen hast.

Außerdem möchte ich mich bei meiner Testleserin Larissa bedanken, die mir bei der Überarbeitung tatkräftig mit ihren Kommentaren unter die Arme gegriffen hatte.

Ein weiteres Dankeschön gilt meiner langjährigen Freundin Julia, mit der ich viele Ideen durchgesprochen und durchprobiert habe, bis es eben zu dem geworden ist, was es ist.

Auch meinem Mann Wilhelm gilt ein Dankeschön, da er mich bei jeder meiner Veröffentlichungen tatkräftig unterstützt. Danke dafür.

Und zuletzt danke ich allen Lesern, ich hoffe, dir hat diese kleine Geschichte um Ciaran und Amaya gefallen!

Bloody Witchcraft Der Fluch der Bluthexe

Linnea Bennett

Eigentlich möchte Außenseiterin Avery nur dazugehören. Als sie zu einer Halloweenparty eingeladen wird, glaubt sie, endlich Anschluss zu finden.

Doch sie ahnt nicht, welche Folgen der Abend hat. Aus einem harmlosen Partyspiel wird schnell ernst, denn eine mysteriöse Frau erscheint in den Spiegeln und verfolgt sie. Schnell bemerkt Avery, dass nichts mehr so ist, wie es war, und dann taucht auch noch ein geheimnisvoller Junge an ihrer Schule auf. Nate offenbart ihr, dass der Geist einer alten und mächtigen Hexe Salems in ihr wohnt und nur die Loge kann ihr helfen, mit der Magie und der Hexe umzugehen.

Doch was will dieser Geist und kann Avery Nate und der Loge wirklich vertrauen?

In sich abgeschlossener Einzelband

Eternal Season
Wenn der Frühling erwacht

Linnea Bennett

Vier Schwestern, ein Schicksal. Fiora ist die Königin des Frühlings und dazu verdammt, ohne Liebe zu leben.

Der Frühling naht und somit auch Fioras große Zeit, denn sie ist die Königin dieser Jahreszeit.

Alles erblüht, alles erstrahlt, die Menschen verlieben sich und heiraten.

Doch für Fiora bleibt die Liebe unerreichbar, denn auf ihr und ihren Schwestern lastet ein schwerer Fluch, der ihnen das Leben kosten könnte.

Nach einem unfreiwilligen Ausflug in die Menschenwelt wird Fiora in ihrer Angst nur noch mehr bestärkt, aber dann taucht Milo in ihrem Leben auf. Ein ahnungsloser Mensch, gefangen in ihrer Welt und dazu bestimmt, ihre Sicht der Dinge für immer zu verändern.

In Fiora keimt neue Hoffnung, doch gleichzeitig werden auch ihre Ängste immer größer.

Wird Milo ihr helfen können, ihren Fluch zu brechen und die wahre Liebe zu finden?

Ruf der Magie
Dämonenblut

Linnea Bennett

Aurora zieht mit ihrer Familie nach Schottland und muss schon bald feststellen, dass ihr Leben nicht das sein wird, was es einmal war.
Rätselhafte Träume, mysteriöse Begebenheiten und ihre Großtante machen es ihr nicht gerade leicht, sich einzuleben.
Als sie dann auch noch ein magisches Ritual bei Vollmond beobachtet, steht ihre Welt gänzlich Kopf.
Und wer ist dieser geheimnisvolle Mann, der ihr plötzlich im Wald gegenübersteht?
Schneller als es Aurora lieb ist, findet sie sich in einer Welt voller Magie wieder und muss einen Weg beschreiten, von dem sie sich nie erträumt hätte, ihn gehen zu müssen.

Band 1 der Dilogie aus der Reihe "Ruf der Magie".

Ruf der Magie
Dämonenfeuer

Linnea Bennett

Aurora steht vor einem Trümmerhaufen, der einst ihr Leben war. Entsetzt stellt sie fest, dass sie ihre Hexenkräfte verloren hat und ihr nur noch die Dämonenfähigkeiten bleiben. Es zieht sie in die Unterwelt, wo sie ihren Vater, einen mächtigen Dämon, finden muss. Angetrieben von Rachsucht und Wut will sie Valaria stürzen, die ihr alles genommen hat, was ihr lieb ist.

In einem Strudel aus Verrat, Intrige, Liebe und Freundschaft muss Aurora die richtigen Entscheidungen treffen, wenn sie ihr Leben zurück möchte. Aber ist das überhaupt noch möglich?

Band 2 der Dilogie aus der Reihe "Ruf der Magie".

Ruf der Magie
Seelensammler
Prequel
Linnea Bennett

Schottland, 16. Jahrhundert

Der junge Cole Campbell träumt von einem besseren Leben, nachdem er sein bisheriges Dasein am Rande der Gesellschaft fristen musste und von dieser nicht weiter beachtet wurde. So zögert er nicht, den Dämon Deumus zu beschwören, der ihm einen Handel unterbreitet: Zehn Jahre in Reichtum, mit allem, was sein Herz begehrt, im Gegenzug erhält Deumus Coles Seele.

Doch diese zehn Jahre vergehen schnell und Cole muss den Preis bezahlen: seine Seele soll dem Seelenverschlinger geopfert werden. Glücklicherweise steht ihm die Dämonin Alayla zur Seite, die für ihn einen neuen Pakt aushandelt: Cole darf als Dämon weiterleben, wenn er Deumus fünfzig Seelen in nur einer Woche opfert.

Wird Cole es schaffen, den Preis für seine Seele zu bezahlen? Und ist es wahr, dass Dämonen nicht lieben können?

// Prequel der Dilogie "Ruf der Magie" - von der Reihe unabhängiger Einzelband //

Der Ruf der Eris
Meeresrufen

Linnea Bennett

Vor vielen tausend Jahren hat die griechische Göttin Eris Amphitrite, Persephone und Hera um ihre Unsterblichkeit betrogen und sie in den Tod geschickt. Damit wurde ein Fluch ausgelöst, der Poseidon und seine beiden Brüder erheblich schwächt, doch er ist nicht unauflöslich. Erblüht der Olivenbaum des Olymps, öffnet sich ein Zeitfenster von einem Jahr, in dem sie die wiedergeborenen Göttinnen zurück in die Welt der Mythen führen können.

Seitdem wartet Poseidon auf seine Liebste, doch als sich ihm die langersehnte Gelegenheit bietet, lässt sie sich nicht so einfach erobern, wie er es sich erhofft hat. Wird er ihr Herz für sich gewinnen und den alten Fluch brechen können? Band 1 der Trilogie "Der Fluch der Eris".

//Alle Bücher der Reihe können unabhängig voneinander gelesen werden.//

Der Ruf der Eris
Himmelsflüstern

Linnea Bennett

Vor vielen tausend Jahren hat die griechische Göttin Eris Amphitrite, Persephone und Hera um ihre Unsterblichkeit betrogen und sie in den Tod geschickt.

Damit wurde ein Fluch ausgelöst, der Zeus und seine beiden Brüder erheblich schwächt, doch er ist nicht unauflöslich. Erblüht der Olivenbaum des Olymps, öffnet sich ein Zeitfenster von einem Jahr, in dem sie die wiedergeborenen Göttinnen zurück in die Welt der Mythen führen können.

Seit diesem Zeitpunkt sucht Zeus nach der Reinkarnation seiner Frau, allerdings macht diese ihm deutlich, dass sie kein Interesse an ihm hat. So muss Zeus all seinen Charme auffahren, um sie von sich zu überzeugen.

Wird es ihm gelingen, Heras Herz zurückzugewinnen?

//Alle Bücher der Reihe können unabhängig voneinander gelesen werden.//

Der Fluch der Eris
Weltenwispern

Linnea Bennett

Vor vielen tausend Jahren hat die griechische Göttin Eris Amphitrite, Persephone und Hera um ihre Unsterblichkeit betrogen und sie in den Tod geschickt. Damit wurde ein Fluch ausgelöst, der Hades und seine beiden Brüder erheblich schwächt, doch er ist nicht unauflöslich. Erblüht der Olivenbaum des Olymps, öffnet sich ein Zeitfenster von einem Jahr, in dem sie die wiedergeborenen Göttinnen zurück in die Welt der Mythen führen können.

Seit jeher sehnt Hades den Zeitpunkt herbei, seine Liebste zu suchen und an seine Seite zu holen. Doch die Suche ist nicht das einzige Problem, vor dem er steht: Demeter hat ihre Hände im Spiel und versucht, die Wiedergeburt ihrer Tochter zu verstecken. Wird Hades seine Geliebte dennoch finden und sie erneut zu seiner Königin machen können?

// Alle Bücher der Reihe können unabhängig voneinander gelesen werden //